부여 찾아 90000리

부여 찾아 90000리

잔아 장편소설

이룸

차례

프롤로그

행복을 추구한다는 것은 자신의 비극적인 삶에서 아름다움을 창출하는 과정이다. 부여는 백제 패망이라고 하는 슬픈 역사에서 아름다움을 캐야 하는 고장인데 부여의 위대성과 영원성은 그 비극미(悲劇美)를 지닌 데에 있다. 비극미는 행복의 원형이다.

이처럼 행복은 이루어진 것이 아니고 슬픔에서 아름다움을 캐는 과정이며, 그 힘든 과정을 심리적 거리로 환산하면 90000리의 여정이 된다.

찬혁의 자살미수와 허탈한 미소

빌딩 건축현장에서 작업 중이던 인부 하나가 갑자기 허공에 몸을 날렸다. 하지만 발목에 밧줄이 감기는 바람에 5층 높이에 대롱대롱 매달리게 되었고, 거꾸로 매달린 인부의 얼굴에는 어처구니없다는 허탈한 미소가 번졌다. 현장에 있던 시민 하나가 그 허탈한 미소를 클로즈업시켜 카메라에 담는 바람에 그의 자살미수사건은 큰 화제가 되었다. 허공에 거꾸로 매달린 채 자신을 하 비웃는 그 자조 어린 사진은 점차 사회적인 이슈로까지 번졌는데 다음은 어느 TV에 방영된 기자의 멘트다.

작업장 동료 우씨의 말에 의하면 김찬혁 씨는 평소 죽고 싶다는 말을 자주 했다고 합니다. 그가 오십대 후반에 이르도록 독신으로 살아온 것도 삶에 대한 의욕 상실 때문이며, 우씨는 그 의욕 상실의 원인을 김찬혁 씨 가족의 억울한 참상에서 찾아야 한다고 주장했습니다.

하지만 찬혁은 그런 여론이 민망했다. 자기의 자살 동기는 다른 데에 있었다. 세영을 그리워하는 마음이 직접적인 동기였다. 고향을 떠난 후 26년 동안 한 번도 연락을 못한 채 지내왔지만 찬혁은 늘 세영의 체취에 젖어 살아온 셈이었다. 그의 시간은 세영을 홀로 두고 고향을 떠나던 날 새벽에 머물러 있었고, 그의 마음은 떠나지 말라며 품속으로 파고들던 세영의 몸부림에 갇혀 있었다.

"차라리 세영 씨를 만나보지 그래. 서로 사랑하는 사인데 원수의 딸이면 어때."

찬혁의 자살미수사건이 터지기 전날 동료 우석진이 한 말이었다. 그날 밤 찬혁은 술자리에 앉자마자 연거푸 소주잔만 비워냈다. 거침없는 술탐이었다.

"자넨 세영의 입장을 뻔히 알면서 그런 말을 하는가?"

맞는 말이었다. 우석진은 세영의 입장을 잘 알고 있었다. 세영이 두 자녀를 거느린 상류층 가정의 주부라는 입장도, 찬혁과의 사이에 원한의 벽이 가로놓여 있다는 사실도 이미 알고 있었다. 그러니 세영을 만나보라는 말은 복수를 포기하라는 의미였다. 복수의 대상이 세영의 혈족인데 용서할 수밖에 없다는 것이 우석진의 설득이었다. 마지못해 고개를 끄덕인 찬혁은 그 대신 부탁이 있다며 느닷없는 말을 꺼냈다.

"세영 씨를 만나 내가 위락시설 방화범이 아니란 사실을 전해주게."

우석진은 어이없는 표정을 지으며 위락시설은 뭐고 방화는 또 뭐냐고 캐물었다. 하지만 찬혁은 누명을 벗어야 편히 눈감을 수 있다는 말만 되풀이했다.

"꼭 죽을 사람처럼 말하는군. 자네 말을 들으면 머리가 빙빙 돌아."

"비웃지 말고 내 얼굴이나 자세히 봐둬."

"그럼, 지금 마시는 술이 사별주(死別酒)다, 그 말인가?"

"농담 아냐! 지금 내게 죽음보다 더 값진 게 뭐겠나. 내 죽음의 대가는 꼭 나타날 걸세."

"제대로 미쳐가는군. 죽음의 대가? 그게 뭔데?"

"죽은 후에 대답해줄게."

찬혁은 우석진의 손을 잡으며 미소를 지었다. 아무런 잡티도 섞이지 않은 맑은 웃음이었다. 우석진은 그 맑은 웃음새에서 언짢은 기분이 느껴졌지만 자살을 시도할 줄은 미처 몰랐다.

위자료는 필요 없어요

기어이 엄마 아빠가 헤어진 걸까? 텅 빈 아버지 방을 둘러본 동민과 다혜는 1층 거실로 내려와 세영의 얼굴을 살폈다. 소파에 앉아 있던 세영은 "너희들 눈에는 내가 이상해 보이니?" 하고 생긋 웃어주었다. 그러자 동민이 세영의 어색한 웃음을 낚아채며 "엄마는 아빠와 헤어진 게 기쁘시죠?" 하고 비아냥거리는 투로 말했다.

"기쁘다니, 너 그게 뭔 소리야?"

"아무것도 아녜요. 신경 끄세요."

"신경 꺼? 그게 대학원 다니는 자식의 말투냐?"

"일이 끝났으니 드리는 말씀이에요."

여기서 일이 끝났다는 말은 아버지가 내연녀와 어린 아들이 살고 있는 집으로 거처를 옮겼다는 뜻이었다.

"아빠가 짐을 챙겨 갔으니 내 맘이 편하다는 거니?"

"물론 편하시진 않겠죠. 제 말은 엄마가 왜 자식들마저 멀리하시냐는 거예요."

"내가 왜 너희를 멀리해?"

"그동안 엄마는 가상공간을 꾸며놓고 우리 남매를 생산한 셈이죠. 명목뿐인 가정 말예요. 화목한 척 흉내만 내는 가정."

"흉내 낸 가정은 맞다만, 내가 왜 그렇게 살아왔는지 그 이유도 캐봤어야지. 그리고 네 말 속에는 오류가 있어. 내가 너희를 생산했다는데, 엄밀히 말하자면 생산이 아니고 조립인 셈이지."

"조립이라면, 원산지는 어디야?"

다혜가 웃으며 끼어들었다. 여대생다운 청순함이 묻어 있는 웃음새였다.

"원산지? 그야 물론 내 자궁이지."

"자궁에서 생긴 건 조립이 아니고 생산이잖아?"

"나는 딴 엄마와 달라. 너희들은 내가 낳은 자식이지만 생각하기에 따라 내 자식이 아닐 수도 있어. 그 아닐 수도 있는 자식이 조립품이라고."

엄마의 싸늘한 말에 동민이 발끈했다.

"역시 특별한 엄마네요. 자식을 버릴 함정까지 파놓으시고. 그러니까 엄마 마음에 들지 않는 자식은 가차 없이 버리겠다는 거죠?"

"그게 아니고 너희가 자유롭게 자라도록 간섭하지 않았다는 거야. 그 방임을 너는 엄마가 자식을 멀리했다고 오해한 거지. 그런데도 훌륭히 자란 너희가 자랑스럽다."

"그게 이상해. 엄마가 방임했는데도 오빠와 내가 양질의 상품이 되었다는 게."

다혜가 호들갑을 떨었다. 세영은 억지로 웃음을 참으며 동민에게 다그치듯 물었다.

"너는 엄마가 가상공간을 꾸몄다고 했는데, 왜 그런 생각을 했지?"

"엄마는 기계잖아요. 엄마는 자신을 인간이라고 생각하세요?"

"내가 인간이 아니고 기계라고? 너 모처럼 재밌는 말을 하는구나."

"재밌는 말이라고요? 그게 엄마로서 하실 말씀이에요?"

동민은 단단한 목소리로 엄마를 몰아붙였다. 아빠가 횡령죄를 저지른 거나, 바람을 피운 거나, 착지(着地)하지 못한 채 살아온 거나, 그 모든 불행은 엄마가 아빠에게서 애정을 느끼지 못한 탓이라고 윽박질렀다. 그러자 다혜가 분위기를 살리려고 일부러 수다를 떨었다.

"맞아. 엄마와 아빠는 물과 기름 사이지만 그동안 묘한 조화를 이뤘어. 엄마는 은은하면서도 저돌적인 미녀라 아빠 같은 신사에게는 딱이었지."

"신사? 아무리 아빠라 해도 신사라니, 네 수준이 기껏 그 정도밖에 안 되니?"

세영이 이번에는 다혜에게 화살을 쏘았다. 그러자 동민이 다혜를 옹호했다. 자식에게 그런 막말을 퍼부을 수 있느냐고, 자식이 아빠를 신사라고 부른 게 뭐가 잘못이냐고, 감정은 고사하고 영혼마저 없는 엄마라고 공격했다. 세영은 한참 동안 침묵을 지키다가 조용하면서도 단호한 목소리로 말했다.

"동민아, 엄마가 기계란 걸 잊지 말아다오!"

그렇다. 세영은 철저히 기계가 되고 싶었다. 감정이 있고 영혼이 있는 인간으로 살아간다면 미쳐버리거나 아니면 배태욱과 벌써 헤어져야 했다. 내연녀와 아들을 낳고 횡령한 돈으로 내연녀에게 상가를 사줘서만은 아니었다. 위장된 예의, 위장된 연민, 위장된 정의, 위장된 진실, 배태욱의 그 기회주의적 위선이 세영은 징그럽고 숨이 막혔다.

"엄마가 좀 더 인간적이시면 이렇게까진 안 되었겠죠."

"그럼 무조건 참고 지내란 말이냐?"

"그게 아니고 인간적인 것만 말씀드리는 거예요."

"인간적인 게 뭔지를 구체적으로 설명해보렴."

"그걸 어떻게 하나하나 설명해요. 따뜻한 마음의 언어인데,

그걸 누구보다 엄마가 더 잘 아시잖아요."

"따뜻한 마음의 언어? 그거야말로 억지로 꾸밀 수 없잖니. 마음을 속일 수 없잖아?"

"그래도 가정을 위해 시도하실 순 있었잖아요."

"오빠, 그건 무리야. 인간적인 것은 상대가 진실해야만 우러날 수 있어. 진실해야 존경심도 생기고 애정도 생기는 법인데, 엄마가 아빠한테서 그런 호감이 우러나겠어?"

"와! 우리 딸 보통 아닌데?"

다혜를 추켜세운 세영은 벌떡 일어나 두 남매를 껴안고 얼굴을 비볐다. 의젓하게 자란 자식들이 자랑스러웠다. 가슴이 떨렸다. 세영은 솟구치는 눈물을 삼키며 속으로 울부짖었다. 너희들이 찬혁의 자식이라면!

"동민아, 너 지난번에 떠들썩했던 그 사건 기억나니?"

"인부 자살미수사건요?"

"나는 그 사건이 왜 자꾸 떠오르는지 모르겠어."

"암튼 재밌는 사건이었죠."

"재밌다고?"

"내막이야 어떻든 일단 웃기잖아요. 죽으려고 투신한 사람이 허공에 대롱대롱 매달린 모습을 상상해보세요."

"구조될 때 클로즈업된 그 미소…… 기억나니?"

"그럼요. TV에서 연달아 방영했잖아요."

"그 사람 미소에서 뭐가 느껴졌지?"

"당시에 느꼈던 감정이라 뭐라고 말하기가……."

"나는 말이다, 그 묘한 미소에서 일종의 포만감이 느껴졌어."

"포만감이라뇨? 너무 엉뚱한데요?"

"음식을 실컷 먹고 나면 더 먹고 싶지 않듯, 너무 그리움을 안고 살다보면 그 애절함이 지겨울 때가 있거든. 찬혁이란 사람이 죽고 싶어 안달한 이유도 그 애정의 포만감에서 찾아야 돼."

"엄마의 상상력이 참 멋져요. 그럴지 모르죠. 그리움도 지나치면 배가 부를지."

"평생 그리움을 안고 산다는 것, 나쁠 건 없잖니."

"와! 역시 우리 엄만 짱이야!"

다혜가 엄지손가락을 치켜세우며 소리쳤다. 동민이 엄마에게 캐물었다.

"애정의 포만감 때문이란 걸 엄마가 어떻게 아시죠? 꼭 엄마가 누구를 그리워하신 체험 같아요."

세영은 난데없는 질문에 가슴이 철렁했다. 동민이 엄마의 심정을 눈치챈 걸까? 하지만 세영은 금방 가슴을 쓸어내렸다. 그동안 배태욱이 자식들에게 찬혁의 이름을 꺼낼 리가 없었다. 자식들에게 찬혁과 엄마와의 관계를 폭로할 경우 아빠로서의 자존심이 무너질 게 뻔했다. 세영은 어색해진 자리를 뜨려고 소파에서 일어났다. 그때 2층에서 청소를 마치고 내려온 가사도우미가 2층을 무슨 용도로 쓸 거냐고 물었다. 방 두 개와 서재로 꾸며진 2층은 배태욱이 혼자 쓰던 공간이었다.

"동민과 다혜가 나눠 쓸 테니 아줌마는 아래층 다혜 방을 쓰세요. 훨씬 넓고 드레스룸도 딸렸으니까."

세영이 자상한 목소리로 말했다. 가사도우미가 사양하자 세영은 한 가족인데 어려워 말라며 거듭 친절을 베풀었다. 그래도 가사도우미가 미안한 표정을 짓자 다혜가 덜퍽진 농담으로 매듭을 지었다.

"이제부터 우리 집 엄마는 아줌마세요. 방을 뺏기는 게 아깝지만 엄마로 승격하셨으니 양보할게요."

가사도우미도 "고마워, 우리 공주님!" 하고 환한 미소를 지었다. 3년 동안 가사를 맡아왔지만 다혜의 말이 늘 기특했다. 톡톡 내던지는 말투인데도 신선한 귀염기가 넘치고 자상한 배려가 묻어 있었다. 그에 비해 동민은 너무 어른스러웠다. 하지만 동민 역시 듬직하고 너그러운 심성으로 보아 엄마의 핏줄을 타고난 게 확실하다는 생각이 들었다.

세영이 남편에게 내연녀와 두 살 된 아들이 있다는 사실을 처음 알게 된 것은 이태 전이었다. 즉시 이혼소송을 제기하고 싶었지만 배태욱이 수감 중인 데다 다혜가 아직 고등학생이어서 참아야 했다. 대학생이 되면 엄마의 심정을 더 깊이 이해할 수 있고 결손가정에 대한 충격도 곱게 받아들일 터였다. 이제 다혜가 대학생이 된 이상 서둘러 결판을 내야 했다. 배태욱이 석방되는 날 세영은 단둘이 매듭을 지으려고 교도소에서 곧장 문호리 별장으로 차를 몰았다. 먼저 샤워를 마친 배태욱은 세영의 손을 잡고 위로해주었다.

"여보, 고생시켜서 미안하오. 밤마다 당신의 몸을 껴안고 잠들곤 했지. 당신 몸으로 모든 잡념을 지우려 했소."

세영은 배태욱의 말에 닭살이 돋았다. 시궁창에 빠진 기분이었다. 하지만 감정을 누르며 차분한 목소리로 말했다.

"그동안 남편의 명예를 위해 내 나름의 열정을 쏟아왔어요. 이제는 그런 정성이 수치스러워요. 그렇다고 부부간인데 무관심으로 버티는 것도 한계가 있을 테고. 하루하루를 맹목적으로 지내자니 허송세월 같고……."

아내의 싸늘한 말을 듣고도 배태욱은 미소를 지으며 다정한 목소리로 받았다.

"나는 그 맹목적인 내조를 높이 살 거요. 그 형식이 내겐 진실이오. 내용만 진실이 아뇨. 그나저나 애들도 애비를 원망하겠구려."

"그런 거에 상처 입을 애들이 아녜요. 늘 명랑해요."

"당신도 친구들 보기가 민망하겠소."

"친구들은 매스컴에서 떠든 횡령 사실만 알고 있어요. 내연녀에게 상가건물을 사준 건 모른다고요. 나도 사업가를 도덕군자로만 보지 않고 있으니 신경 끄세요."

"이제 친구들과 새롭게 어울리도록 해요. 함께 여행이라도 다녀오고. '수다회' 모임은 여전하오?"

"요즘은 좀 뜸해요."

"주동자인 당신이 나 때문에 소극적이라 그러겠지."

"소극적이라기보다 재미가 시들었다랄까……."

"앞으로 활성화시켜봐요. 수다 떠는 모임인데 거기에라도 재미를 붙여야 활력이 생기잖소."

세영은 배태욱의 활력이란 말에 이런 말로 응수해주고 싶었다. 활력 좋아하네. 너야 몰래 재미를 보고 있으니 나한테 미안하겠지만 나는 앞으로 재미가 무궁무진할 거라고. 그동안 내 눈치 보며 내연녀와 어울리려니 얼마나 피곤했겠니.

"모처럼 고향에 다녀올까 해요."

세영이 불쑥 귀향의사를 밝히자 배태욱의 표정이 금방 굳어졌다. 아내의 일이라면 무관심해온 남편이지만 귀향에 대해서만은 신경을 곤두세웠다. 세영은 친정부모가 세상을 떠난 후로 고향에 발을 끊다시피 했지만 배태욱은 아내의 귀향을 꺼렸다. 찬혁 때문이었다. 부여에 가면 혹시나 찬혁의 소식을 듣게 되지 않을까 꺼림칙했던 것이다.

"이젠 편한 마음으로 살도록 해요."

조용히 한마디를 뱉은 세영은 가방에서 꺼내 온 얇은 서류 봉투를 내밀었다.

"이게 뭐요?"

"도장만 찍으면 돼요. 귀찮게 이혼소송 따위는 생략해요. 위자료는 필요 없어요. 품위 있게 끝내자고요. 당신도 속으로는 좋아하겠죠."

이혼은 쉽게 결판이 났다. 세영은 큰 짐을 내려놓은 기분이었다. 동민과 다혜도 이미 예상했던 일이어서 큰 충격을 받지 않았다. 찬혁의 자살미수사건이 터진 것은 그 무렵이었다. 세영은 무척 고심이 컸다. 자살미수사건을 보고도 모르쇠로 버티기엔 양심의 가책이 너무 무거웠다.

나는 죄인이다! 아니, 죄인이어야 한다!

세영은 여태까지 그 말을 되뇌며 살아왔다. 할아버지와 아버지의 죄지만 그 죄의식에서 한시도 벗어난 적이 없었다.

판문점으로 불려진 주막

고속버스가 천안분기점을 지나 천안논산간고속도로로 접어들자 도로가 시원하게 열렸다. 자가용 대신 고속버스를 이용한 그 여유가 마음을 느슨히 풀어주었다. 세영의 기분은 다시 처녀시절로 환원되었다. 산과 들이 예전처럼 정겹게 다가왔다. 배태욱과 동행할 때는 산과 들이 늘 서먹했다.

서울을 떠난 지 두 시간여 만에 고속버스는 부여 시내로 진입했다. 버스에서 내린 세영은 썰렁한 터미널이 낯설어 보였다. 옛날처럼 북적대던 정류장이 아니었다. 승객들에게 "짐 잘 챙겨서 천천히 내리세유" 하던 옛 차장 아가씨의 목소리가 그리웠다. 세영은 경희와 약속한 식당을 찾아갔다. 미리 식당 앞에 나와 있던 경희가 세영을 보자 반색하며 달려왔다.

"나도 너처럼 과부신세 되려고 헤어진 거야."

식탁에 마주 앉자 세영이 먼저 짓궂은 말을 꺼냈다. 점심시간이 지나서인지 홀은 한산했다.

"순순히 도장 찍어주던?"

"안 찍어주면 내가 권총으로 쏴버릴 텐데?"

"쏠 만도 하지. 몰래 자식까지 퍼질렀으니."

"이젠 숨통이 터져. 진작 헤어질 걸 참았나 봐."

세영의 말에 경희가 느닷없이 웃음을 터뜨렸다. 세영이 의아한 표정을 짓자 경희는 또 한바탕 웃고 나서 어이없는 말을 꺼냈다.

"내 것도 작은집 만들어놓고 헤어졌으면 얼마나 좋아. 병들어 죽지 말고."

"좋아?"

"병들어 죽느니 작은집 만들어놓고 헤어진 게 훨씬 낫잖겠어? 종종 작은마누라와 싸움도 벌일 테고, 작은집 애한테 큰엄마 소리도 들을 테고. 내 인생이 풍족해질 것 아냐?"

"어쭈, 과부생활 15년에 도통하셨네."

"공주나 논산쯤에 숨겨둔 서방님 가족이 있다고 상상해보라고."

"너 언제부터 그렇게 도통했냐?"

"하도 어둡게 살다보니 내가 돌았나 봐. 요즘 허튼소리 하고 싶어 입이 근질근질해."

“그럼, 서방 바람피운 덕에 내 주변도 풍족해지겠다?”

“너야 찬혁 씨가 있으니 내 외로운 처지와는 다르지. 찾아봤니?”

“그래서 내려온 거야. 혹시나 소식을 들을까 해서.”

“뉴스를 보고 내 충격도 컸어. 암튼 미수로 그쳤으니 새로운 기회로 삼도록 해.”

“경희야, 너 혹시 숨겨둔 물건 있니?”

“그거 귀찮아. 무슨 재미를 보겠다고 재혼하겠어. 슬슬 구경이나 다니고, 너와 재밌게 까불어대고.”

“끝내 수절하겠다?”

“나 죽으면 정부에서 열녀문 세워주겠지.”

경희와 세영은 손을 맞잡고 너털웃음을 날렸다. 오랜만에 만나고 보니 마냥 즐거웠다. 두 여자는 중학 동창으로 경희는 몸이 허약한 세영과 늘 붙어 지냈다. 가난한 탓에 고교 진학을 포기하고 집안일을 돌봐야 했던 경희는 진심으로 세영의 성공을 빌었다. 너는 내 꿈이야. 그러니 항상 건강 챙겨서 꼭 성공해야 돼. 그런 경희에게 세영은 귀향 때마다 서울에서 유행하는 옷이나 구두를 사다 주곤 했다. 그리고 수업 내용에 대한 정보지나 책자를 챙겨줌으로써 경희가 학습 내용이나 세상물정을 익히도록 애썼다.

경희와 점심을 먹고 헤어진 세영은 택시를 잡아타고 곧장 충화 쪽으로 달렸다. 규암을 지나 홍산에 도착하자 세영은 옛길을 달려보고 싶어 진둥재 쪽으로 방향을 틀었다. 진둥재는 야트막하지만 도깨비가 많기로 소문난 고개였다. 세영은 어렸을 때 들은 엄세왈 씨 부부의 도깨비 논쟁이 아직도 귀에 쟁쟁했다. 밤에 진둥재를 넘다가 도깨비와 씨름했다는 엄세왈의 체험담 때문에 벌어진 부부싸움은 오금이 저릴 만큼 재밌었다.

"왼쪽다리를 걸지 그랬슈. 그래야 도깨비가 맥을 못 출 틴디."

아내가 아는 척을 하자 엄세왈은 말짱 거짓말이라고 우겼다.

"이 무식쟁이야, 지금 같은 개명천지에 도깨비가 워딨어? 오밤중에 혼자 걸어가다가 으시시한 디서 넘어진 걸 도깨비에 홀렸다고 농담헌 건디 뭐가 워쩌?"

엄세왈은 초등학교를 나온 지식층이라고 빼기는 터라 과학적 논리를 내세웠다. 하지만 초등학교도 다니지 못한 아내는 남편한테 무시당해온 터라 그냥 넘어갈 수가 없었다.

"개명천지라구 혀서 도깨비가 읎다는 법 워딨슈? 그러구 전깃불 읎는 동네가 태반인디 개명천지라구?"

남편을 신나게 몰아붙인 아내는 가슴이 훤하게 열리는 기분이었다. 지가 잘났으면 얼매나 잘났다구 사람을 무시허는 거여. 대학 나온 사람이 동네에 둘이나 있는디 겨우 초등핵교 나온 주제에 마누라를 개밥그릇 취급헌단 말여? 지가 왜장치며 사는 것두 모다 내 덕인 걸 몰러? 그 지랄로 까불다간 암 때구 큰코다칠 거구먼. 내가 눈이 삐었지. 허우대 좋다구 건달한티 반해버린 내 소갈머리가 웬수여. 논일을 제대루 헐 줄 아나, 밭일을 제대루 헐 줄 아나, 만날 화투판에 어울려 살다가 문전옥답 죄 날려먹었응게, 어이구 내 팔자야!

택시는 폐교된 지산초등학교를 지나 무수점 부락에 도착했다. 세영은 옛 황톳길을 걷고 싶어 택시를 돌려보냈지만 그 추억 어린 길에도 2차선 아스팔트 도로가 깔려 있었다. 이런 오지에 도로가 뚫리다니, 정말 쥐구멍에 볕 든 격이었다. 우물터를 둘러본 세영은 낯익은 고샅길을 걸어 언덕으로 올라갔다. 부여군에 속하는 새뜸과 서천군에 속하는 무수점을 한동네처럼 엮어준 언덕에는 500년 묵은 정자나무가 서 있었다. 옛날에는 그 느티나무 가지에 그네가 매달리고 풍물패가 주위를 맴돌았는데 10년 전에 고사했다고 한다.

세영은 천천히 새뜸 쪽으로 내려갔다. 먼저 찬혁네 함석집을 눈여겨보았다. 빈집이었다. 찬혁의 몸을 처음 껴안았던 안방은 그대로 남아 있었다. 마루도 옛날 모습 그대로였다. 세영은 풀이 우거진 마당에 서서 먼 태봉산을 바라보았다. 선조왕의 태실비가 서 있던 산봉우리가 젖무덤처럼 봉긋했다. 이번에는 부락 전경을 훑어보았다.

참으로 묘한 지형이었다. 월명산 기슭에서 아랫녘 송정호수까지 펼쳐진 들판을 끼고 70여 채의 집이 옹기종기한데, 30여 채의 위뜸과 40여 채의 아래뜸을 합쳐 행정구역상 오덕리에 속하지만 원래 토속 명칭은 새뜸이었다. 서로 다정해야 될 두 마을이 원수 사이가 된 것은 위뜸 김씨와 아래뜸 전씨가 씨족부락을 이루어 서로 앙숙으로 지내왔기 때문이다. 그들은 자기네가 잘되기보다는 상대방이 못되기를 더 바랐다. 그처럼 적대관계로 살아온 두 뜸 사이에 주막이 있는데 짓궂은 사람들은 그 주막을 판문점이라고 부르고, 위뜸과 아래뜸이 합친 새뜸을 통일조국이라고 불렀다.

"조국이 통일되면 주막은 성지가 될 거여."

그처럼 회자되던 주막 자리에는 2층 건물이 들어서고 슈퍼 간판이 길게 걸려 있었다. 1층은 슈퍼로 2층은 주택으로 쓰는 모양이었다. 세영은 옛 주막집 주인이었던 길용 씨의 얼굴을 떠올리며 슈퍼 안으로 들어섰다.

"어서 오세요."

삼십대 후반으로 보이는 사내였다.

"여기가 주막 자린데 언제 헐렸나요?"

세영은 그냥 묻기가 민망해서 주스 한 병과 껌 한 통을 집어 들었다.

"5년 넘었어요."

"길용 씨는 생존해 계신가요?"

"오래전에 작고하셨어요. 그런데 왜 그분을 찾으시죠?"

"그분을 잘 알거든요."

"어디서 오셨는데요?"

"서울."

"위뜸에 오셨나요? 아래뜸에 오셨나요?"

세영은 미소를 지었다. 아직도 위뜸 아래뜸으로 불리다니…….

"나는 위뜸 아래뜸이 아닌 새뜸에 왔어요. 실례지만 댁은 여기가 고향인가요?"

"네. 위뜸에서 태어났습니다."

"위뜸 어느 분 자제신가요?"

"김자, 평자, 도자 되시는 분이 아버님이신데요."

"그럼 찬혁 씨가 사촌 형님이겠네요."

"그 형님을 어떻게 아시죠?"

"고향분인데 모를 리 없죠. 그분 지금 어디 사시죠?"

"서울인데…… 주소는 몰라요."

슈퍼에서 나온 세영은 건물 마당에 서 있는 단풍나무로 바투 다가갔다. 그 늙은 단풍나무 밑에는 나무 벤치 하나가 덩그마니 놓여 있었다. 벤치에 앉아 옛 추억을 회상하던 세영은 길용 씨의 모습을 떠올려보았다. 원래는 이발소였던 초가를 개조해서 주막으로 꾸민 길용 씨는 서천군 마산에서 이주해 온 홀애비였다. 그는 이주해 온 이듬해부터 새뜸 이장 일을 맡아보았는데 위뜸과 아래뜸은 중립적 입장인 그를 이장으로 추대했던 것이다. 세영은 자기를 반겨주던 길용 씨의 목소리가 아직도 귀에 쟁쟁했다.

*

세영이 대학을 졸업하고 패션디자이너로 일할 때였다. 서울 생활을 포기할 정도로 몸이 허약해진 세영은 집에서 안정을 취하려고 귀향길에 올랐다. 서울에서 직행버스를 타고 부여를 거쳐 홍산까지 달려와 새뜸까지 걸어왔을 때는 여름 해가 서산으로 기울 무렵이었다. 주막 마당에도 단풍나무 그늘이 길게 드리워 있었다.

"누구여?"

그늘에서 땀을 식히는 세영에게 길용 씨가 어웅한 눈길을 주며 다가왔다.

"아래뜸 세영이에요."

"세영이? 면장 딸 세영이 말여?"

길용 씨는 면장을 지낸 전덕술을 전직 명함으로 예우해주었다.

"여기서도 세영이 소식은 가끔 듣고 있어. 예술을 하고 있다지?"

"패션디자인이라고 상품을 개발하는 일이에요. 대학에서 배운 걸 써먹는 거죠."

"세영이는 인물도 예쁘고 똑똑하니까 앞길이 훤할 거여. 그런데 어서 시집을 가얄 것 아녀? 지금 몇 살이지?"

"스물일곱 살예요."

"아직은 꽃다운 나이지만…… 암튼 서른을 넘기면 못써. 여자란 화목한 가정을 꾸미는 게 제일이여. 세영이야 부잣집 외동딸에 신식 공부도 마쳤겠다 존 신랑감이 쌨을 거구먼."

"아버지는 요즘도 읍내에 나다니시나요?"

"그 사람이야 만날 기관장 유지들과 어울려 지내는 게 일이지. 소문에는 큰일을 꾸밀 것 같던데……."

이장이 말한 큰일이란 정치판을 의미했다. 세영은 얼굴을 찡그렸다. 아버지가 정치판에 낀다는 것 자체가 어설픈 일이었다.

"요즘 동네 분위기는 어때요?"

"옛날 같지는 않여. 자네 아버지가 화해를 모색하려고 애쓰는 바람에 많이 달라졌어. 그런데 찬혁이가 이사 온 후로 또 분위기가 얼어붙었구먼."

"앞으로 이장님께서 새뜸의 화해를 위해 노력해주세요."

"내가 무슨 힘이 있다고. 암튼 고마워."

그때였다. 먼지를 날리며 황새모롱이를 돌아온 오토바이 한 대가 주막거리에서 멈춰 섰다. 서른 살이 될까 말까 한 젊은 사내는 오토바이를 탄 채 이장에게 인사를 차렸다.

"어디 갔다 오는 길여?"

"어머니 약시중 때문에 일찍 퇴근하는 길이에요."

"효자구먼."

이장이 인사치레를 하자 사내는 요란한 폭음을 내며 위뜸 쪽으로 내달렸다. 사내의 시선이 세영의 얼굴에 이삼 초 머물렀을까, 그 날카로운 응시에 찔려 세영은 멍하니 서 있기만 했다. 사내의 몸에서는 살기가 번뜩였다. 피 냄새와도 같은 섬뜩한 기운이었다.

"누군지 알어?"

"잘 알아요. 부여읍내에 살던……."

"맞어. 찬혁이여. 요즘은 홍산 철공소에서 일한다지만 깡패 짓은 여전한가 봐."

"언제 이사 왔죠?"

"석 달 전여. 모친네가 고향에서 죽고 싶다고 고집을 부렸나 봐. 부여로 떠난 지 십몇 년 만에 돌아온 셈이지. 그동안 에미 속을 쉴찮이 썩였는데, 착한 사람이 어째서 그리 됐나 모르겠어."

"그럴 만한 이유가 있겠죠."

세영은 찬혁에게 역성드는 말을 꺼낸 자신이 이상했다. 징그럽고 흉포하게만 여겨온 인간한테서 연민의 정이 느껴지다니.

"엄격한 홀어머니 품에서 자라선지 원래는 품행이 단정했어."

이장도 찬혁을 두둔하는 투로 말했다. 고등학교를 우등생으로 졸업한 찬혁이 갑자기 포악해지면서 술과 싸움질로 세월을 보낸 것은 연좌제 탓이라고 했다.

"사관학교를 지망했지만 연좌제에 걸리는 바람에 합격이 취소된 거여."

그래서 세상을 원망하게 되었는데 폭력전과 3범에다 아직까지 장가를 못 간 것도 모두 그 탓이라고 했다. 요즈막에야 어머니가 몸져눕자 약시중을 드는 바람에 겨우 집에 붙어 있는 거라고 부연 설명했다. 이장의 말을 듣고 나자 세영은 어머니의 옛 당부가 떠올랐다. 찬혁이를 조심해라. 그자는 늘 몸에 칼을 품고 다닌단다. 혹 마주칠지 모르니 몸을 조심해라. 우리 집에 아들이 없어 후손을 거덜 내지 못하는 걸 원통해하는 작자다.

하지만 세영의 눈에 비친 찬혁의 모습은 정숙한 학생이었다. 고등학생인 찬혁을 가끔 읍내에서 만난 적이 있지만 교복을 단정히 입은 데다 인상부터가 착해 보였다. 그런 찬혁이 학교를 졸업하고부터 악마로 변신하다니, 세영은 찬혁의 행패가 안쓰러우면서도 두려웠다. 술 취한 얼굴로 대낮에 읍내 거리를 휘젓고 다니거나, 피투성이가 되어 길바닥에 뒹구는 꼴이 눈에 띌 때는 몸이 떨리기도 했다.

여고시절, 세영은 찬혁과 단둘이 맞닥뜨린 적이 있었다. 여름방학을 맞아 서울에서 귀향할 때였다. 부여에서 경희를 만나 이야기꽃을 피우다가 천등재를 넘을 무렵에는 어둠이 질게 깔려 있었다. 세영은 달리다시피 발길을 재촉했다. 길가의 수목들이 산발한 귀신처럼 보여 소름이 끼쳤다. 그때 갑자기 반딧불 같은 불빛이 눈앞에 어른거리더니 시커먼 몸체가 앞을 가로막았다. 찬혁이었다. 그의 몸에서는 술 냄새가 진동했다. 담뱃불을 발로 짓이긴 찬혁이 칼집에서 빼 든 잭나이프를 세영의 얼굴 앞에서 빙빙 돌리며 중얼거렸다.

"네가 계집애가 아니고 머스매라면 이 칼로 요절낼 텐데……."

세영은 숨이 콱 막혔다. 살려달라고 울부짖고 싶었지만 입이 굳어 열리지 않았다. 몇 분쯤 지났을까, 찬혁은 칼을 칼집에 넣고 천당리 쪽으로 스적스적 걸어갔다.

어머니의 걱정은 세영이 대학생이 된 후에도 여전했다. 오히려 점점 더 무서운 말을 했다.

"서울에서 내려올 때는 꼭 첫차를 타고 오도록 해라. 읍내에 늦게 도착하면 밤길을 걷다가 혹 그자를 만날지 모른다. 네가 컸으니까 음심을 품을지도 몰라. 요즘은 성깔이 더 포악해져 법도 무서워하지 않는다더라. 낮에도 버젓이 칼을 꿰차고 다니며, 이 칼에 전가놈들의 피를 묻히는 날이 장가드는 날이라고 떠들어댄대. 그자가 얼마나 포악한 줄 아니? 꿈틀거리는 뱀을 입으로 잘근잘근 씹었다는 거야. 그러면서 그 뱀이 네 할아버지라고 소리치더래. 읍내에서는 미친데기라고 소문이 자자하단다."

"그 사람이 우리한테 품은 원한이 뭔데요?"

"나도 자세히는 모른다. 할아버지 적 일인 모양인데……."

동굴 속 같은 그 음험한 비밀을 며느리 입장에서 캐물을 수 없었다며 어머니는 대답을 얼버무렸다.

"어서 오렴."

세영이 공회당 앞을 지나는데 솟을대문 쪽에서 어머니가 반색하며 다가왔다.

"훨훨 벗고 몸부터 씻어라. 아버지는 방금 읍내에 나갔으니 늦게 들어오실 거다. 내년 지자체선거에 출마한다고 야단인 데……."

"아빠 같은 분이 무슨 정치를 하신다는 거죠?"

"뭔 살판이 나서 그러는지 모르겠다."

어머니는 한숨을 내쉬었다. 전덕술을 남편과 정치가로 분리해서 볼 때 남편으로서야 운명 탓으로 돌릴 수밖에 없다지만 정치가로서는 정말이지 격에 맞지 않았다. 투철한 국가관이 있나, 투철한 사회관이 있나, 투철한 인생관이 있나, 도저히 존경심이 들지 않았다. 모두가 허욕이고 하는 짓이 즉흥적이었다. 그에게 인정해줄 만한 면이 있다면 딱 한 가지, 제 실속 차리며 살아가는 잔꾀뿐이었다.

"엄마 양념장 솜씨는 여전하겠지?"

"몸 씻을 동안 상추와 쌈장을 준비할 테니 밥 먹고 유원지로 나가봐. 엄청 변했어. 밤이면 꽃밭이야."

세영은 딸의 마음을 보듬기 위한 어머니의 수다가 눈물겨웠다. 외동딸 하나에 의지해서 살아가는 어머니에게 즐거움과 희망은커녕 병치레만 보여주다니!

애초에 세영은 활달한 성미였다. 부드러운 곡선과 날카로운 직선의 저돌성에서 변화의 기교와 신선함을 느낀 그녀였다. 그래서 대학 학과도 색상을 요리하는 의상디자인 계통을 선택하게 되었고 앞으로 파리 유학을 마치면 국제적인 디자이너로 성장할 참이었다. 그런 세영이 모든 걸 포기하고 귀향하게 된 것은 허혈성 심장병이 악화되었기 때문이다.

"배태욱이 마음에 안 들면 떳떳이 포기해라. 총각이라지만 나이가 서른여섯인데 하자가 있을지도 몰라."

어머니가 부엌에 들어가다 말고 단단한 목소리로 말했다. 세영은 어머니를 덥석 껴안아주고 나서 장난기 어린 말로 캐물었다.

"그 사람을 꽃에 비유한다면 어느 꽃에 해당될까요?"

"어느 꽃에도 해당되지 않는 사람이다."

"왜요?"

"꽃에 비유할 수 없는 사람이면 모든 꽃에 비유할 수 있다는 말이지."

"중심이 없다는 말인가요?"

"아예 중심이 뭔지를 모르는 사람이다. 그러니 그런 사람과 살면 긴장할 필요가 없니라. 고뇌에 빠질 필요가 없다는 말이지."

"히야, 우리 엄마 언제 이렇게 유식해졌어?"

"그렇다고 내 딸을 그런 인간에게 맡길 순 없다. 얼굴이 깔끔해 보이지만 어딘지 엉큼해. 그처럼 개운찮은 인간은 잔재주만 능숙하고 아름다움이 뭔지를 모른다. 아름다움을 모르는 인간은 진실이 뭔지를 몰라. 진실은 아름다움의 씨앗이거든."

세영은 어머니의 지성에 가슴이 떨렸다. 자신감이 치솟았다. 분명 자신의 몸에도 어머니의 피가 흐를 것이었다. 저런 분이 아버지 같은 분과 살고 있으니 얼마나 답답하실까.

"차라리 너를 외국에 보내고 싶구나. 너른 세상에서 훨훨 날아다녔으면 좋겠어. 어서 네 건강이 호전돼얄 텐데……."

세영은 엄마 품에 안기며 속삭였다.

"엄마, 할 일이 생겼어!"

"할 일이라니?"

"나중에 말씀드릴게요."

세영은 얼른 대문 밖으로 나가 위뜸 찬혁네 집을 바라보았다. 조용한 그 함석집에서 아지랑이처럼 하늘거리는 무엇인가가 꿈틀거렸다.

밤늦게 귀가한 전덕술은 얼굴에 환한 미소까지 띠며 딸에게 접근했다. 보나마나 배태욱에 대한 이야기일 텐데 그를 사위로 삼아야 정치자금을 원활하게 조달할 수 있었다. 이참에 한 단계만 올라서면 앞으로 군수를 거쳐 국회의원까지 넘볼 수 있는 그로서는 무엇보다 금력이 필요했다. 대전 갑부로 소문난 아버지의 재산을 고스란히 물려받은 배태욱에게서 전덕술은 이미 선거자금을 약속받은 거나 마찬가지였다. 이래저래 세영은 보배였다. 배태욱 제까짓 게 아무리 예비 재벌이라 해도 우리 세영이 만한 귀재를 찾을 수 있을라고. 전덕술은 저절로 입이 헤벌어졌다.

배태욱은 서울에서 처음 세영을 만났을 때 미모와 재기에 반한 나머지 결혼하게 되면 패션 빌딩을 지어주고 호화저택에 가정부를 두세 명 두겠다는 따위의 허세를 늘어놓았다. 사업윤리나 철학을 모르는 애송이 짓, 세영은 그런 허세의 노리개가 될 수는 없었다.

"선거가 닥치기 전에 어서 약혼식부터 치르자."

"선거라뇨?"

세영은 뻔히 알면서도 짐짓 놀라는 표정을 지었다.

"넌 아직 모르고 있었니? 내년 가을 지자체선거 때 도의원에 출마하기로 했어."

"아버지가요?"

"왜 내가 출마하면 안 되니?"

"그게 아니고…… 그동안 토대를 많이 닦으셨는지 그게 궁금해서요."

"이제 닦으려니까 고민이지. 또 나 혼자 하는 고민이니까 막연하기도 하고, 그런데 말이다……."

갑자기 전덕술의 표정이 밝아졌다. 파격적인 득표 방법을 귀띔해준 배태욱의 말이 떠올랐던 것이다. 위뜸과의 화해였다. 그것도 그냥 화해가 아니라 극적인 상황을 꾸밈으로써 선전효과를 노리자는 귀띔이었다. 현재 군내에는 열여섯 개의 읍면이 있는데 그중에서 전덕술의 출마 예상 지역 중 3개면에는 위뜸 김씨네 씨족이 밀집돼 있어 그들의 마음만 움직이면 몰표가 가능하다는 계산이었다. 또한 그런 극적인 화해를 대대적으로 홍보함으로써 군 전역에 전덕술의 이타주의적 인간미를 강력하게 부각시킬 수 있다고 했다.

전덕술은 배태욱의 말이 좀 황당하면서도 몰표란 말에 귀가 솔깃했다. 하지만 극적인 화해 방법이 떠오르지 않아 가슴이 답답했다. 위뜸 사람들을 찾아가 일일이 사정할 수도 없고, 무턱대고 빌 수도 없는 노릇이었다.

"방법이 있긴 해요."

세영이 혼잣말처럼 중얼거렸다. 방법? 전덕술의 눈이 번하게 열렸다. 세영은 이때다 하고 기회를 노렸다. 선거 문제를 잘만 다루면 배태욱과의 혼사를 파기할 대안이 생길 것만 같았다. 사실 전덕술은 사윗감보다 선거가 더 큰 관심거리였다.

"유원지 위락시설을 활용해보세요. 위뜸과의 공동운영 말예요."

순간, 전덕술의 몸이 꿈틀거렸다. 하마터면 옳지! 하고 소리칠 뻔했다. 하지만 당장 딸에게 감정을 노출시켜서는 안 되었다. 채신없이 굴어서는 배태욱과의 혼사를 거론할 수 없었다. 전덕술은 점잖게 나무라는 투로 말했다.

"내 수입을 어째서 남한테 거저 주겠다는 거냐? 더구나 위뜸놈들에게."

"막대한 선거자금에 비하면 그깟 돈은 아무것도 아니죠."

"저놈들한테 그런다고 인심을 얻을 것 같으냐?"

"얻고말고죠."

세영은 단호하게 대답했다. 막연하지만 가능성이 엿보였다. 그 가능성을 구체화시키면 되었다. 그래, 찬혁을 두려워할 게 아니라 찬혁에게 밀착하면 된다. 세영의 가슴에 뜨거운 열정이 솟구쳤다.

세영을 병원에 업고 온 찬혁

어디서 우렁찬 마이크 소리가 들려오고, 어지러운 시야 속에서 사자후를 내뿜는 아버지의 입이 너펄거렸다.

친애하는 군민 여러분, 지방자치제란 뭐냐? 우리 지역의 발전과 복지를 우리 스스로가 감당하도록 책임을 지워주는 제도입니다. 그렇다고 볼 때 이 지역에서 누구를 일꾼으로 뽑아야 될 것인가, 지금이야말로 여러분의 영특하신 선택이 요망되는 중차대한 시기입니다. 저로 말할 것 같으면 악랄하기 이를 데 없는 일제 관리의 외아들로 태어나, 그분이 수탈하신 재물로 호강스럽게 자랐으며, 공직자로 근무하면서도 부동산 투기와 온갖 부정으로 사회적 입지를 확고히 세우고, 그것을 토대로 국가와 민족을 위하여 공헌하고자 금번…….

"여기가 어디죠?"

의식을 회복한 세영은 아직 흐릿한 시야 속에서 하늘거리는 누군가에게 물어보았다.

"병원요. 길바닥에 쓰러져 있습디다."

침상 곁에 서 있는 그 희미한 형체가 대답했다. 그리고 그 윤곽이 점점 선명해지면서 온전한 찬혁의 모습을 드러내자 세영은 얼른 눈을 감았다. 내가 길바닥에 쓰러져 있었다니? 어째서 찬혁이 내 곁에 서 있지? 세영은 자기가 병원에 오게 된 과정을 얼추 상상해보았다.

약국에서 제조해준 약봉지를 들고 시내버스정류장 쪽으로 걸어가다가, 일본 단체관광객들의 잡담을 들었고, 갑자기 머리가 어지러워지면서 아버지가 연설하는 환청이 들렸고, 마침 찬혁이 오토바이를 타고 지나다가 도로에 쓰러진 나를 안고 병원에 데려왔겠지…….

세영은 자기의 추한 꼴을 떠올리며 창피한 생각에 몸이 떨렸다. 몸에 흙먼지가 묻었겠지. 머리가 헝클어졌겠지. 허벅지를 드러냈을지 몰라. 세영은 눈을 감은 채 자기 손목을 꼬집어보았다. 아팠다. 이제 눈을 떠볼까? 찬혁의 얼굴을 무슨 낯으로 바라보지? 무슨 말로 감사를 표시하지? 세영은 눈을 감은 채 요모조모로 생각해보았다. 그때였다. 밖에서 낯익은 오토바이 소리가 들려왔다. 세영은 얼른 눈을 떴다. 찬혁이 보이지 않았다.

"떠났군……."

세영은 혼자 중얼거리며 상체를 세웠다. 머리가 띵했다. 병실을 나와 건물 입구 쪽으로 걸어갔다. 출입문을 반쯤 열고 바깥부터 살펴보았다. 발길이 뜸한 아스팔트 도로 위에는 싸라기 같은 초가을 볕이 하얗게 뿌려져 있을 뿐 찬혁의 모습은 보이지 않았다. 문을 닫고 원무과 쪽으로 걸어갔다. 구멍 난 유리창 안쪽에 여직원 둘이 업무를 처리하고 있었다.

"치료비가 얼마죠?"

"모두 계산했는데요."

여직원이 상냥하게 말했다.

"누가요?"

"아까 업고 들어온 남자분이요."

"내가 그분 등에 업혀 왔나요?"

"아는 분이 아니세요?"

"몰라요."

"그런데 왜 업고 오고 돈까지 지불했죠?"

"고마운 분인데…… 인사나 드려야 할 텐데……."

세영은 말을 더듬었다. 무슨 말로 대답할지 몹시 난처했다. 모르는 사람이 업어서 병원에 데려오고, 치료비까지 지불하고 떠났다니, 직원들 입장에서는 자기의 말이 믿기지 않을 것이었다.

"그분 성질 되게 급하시던데요."

여직원 하나가 얼굴에 웃음을 매달며 말을 계속했다. 찬혁에 대한 이야기가 재밌는 모양이었다.

"왜요?"

"빨리 응급치료 하라며 법석을 떨었어요. 그러면서 뭐랬는지 아세요? 만약 꾸물대면 병원을 때려 부순대요, 글쎄."

"여기는 그분이 아는 병원예요?"

"모르는 분예요. 그런데 우리 직원 말이 읍내에서 소문난 깡패래요. 조심하세요. 아마 치료비를 대납한 것도 나중에 환자한테 몇 배 우려먹으려고 그랬을 거예요. 깡패들이 흔히 써먹는 수법이죠."

여직원은 자못 걱정스러운 표정까지 지으며 귀띔해주었다.

"그분은 그럴 사람이 아녜요. 성질이 급해서 그렇지 착한 분예요."

여직원은 세영의 얼굴을 살폈다. 모르는 사람이라고 말했으면서 착한 분이라고 두둔하다니, 그런 표정이었다. 세영은 더 이상 설명할 수 없어 계산 액수를 확인하고 문 밖으로 나왔다. 사방을 살펴보아도 찬혁의 모습은 보이지 않았다. 세영은 서둘러 버스정류장 쪽으로 걸어갔다. 버스 편으로 홍산까지 갔다가 택시를 타고 진둥재 쪽으로 달렸다. 택시를 탈 바에야 포장도로를 달려야 수월했지만 아래뜸을 거쳐야 위뜸으로 갈 수 있어 포장도로를 피해야 했다. 기사는 진둥재가 가까워지자 불평을 늘어놓았다.

"그쪽 도로는 비포장이라 충화 쪽으로 가야 더 빠른데요."

기사는 차에 흙먼지를 씌우는 게 싫어서인지 불평을 늘어놓았다. 사실 포장도로가 생긴 뒤로는 구도로로 다니는 차가 거의 없다시피 했다. 위뜸 사람들도 택시를 타면 평소 천둥재를 넘어 아래뜸을 질러 다녔다. 지금 찬혁네를 찾아가야 할 세영으로서는 포장도로를 이용할 경우 자기네 집 앞을 거쳐야 되니 구도로를 택했던 것이다. 택시 탄 세영의 모습을 보면 소문이 퍼질 게 뻔했다. 세영이가 왜 택시를 타고 찬혁네 집에 간 거여? 시골에서는 마을에 택시가 나타나면 누구네 집에 누가 가는지를 살피게 마련이었다.

위뜸에 도착한 세영은 세차비까지 보태서 요금을 지불하고 찬혁네 집 쪽으로 걸어갔다. 고샅은 한적했다. 집 앞에 도착한 세영은 열린 대문 안으로 두어 발짝 들어가 울안을 살폈다. 마당에 오토바이가 세워져 있는 걸로 보아 찬혁은 먼저 도착한 모양이었다. 토방에는 하얀 여자 고무신 한 켤레가 가지런히 놓여 있고 부엌 쪽에서 흘러나온 탕약 내가 코에 설핏했다. 세영은 인기척이 나는 부엌 쪽으로 한발 한발 접근해갔다. 그때 부엌문이 열리며 찬혁이 불삽을 들고 나왔다. 세영을 본 그는 토방을 내려와 엉거주춤 섰다.

"약을 다리셨군요."

세영이 먼저 말을 걸었다. 초등학교 때 말고는 처음 걸어보는 대화였다.

"몸이 불편할 텐데 웬일이요?"

찬혁은 퉁명스럽게 대꾸했다.

"아까는 고마웠어요. 그래서 인사도 드릴 겸……."

세영이 치료비를 내밀었다. 그러자 찬혁은 돈만 챙겨 들고 인사치레를 듣는 둥 마는 둥 하며 헛간 쪽으로 걸어갔다. 세영이 뒤따라가며 어머니한테 인사드리고 싶다고 하자 찬혁은 뒤도 돌아보지 않은 채 그냥 돌아가라고 했다.

"동네 개한테도 이처럼 박대할 수 없겠네요."

세영은 일부러 시비조로 말했다.

"당신을 상대하는 것이 피곤하니까."

"내가 지금 귀찮게 하는 게 뭐죠?"

"말하는 것 자체가 귀찮소."

찬혁은 헛간 쪽으로 고개를 돌렸다. 헛간 구석에는 두어 삽 뜨기의 숯 덩어리가 오보록이 쌓여 있었다. 찬혁이 숯을 떠 담으려고 허리를 굽히자 세영이 얼른 곁으로 다가가 불삽을 빼앗았다. 그 당돌한 서슬에 찬혁은 허리를 세우며 세영의 얼굴을 응시했다.

"동정하는 거요?"

찬혁은 도로 불삽을 채어 숯을 떠 담기 시작했다. 세영은 다음에 찾아오기로 결심하고 그냥 대문 밖으로 나갔다. 고샅길에는 어느새 산그늘이 지고 있었다.

*

아무리 생각해봐도 보배로운 딸이었다. 상상도 못한 위락시설 공동운영을 제안하다니, 전덕술은 생각할수록 세영이 기특했다. 하지만 계산은 철저했다. 배태욱과의 혼인과 위락시설 공동운영을 동시에 노렸다. 자금과 득표, 그 두 가지 요소는 서로 보완작용을 할 것이었다. 배태욱을 자기 식구로 만드는 것이 자금원을 챙기는 일이라면 공동운영은 표를 긁어모으는 데에 이바지할 것이었다.

"그래, 공동운영은 생각해봤니?"

"당장 이장님을 만나 의논하겠어요. 그런데 찬혁을 설득하는 게 문제예요. 찬혁의 동참 없이는 진정한 화해가 불가능해요. 공동운영이 위뜸에 대한 피해보상 의미를 지닌다면 찬혁은 바로 그 수혜의 당사자니까요."

"나도 네 생각에 동감이다. 하여튼 계획은 추진하되 당분간은 이 사실을 발설하지 마라."

전덕술은 극적인 선전효과를 노렸다. 그래서 먼저 방법부터 강구한 다음에 소문을 퍼뜨리는 게 순서였다. 사실 함부로 소문낼 일이 아니었다. 자칫 잘못하면 위락시설에서 오붓이 덕을 보고 있는 아래뜸 사람들의 반발뿐 아니라 배타심을 키워온 위뜸 사람들의 아집이 뒤엉켜 예측 못할 방해 요인으로 작용할지 모른다. 세영이 이장을 서둘러 만난 것도 그 때문이었다.

그런데 주막으로 이장을 찾아가 위락시설 공동운영에 대한 계획을 설명하고 이틀쯤 지나 김평도와 이장 간에 싸움이 벌어졌다. 세영이 이장에게 찬혁을 공동대표로 참여시켜달라고 부탁한 것이 화근이었다. 찬혁이 김평도에게 공동운영의 부당성을 지적해주었고, 성질 급한 김평도가 대뜸 이장을 찾아가 멱살부터 잡았던 것이다.

"이장질이나 잘 해처먹을 노릇이지 어째서 아랫놈들하고 쑤군덕거려, 이놈아! 그래, 덕술이가 혓바닥이 뒤집혀서 제 재산 손해 보겠다고 헛소리해? 모두 꿍꿍이속이 있어서 모사부리는 건디 어째서 속 못 차리고 놀아나는 거여. 이놈아!"

"말은 바로 하지만, 한동네가 화합해서 잘살아보자는 게 뭐가 나빠? 세영이가 생각하는 게 하도 기특해서 감동받은 건데 뭐가 나쁘냐 말여. 그리고 어른들이 일을 그르쳤으면 젊은이들이 나서서 화해를 하고 의좋게 살아얄 것 아녀?"

"이놈아! 전덕술 그놈이 어쩌자고 공동운영인지 지랄인지를 제안했겠냐구. 요새 일꾼 구하기 힘든 판국인디 위뜸 사람 힘 안 들이고 부려보자 그것 아녀? 건물 임대비 명목으로 제 실속은 모두 챙길 테니 꿩 먹고 알 먹자 그 심보 아니겠어? 쪽제비 같은 놈이 딸년을 앞세워서 잔꾀 부리는 꼴을 똑똑히 보란 말여."

토지와 시설은 엄연히 그냥 둔 채 그것도 시설 투자비 명목으로 임대료를 챙기기로 하고 나머지 수익금만을 나누어 쓰자는 것인데 자세히 뜯어놓고 보면 빛 좋은 개살구임이 분명했다. 그밖에도 손해 볼 일이 한두 가지가 아니었다.

첫째, 자주성을 침해당하는 일이었다. 떳떳이 합작투자하는 것도 아니고 일방적으로 시혜를 입은 입장이 되어 위뜸의 자존심을 손상시킬 것이었다. 지금까지 온갖 불이익을 감수하면서도 아래뜸에 맞붙어 싸워온 힘은 바로 자주와 자립정신이었다.

둘째, 기대심리에서 오는 부패였다. 실속은 별로 없으면서 향락체질에 물들기 쉽고 근로정신이 해이해지기 십상이었다. 편히 먹고살 수 있다는 그런 방심은 자칫 노동 착취의 제물로 전락하기 십상이었다.

셋째, 전덕술의 입지를 강화시켜주는 결과를 초래할 것이었다. 자신의 개인 수입을 공동의 복지를 위해 희생했다는 대의명분은 당장 그의 명성을 높여주어 다음 지자체선거에서 유리한 득표 요인으로 작용할 터였다. 그러니 그런 위험요소를 싸안으면서까지 돈 몇 푼의, 그것도 불확실한 예상 소득을 탐내서 전덕술의 계획에 말려들 것이냐가 찬혁의 반대의견이었다.

형님은 존경받을 강자야

벤치에 앉아 옛일을 회상하던 세영은 슈퍼 앞을 지나 아래뜸 쪽으로 걸어갔다. 집들이 거의 개축된 데다 신축 가옥도 여러 채여서 부락이 낯설어 보였다. 옛 자기네 기와집도 안채와 사랑채가 모두 헐리고 2층 양옥이 들어섰다. 돌담도 붉은 벽돌담으로 개축되고 솟을대문 자리에는 육중한 철제 대문이 버티고 있었다. 엄세왈 씨네 집을 찾아갔지만 그 집도 벌써 떠나고 집터에는 양옥이 들어섰다.

아래뜸을 둘러본 세영은 곧장 송정호수 쪽으로 걸어갔다. 옛날에 불타버린 위락시설 자리에는 호텔과 횟집이 들어서 있었다. 세영은 미리 저녁을 때울 겸 횟집으로 들어갔다. 홀은 깨끗하게 꾸며져 있지만 자리는 한산했다. 대구탕으로 저녁을 때운 세영은 멀리 월명산 능선 너머로 황혼이 질 때까지 호숫가를 거닐다가 위뜸 쪽으로 걸어갔다. 슈퍼에 도착했을 때는 어스름이 깔리고 있었다. 슈퍼 매장은 여전히 한산한 편이었다. 형광등 불빛이 환한 카운터에는 초등학교 이삼 학년 또래의 여자아이가 앉아 만화를 보고 있었다. 주인집 딸이겠지 싶어 아빠의 위치를 물으니 금방 핸드폰을 꺼내 번호를 쳤다.

"응응, 나이 든 아줌만데 참 예쁘게 생겼어. 옷도 멋지구. 응, 빨리 와."

"아빠가 근처에 계시니?"

"저녁 다 먹었대요."

"먹었다가 아니고 잡수셨다고 해야지."

"저도 알아요. 높임말."

입을 쫑긋 내밀었다. 세영은 아이의 기분을 풀어주려고 얼굴을 환히 열었다.

"너 참 예쁘구나. 공부도 잘하게 생겼고."

"아줌마도 예쁜데요, 뭐."

"히야, 참 똑똑하네. 이름이 뭐야?"

"김경아요."

"형제간은?"

"1남 1녀 중 제가 동생이에요."

"아빠 이름은?"

"김, 민, 재."

찬혁과 사촌 간인데도 항렬을 무시한 모양이었다. 의식이 젊어서일까? 그때 밖에서 자동차 소리가 들리고 이내 슈퍼 출입문이 열렸다.

"또 뵙게 되어 반가워요."

허리를 숙여 인사한 민재가 딸애에게 집에 가라고 일렀다. 세영이 지갑을 꺼내 경아에게 50000원권 한 장을 내밀자 먼저 아빠 눈치를 살폈다. 민재가 끝까지 사양했다. 아빠한테 전화를 걸어준 수고비와 여기서 마실 술값이라고 핑계를 대도 끝내 고집을 부렸다. 잠시 민재의 얼굴을 쏘아보던 세영이 경아를 데리고 출입문까지 데려다주면서 지폐를 억지로 손에 쥐여주었다.

"애한테 꺼내 준 돈인데 도로 집어넣으란 말이에요?"

매장으로 돌아온 세영이 일부러 목소리를 높였다.

"1000원짜리 한 장이라면 몰라도 그런 큰돈을 주시면……."

"경아가 무척 똘똘해요."

"벌써 애 이름을 아셨어요?"

"아빠는 김민재고."

"똘똘한 애 같으면 함부로 아빠 이름을 가르쳐주지 않았겠죠."

"괜찮아요. 내가 사기꾼이나 유괴범은 아니니까."

"전세영 여사님 맞으시죠? 여기저기서 알아봤어요. 돌아가신 전덕술 의원님 따님인 것도요."

"여기저기라뇨?"

"위뜸 아래뜸에서 여사님을 아실 만한 분들께요. 저도 어릴 적에 뵌 적이 있어 어렴풋이 기억이 나요."

"그런데 우리 아버지는 대전으로 이사하신 후에 돌아가셨는데 그걸 어찌 알았어요?"

"왜 몰라요. 동네에 소문이 파다했는데요. 도의원까지 지내시고."

"민재 씨 아버님은 생존해계신가요?"

"네. 아직도 건강하세요. 아버지께도 전 여사님 오신 걸 말씀드렸어요. 여사님 인상이나 태도를 자세히 설명했죠."

"아까 어르신 안부를 묻지 않은 건 지금 이야기를 나누고 싶어서 그랬어요. 내가 아직 떠나지 않은 것도 민재 씨를 조용히 만나고 싶어서였고."

"사실은 저도 뵙고 싶었어요. 아래뜸을 지나 유원지로 가시는 걸 보고 만나 뵐까 했죠."

"왜요?"

"말씀을 놓으세요. 고향 선배님이신데 제가 어색해요."

"그럼 그럴까. 서로 편하게."

"그러세요. 아까 우리 애를 예뻐해주신 것 고마워요."

"고맙긴, 당연하지. 이번 여행에서 민재 씨를 만난 게 너무 행운이었어. 솔직히 말해서 난 형님 소식을 듣고 싶어서 고향에 내려온 거야. 누구를 만나야 할지 난감했는데 운 좋게 민재 씨를 만난 거지."

"씨 자도 빼시고 그냥 민재라고 불러주세요. 제 나이 서른아홉밖에 안 돼요. 그리고 저도 여사님을 누님이라고 부르고 싶어요."

"그럼 그래. 나도 여사님 소리 듣기가 거북하거든."

민재는 세영을 테이블로 안내하며 형님을 마지막으로 보신 게 언제냐고 물었다.

"마을 위락시설 화재사건이 일어난 날이었어."

"저도 사건 내용을 잘 알아요. 불구경을 했거든요."

"형은 불나던 날 아침에 여길 떠났지."

"그것도 알아요. 한 달쯤 지나 서울에서 편지가 왔어요. 잘 지내고 있으니 걱정 말라고요. 제가 그걸 기억하는 건 아버님이 그 편지를 받고 통곡하셨거든요."

"통곡?"

"예. 소리 내어 엉엉 우셨어요. 온 식구가 다 울었죠."

"형님이 고향에는 언제 왔어?"

"제가 고등학교 졸업 무렵이었죠."

"자세히 말해줘. 얼마간 머물렀고 형님이 무슨 말을 했는지."

“이삼일 머물다 떠났는데, 형님은 말을 아꼈어요. 너무 무거운 표정이라 우리 식구들도 함부로 말을 걸 수 없었고요.”

“그 후 형님을 언제 만났지?”

“못 만났어요. 20년이 넘도록 친척들 아무도 몰랐죠. 그런데 요즘에야 소식을 들은 거예요. 누님도 방송을 통해 아셨죠?”

세영은 대답을 삼킨 채 벌떡 일어나 양손에 맥주병을 거머쥐고 왔다. 민재가 마개를 따서 컵에 따라주자 연거푸 서너 잔을 마셨다.

“여기서 밤을 새우고 아침 일찍 떠나겠어.”

“제가 편히 모실 테니 아무 염려 마세요. 유원지 호텔도 깨끗해요.”

“형님이 민재처럼 다정하면 얼마나 좋았을까…….”

세영이 한숨을 내쉬며 민재의 잔을 채워주었다.

“언젠가 캄캄한 밤에 형님이 잔뜩 취해갖고 혼자서 세영아! 세영아! 소리치는 걸 들었어요.”

“어디서?”

“형님네 뒤란에서요.”

“그럼 큰어머니도 들으셨겠네?”

“그럼요. 방에 눠계셨는걸요.”

“또 누가 들었을까?”

"아버지도 들으셨죠. 제가 그때를 확실히 기억하는 건 형님이 장독대로 넘어지면서 팔을 다쳤거든요."

"다쳐?"

"누님 이름을 부르며 몸부림치다가 장독대로 넘어지면서 항아리를 깼어요. 팔에서 피가 철철 났죠. 그 흉터가 지금도 남아 있을 거예요."

"그 흉터를 보고 싶어."

"좀 어색하시죠? 형님 같은 사람이 누님을 사랑하셨다는 게."

"그게 무슨 소리야? 어색하다니?"

"신분 차이가 나니까요."

"민재, 내 말 잘 들어. 내가 그런 생각을 했다면 여기까지 와서 형 얘기를 나누겠어? 왜 내 인격을 모독하는 거야?"

"죄송해요. 제 생각이 모자라서……."

"생각이 모자란 게 아냐. 민재의 맘이 약해서 그래. 형님은 누구도 당해낼 수 없는 강자였어. 그것도 진정한 강자, 존경받을 강자였다고. 형님은 평생 공사판 일용직으로 살아왔겠지만 누구보다도 훌륭한 위인이셔. 그래서 내가 형님을 잊지 못하는 거고."

"저도 형님을 존경해요."

"그리고 민재한테 하는 얘긴데, 지금 나 정말 행복해. 이 시간을 몸에 지니고 싶어. 알겠어? 그러니 내 소원 들어줘."

"소원이 뭔데요?"

"어서 형놈 데려와!"

*

조용한 목로에는 파리만 날아다녔다.

"씨부럴, 저놈의 저수지가 웬수여. 이제야 아랫놈들보다 잘 사는가 했더니 저놈의 야유객 땜에 또 눌려살게 됐잖여. 저 육시헐 도로가 어쩌자고 일로 안 나고 절로 뚫린 거여."

김평도는 송정호수가 내다보이는 들창으로 다가가며 욕사발을 퍼부었다. 호숫가 국도 주변에는 차량들이 즐비했다. 이장이 맞장구를 쳤다.

"누가 아니래. 저놈의 식당들만 보면 뱃구레가 뒤집힌다구. 오늘은 주말이라 그런지 더 바글대누먼."

"요샌 주말은 말할 것도 없고 평일에도 득실거리잖여. 저것들은 과소빈지 지랄인지 덕분에 기름살 찌게 됐는데 도대체 도시놈들은 어쩌자구 만날 훙청대는지 모르겠어."

"테레비서 뉴스 시간에 말했잖남. 머잖아서 하늘이 왕창 구멍 난다구. 공중에 떠 있는 오존층인지 뭔지가 쑤욱 꺼져버리면 모두 지글지글 꼬실려 죽는다며?"

"그래서 개지랄들 떠는가 봐. 어쩌자고 퍼마시고 퍼입고 악악대는지 도통 모르겠어."

이장은 김평도의 말에 연방 맞장구를 쳐주지만 세영을 생각하면 그런 호응이 미안했다. 새뜸의 화목을 당부한 세영이 고마웠던 것이다.

"풀이 무성한데 어쩌자고 깔을 장만하지 않는겨?"

이장이 막걸리 주전자를 들고 오며 말했다.

"겨울철에 굶겨 죽여도 할 수 없는 노릇이지. 씨부럴 솟값이 똥값이고 우유가 물값보다 싼데 뭔 지랄로 뙤약볕 쐬며 땀 흘릴 거여."

"소 키는 것도 농산데, 농부가 쌀값 싸다고 논 팽개친 적 있남?"

"아까우면 자네가 그냥 가져버려. 이제는 쇠똥내 맡기도 구역질나네. 그나저나 아랫놈들은 제법 머리가 돌아간단 말여. 그것들이 언제 장삿속을 익혔는지 몰라."

"그러니까 고생할 팔자하고 편히 살 팔자하고 따로 있는 법여. 전덕술이 만날 흥청거리고 살아서 금방 살림 거덜 내겠다 했는데 저렇게 머리가 팽팽 돌아갈 줄 누가 알았겠어. 애비 덕에 놀고먹는구나 생각한 게 바보지. 나 같은 건 막걸리나 몇 잔 팔아먹고 좀스럽게 살다죽을 팔잔겨."

이장은 전덕술의 놀고먹는 팔자가 거저 얻은 복이 아니라는 생각이 들었다. 재작년 추곡 수매가 때문에 국회에서 한창 시끌벅적하던 초가을이었다. 전덕술이 공회당에 아래뜸 친족들을 모아놓고 일장 연설을 했다.

"수매가를 올려봤자 도시 사람 커피값도 못 될 건 뻔한 거고, 그래서 쌀로 돈을 만들지 못할 바엔 굴러다니는 돈이라도 긁어모으자는 게 제 복안입니다. 요즘 한창 도시인들의 소비 성향이 도심보다 유원지 같은 외곽을 선호하는 추세여서 야유객 유치야말로 가장 실속 있는 사업이다 그 말입니다. 그럼 구체적인 복안이 무엇이냐……."

전덕술은 침을 꼴깍 삼켰다.

"뭔고 하니 저 아래 저수지를 이용해먹자 그겁니다. 아버님이 그 토림(土林)을 제게 물려주시며 아무 때고 덕 볼 땅이니 잘 간수하라고 말씀하셨습니다만, 저는 그 땅에 위락시설을 꾸며 거의 대부분을 여러분들께 운영권을 넘겨줄까 합니다. 그러니 열심히 노력해서 돈을 벌도록 합시다."

"역시 우리 아저씨가 최고셔."

엄세왈이 앞장서서 박수를 유도했다. 그러자 박수가 우박처럼 쏟아져 나왔다. 꿈같은 얘기가 현실임을 뒤늦게 깨달은 청중은 연거푸 박수를 쳐댔다. 그 박수 소리에 흥분된 전덕술은 한껏 목청을 높였다.

"저 푸른 저수지는 우리의 생활수준을 월등 높여줄 생산의 터전입니다. 여러분 각자의 생활 향상뿐 아니라 선진 농촌을 꾸미는 막중한 사명감을 가지고 추진하는 일이니 적극 찬동해주시기 바랍니다."

"역시 정치하는 분이라 말솜씨가 다르구먼."

엄세왈은 계속 너스레를 떨었다. 그는 면장으로 통하는 자기 당숙을 정치가라로 부추겼다. 전덕술은 4년 전 농지원부를 남발하다 징계를 당하고 사표를 냈던 인물이다.

*

세영은 안방 다락에서 전기약탕기를 꺼내 보자기에 쌌다. 그걸 갖다주는 핑계로 찬혁네를 찾아갈 참이었다. 지난번 집을 찾아갔을 때 숯불로 약 끓이는 모습을 보고 탕기 생각이 났던 것이다.

"이걸 찬혁네에 갖다줄 거니?"

물건 싸는 모습을 바라보던 어머니는 딸의 손목을 잡아 방바닥에 앉히며 캐물었다. 세영이 고개를 끄덕이자 어머니는 조심하라고 당부했다.

"그 작자가 탕기를 받아쓸 것 같으냐? 보나마나 마당에 던져버릴 텐데?"

어머니는 비밀스런 추억 한 토막을 풀어놓기도 했다.

"그 전에도 네 할아버지 심부름을 갔다가 창피를 당한 적이 있어. 할아버지가 돌아가시기 3년 전쯤이다. 하루는 나를 은밀히 부르시더니 몰래 읍내에 나가 찬혁을 만나보라고 하셨어. 나는 할아버지가 시키시는 대로 그분이 주는 돈봉투를 지니고 떠났니라. 쌀 백여 가마 값인데 그 당시에는 큰돈이었지. 웬만한 집 한 채 값이었어. 읍내에 나가 찬혁을 찾아봤더니 소문난 작자라 금방 찾아낼 수 있었다. 다방에서 만났는데 대낮부터 벌겋게 취해 있더구나. 내가 봉투를 내밀며 어르신네의 간곡한 성의라고 했더니 그 작자가 뭐랬는지 아니? 그 돈으로 영감탱이 장례나 치르라는 거야. 그래도 화를 꾹 참고 손에 쥐여줬더니 이번에는 다방도우미를 불러서 너나 갖다 쓰라며 진짜 줄라고 하잖겠어? 그래서 할 수 없이 그냥 가져왔니라."

"후후후후……."

"얘가 미쳤나, 왜 웃는 거야?"

"두 가지 이유 때문이죠. 첫째는 할아버지가 그런 따스한 인간미를 지녔다는 게 우습고요. 둘째는 그처럼 물건값 치르듯 사죄했다는 게 우습고요. 할아버지의 원죄가 뭔지는 몰라도 진심으로 참회하려면 눈물을 흘렸어야죠. 피눈물 말예요. 찬혁네 입장에서는 가정이 무참히 파괴됐는데 그깟 돈 뭉치로 감동하겠어요?"

세영은 웃음을 머금은 채 탕기를 들고 밖으로 나왔다. 이미

해가 중천에 머물고 있었다. 찬혁이 어떤 태도를 보일지 곰곰이 생각하며 걸어가던 세영은 다리 위에서 잠시 발길을 멈추고 개울을 내려다보았다. 천등산 기슭을 타고 흘러내리는 개울에는 송사리 떼가 몰려다니고 있었다. 지금은 콘크리트 다리지만 예전에는 징검다리가 놓여 있어 큰비가 내리면 물이 범람했다. 세영이 초등학교 2학년 때였다. 징검다리를 건너다가 미끄러지면서 발목을 삐었다. 오도 가도 못하고 개울 중간에 주저앉아 울고 있는 세영을 마침 지나가던 찬혁이 보고 집까지 업어주었다. 그때만 해도 초등학교 5학년생인 찬혁은 순박한 우등생이었다. 그런데 세영 아버지는 고생한 찬혁에게 칭찬은 고사하고 싸늘한 눈빛만 그어댔다.

"다 큰 계집애가 남의 머스매 등에 업혀 오다니!"

세영을 나무라는 전덕술의 그 꾸중은 찬혁에 대한 일종의 경고였다. 네 몸에 내 딸이 업힌 걸 불경한 짓으로 여기라는 뜻이었다. 찬혁은 세영을 업고 올 때 사타구니를 뜨겁게 달구던 음심이 민망하던 터라 가슴이 찔렸다. 아직 어린 여자지만 등허리에 느꼈던 몽실한 젖가슴의 감촉이 마치 도둑 물건처럼 창피스럽고 두려웠다. 그렇게 주눅 들어 후줄근한 모습으로 서 있는 찬혁에게 어머니가 용돈 한 닢을 쥐여주긴 했지만 세영은 찬혁이 가여워 눈물이 날 지경이었다. 그렇다고 어른들의 눈총이 무서워 함부로 투정 부릴 수도 없었다. 그만큼 두 집안이 살벌한 사이였다. 위뜸과 아래뜸 아이들은 등하교 길을 나란히 걷기는 고사하고 시선을 마주쳐도 안 되었다. 서로 상종할 경우 어른들의 체벌이 가혹했기 때문이다. 하지만 세영은 그때부터 찬혁을 보면 반가웠고 봄철이면 몰래 찬혁을 뒷산 계곡으로 데려가 함께 진달래꽃을 따 먹기도 했다.

찬혁네 집 안은 조용했다. 마당에 오토바이는 세워져 있지만 찬혁은 보이지 않았다. 대문을 활짝 열어둔 걸로 보아 잠시 나간 모양이었다. 세영은 토방 쪽으로 다가갔다. 토방에는 고무신 한 켤레가 을씨년스럽게 놓여 있었다. 마루에 올라선 세영은 탕기를 마루 구석에 놓고 조심조심 방문을 열고 들어갔다. 아랫목에 눈을 뜬 채 누워 있던 여인은 난데없이 나타난 틈입자를 어웅한 눈으로 바라보았다.

"누구여?"

"아래뜸 세영이에요."

머리맡으로 다가간 세영은 무릎을 꿇고 앉아 살포시 여인의 손을 쥐었다. 손을 맡기면서도 아직 누구인지 몰라보자 세영은 전덕술 씨의 딸이라고 했다. 눈을 껌벅거리고만 있던 여인은 전덕술이란 이름을 대기가 무섭게 손을 빼며 돌아누웠다.

"네가 올 집이 아니다!"

쉰 목소리였다. 응당 그러리라 예상한 세영은 태연한 자세로 앉아 아랫목 벽에 걸린 가족사진 액자를 바라보았다. 찬혁 할아버지 내외와 부모의 젊었을 적 초상화가 나란히 걸려 있고 그 아래로 고등학교 교모를 쓴 찬혁의 사진이 끼어 있었다. 세영의 눈에는 액자 속 가족 모두가 사위스러워 보였다. 죽은 사람이 셋, 병든 사람이 하나, 미친데기로 소문난 사람이 하나. 세영은 그 액자에 자신의 사진을 추가로 끼워 넣고 싶었다. 그럼 내 모습은 뭐라고 주석을 달아줄까? 병든 사람? 아니면 죄지은 사람?

"네 집 때문에 뭣보다 억울한 게 한 가지 있어. 우리 찬혁이 저 꼴 된 것이 젤 원통해."

여인은 돌아누운 채로 힘없이 말했다. 이제 원망하기도 지쳤다는 듯 팔을 뒤로 저어 손사래를 쳤다. 어서 방을 나가라는 표시였다. 세영은 허공에서 흔들거리는 여인의 손을 살포시 쥐어주었다.

"아드님이 고등학교에 입학할 무렵 여기를 떠나셨다죠?"

그제야 여인의 몸이 희미하게나마 꿈틀거렸다.

"어째서 사람을 괴롭히는 거냐. 내가 눈물을 쏟아야 직성이 풀리겠니? 늙고 병들어 겨우 삼킨 눈물인데 어째서 너까지 날 울리려는 거야."

"어머니, 저는 아드님의 가슴을 열어봐야 돼요."

세영은 아주머니란 호칭 대신 어머니란 표현을 썼다. 진심으로 어머니로 모시고 싶었다.

"그게 뭔 소리여? 네가 어떻게 찬혁의 가슴을 열어보겠다는 거여? 그 애 가슴은 썩을 대로 썩어서 이제 냄새가 고약해. 그런데 네가 어떻게 그 냄새를 맡겠다는 거지? 맡을 사람은 네가 아니라 네 할아버지와 아버진데."

"저는 찬혁 씨의 원한 때문에 철들 무렵부터 가위눌리며 커왔어요."

흐음, 여인은 한숨을 토해냈다. 그리고 몸을 반듯이 뉘어 천장을 응시했다. 어느새 눈에는 물기가 촉촉이 젖어 있었다.

"싱싱하던 남편이 핏물이 흥건한 거적에 말려 돌아왔을 때도 그렇게 허망하진 않았니라. 배 속에 품은 생명에 희망을 가졌던 거지. 어서 기어나오기만 해라! 어서 기어나와 똑똑하게만 자라다오! 몸도 튼실하고 공부도 잘해서 어떻게든 저 육시헐 전가놈만 때려잡아다오! 하지만 그 마지막 희망이 무너지는 모습을 보고 아주 생각을 바꿔버렸니라. 저 애가 잘못된 건 너희 집 죄가 아니고 내 팔자속이라고 여긴 거야. 내가 너무 똑똑한 자식을 배니까 귀신이 질투했노라고."

여인은 덥석 세영의 손을 잡았다. 여인의 손이 부르르 떨렸다. 세영은 고개를 숙였다. 눈물이 쏟아졌다. 남편의 억울한 죽음을 자신의 팔자 탓으로 돌려 그나마 위안받으려는 여인의 포기가 눈물겨웠다.

"어머니, 그때 일을 자세히 말씀해주세요."

"너한테 얘기해봤자 무슨 소용 있겠니. 내 상처만 건드리는 거지."

"하지만 사실은 사실대로 알아야 해요."

세영은 여인과 이야기하고 싶은 간절한 소망을 눈빛에 담아냈다.

"자꾸 뭔 얘기를 하라는 거냐?"

"제 할아버지 때문에 두 분이 묶여 가신 걸 대충 들어 알고 있어요."

"나는 네 할아버지를 원망하지 않는다. 남편을 죽이고 시아버지 다리를 분질렀지만 모두 시국 탓으로 돌리지 너희를 원망하지 않아. 그때는 네 할아버지도 그래야만 목숨을 부지할 테니."

여인은 말꼬리를 흐렸다. 하지만 세영은 자기 할아버지에 대한 과거를 소상히 듣고 싶었다. 거기에는 해묵은 비밀이 담겨 있을 것만 같았다. 세영이 계속 꼬드기자 여인은 연거푸 한숨을 쉬고 나서 겨우 말문을 열었다.

"일제시대 산림감시원 하면 무척 까탈스러웠니라. 헌병과 순사만 무서운 게 아녔어. 헌병과 순사가 몽둥이로 뼈를 분질렀다면 산림감시원은 회초리로 살점을 도려낸 형국이었지. 아궁이에 지필 장작개비 하나, 울타리 개구멍 막을 솔가지 한

개를 트집 잡아 비행을 저질렀는데 네 할아버지의 행패가 유별났니라. 해방이 되고 6·25가 터지자 이번에는 숨어사는 사람들을 고자질해서 목숨을 부지하더니, 수복이 되니까 또 꾀를 부린 거여. 살 기회를 엿보다가 우리를 고자질한 거지."

"뭣 때문에 고발했죠?"

세영은 그게 궁금했다. 거기쯤에 깊은 내막이 숨겨 있을 것만 같았다.

"참 기막힌 일이지. 그러니까 휴전이 되고 보름쯤 지나서였어. 새벽에 인민군 대여섯 명이 우리 집으로 숨어들었니라. 모두 십대 애숭이들인데, 배고파서 그러니 요기할 음식을 부탁드린다며 애원조로 말했어. 찬혁 할아버지는 지서에 연락하지 않아도 밥만 먹여보내면 탈이 없을 거라는 생각이 들었지. 이미 전쟁은 끝난 상태이고 여기저기서 패잔병이 나타났다는 소문이 파다한 터라 괜찮을 줄 알았니라. 그런데 네 할아버지가 찬혁 할아버지와 아버지의 착한 마음을 빨갱이란 오명을 씌워 고발했던 거야. 인공시절에 좌익분자 노릇한 과오를 그런 고자질로 탕감 받고 싶었던 거지."

"그럴 수가!"

세영의 입에서 한숨이 터져나왔다. 할아버지의 모함에 울분이 솟구쳤다.

"지금 생각하면……."

여인은 말을 하다가 얼른 입을 다물었다. 찬혁이 방문을 거칠게 열고 들어왔던 것이다.

"또 그 애기를 하시는 거요? 지겹지도 않으세요? 그게 무슨 자랑예요? 언제나 약자는 당하며 살게 마련인데."

찬혁이 언성을 높였다.

"우리가 약해서 당한 게 아니라 착해서 당했니라."

"착한 것도 약한 거라고요. 못난 거죠."

찬혁은 세영을 노려보았다.

"어서 방을 나가요! 여긴 역사 강의실이 아뇨! 당신이 어머니의 신세타령을 듣겠다는 것도 오만한 짓이오. 당신이 해결사 노릇을 하겠다는 거요?"

세영은 찬혁의 감정을 눙치려다 말고 조용히 일어나 밖으로 나갔다. 마당에는 해거름녘의 잔영이 뿌옇게 깔려 있었다.

"당신 하는 짓이 가소롭소."

뒤따라 나온 찬혁이 배시시 웃으며 말했다. 역정을 낸 것이 미안한 모양이었다. 비록 어색한 미소일망정 세영은 찬혁의 웃는 모습을 처음 보는 셈이었다. 그 웃음에 대고 세영이 소리쳤다.

"착한 건 약한 게 아녜요!"

*

세영과 이장의 끈질긴 설득이 결국 김평도의 마음을 돌리는 데 성공했다. 전덕술과 김평도가 이장의 주선으로 주막에서 만나기로 약속한 것은 시월 하순경이었다. 전덕술은 김평도에게 어느 선까지 양보할지를 생각해보았다. 한 가지 원칙은 있었다. 자기의 양보선이 무너지는 한이 있어도 김평도의 감정을 건드리지 않는 일이었다. 손목을 잡고 통사정을 해도 좋고 끌어안고 눈물을 흘려도 좋았다. 김평도의 얼굴에 웃음만 띄워주면 그게 실속 있는 상수였다.

전덕술이 주막에 도착했을 때 김평도는 이미 나와 있었다. 전덕술은 자기가 늦게 온 걸 미안해하며 먼저 김평도에게 손을 내밀었다. 김평도 역시 어색하나마 미소를 띠며 손을 마주 잡아주었다.

"감동이란 게 이걸 두고 하는 소릴 거여."

두 사람이 악수하는 모습을 보며 이장이 흥분한 어조로 말했다.

"모두가 자네 덕일세."

전덕술과 김평도가 차례로 이장에게 인사치레를 했다. 목로에는 잠시 침묵이 흘렀다.

"두부찌개가 입맛에 들지 모르겠구먼."

이장이 먼저 침묵을 깼다.

"안주가 너무 맛있으면 술맛이 가시는 법여."

김평도가 구성지게 대꾸했다. 그러자 전덕술이 농담을 꺼냈다.

"이 주막을 판문점이라고 부른다며?"

"짓궂은 사람들이 농으로 시부렁대는 소리구먼."

김평도의 말을 이번에는 이장이 받았다.

"동네가 이렇게 서로 갈라져 사니까 타동네 것들이 얕보고 놀리는 소리 아니겠어? 그러니 이제부턴 보란 듯이 의좋게 살아봐."

이장의 말이 끝나자 전덕술이 "형수님 병환이 어떠셔?" 하고 정중히 찬혁 어머니의 안부를 꺼냈다. 그 안부에는 자기 아버지의 죄업에 대한 사죄의 뜻도 담겨 있었다.

"차도가 없으셔."

김평도는 가볍게 대꾸해주었다. 이장은 어색한 분위기를 눙치려고 추억담을 들춰냈다.

"어렸을 적에는 두 사람 모두 극성이 대단했다며?"

"아냐. 나는 비실비실했어. 늘 이 사람한테 맞고 자랐거든. 평도는 어릴 적에도 힘이 장사였어."

"덕술이는 어려서부터 총명했구먼. 학교 다닐 때도 공부를 잘해서 크게 성공할 줄 알았으니까."

"그래봤자 기껏 시골 면장밖에 더 해먹었는가."

"앞길이 창창할 텐데 뭔 소리여?"

"그러니 자네들이 돌봐줘. 사실 우리가 그동안 틈내고 지낼 일이 아니잖여. 선친 때 일은 선친 때로 돌리고 벌써 친밀하게 지내야 했어. 모두 내 탓이네만."

"이제부터 서로 위하면서 살면 되잖여. 안 그려?"

이장이 김평도의 말을 대신 가름했다. 김평도는 고개만 끄덕거렸다. 갑자기 아버지와 형이 포승에 묶여 끌려가는 모습이 떠올랐던 것이다. 김평도의 표정을 살피던 전덕술이 얼른 사업 이야기를 꺼냈다.

"개업 날짜를 언제로 잡으면 좋겠어?"

"서둘 건 없잖아."

"아냐. 빨리 시작하자구. 그렇잖아도 아까 아랫녘 사람들 불러놓고 귀띔해주었네. 곧 공동운영을 시작할 테니 연말까지 업소들을 비워달라고."

"그 사람들도 자리를 잡았는데 손해 끼쳐 될 일인감?"

"고마운 말이네만 그런 걱정은 안 해도 좋네. 부락 전체를 위하는 일인데 그깟 거야 아무것도 아니지. 모두 쾌히 승낙했어. 그러니 어서 계획을 세워보자구. 신장개업 날짜를 빨리 잡아야 날씨가 풀리는 대로 공사를 착수할 수 있네. 설계는 당장 신청할 거구."

전덕술은 내년 가을 선거에 개업시기를 맞추고 싶었다.

"수리는 대충해도 되잖여?"

"아냐. 이번 신장개업하는 데 마음 한번 크게 써볼 참이네."

전덕술은 김평도의 손을 꽉 잡으며 목소리를 높였다.

"그동안 우리 선친께서 지은 죄를 보상하는 의미로도 나는 그 사업에 공을 드릴 참이네. 도내에서 알아주는 위락시설을 꾸며볼 거라구. 내 조그만 성의가 평도 어르신네와 백씨의 한을 풀어드리는 데 추호라도 보탬이 된다면 그보다 더 보람된 일이 어딨겠는가. 이제 찬혁의 맘만 돌아서면 될 텐데……."

전덕술은 넌지시 찬혁에 대한 말을 꺼냈다.

"고마운 소리여. 하지만 그 애 고집이 보통인감. 내 말도 잘 들어먹지 않는데."

"그래도 숙질간인데 자네가 어떻게 구슬려봐야 될 게 아니겠나?"

"물론 내가 타일러봤지."

김평도는 허공으로 눈길을 던졌다. 아무도 모르는 낯선 곳에 끌려가는 기분이었다. 하지만 이제 어쩔 수 없는 노릇이었다. 전덕술이 고개를 숙이고 나오는 판에 더 버틸 필요가 없었다.

저녁 무렵에 어우러진 술판은 밤이 이슥해서야 끝났다. 주막에서 나온 전덕술은 모임의 성과를 생각하며 아래뜸 쪽으로 내려갔다. 달빛을 밟으며 걷는 그의 발길은 상쾌했다. 생각할수록 딸이 보배로웠다. 솟을대문 앞까지 마중 나온 세영을 보자 달려가 덥석 껴안았다.

"내 딸이 최고야!"

그는 딸을 껴안고 애들처럼 제자리 뜀을 했다. 쌓이고 쌓인 피로가 한꺼번에 녹아버리는 기분이었다. 세영은 아버지의 기뻐하는 모습을 보며, 그동안 위뜸과의 화해를 내심 얼마나 바랐기에 저러실까 하고 숫제 연민마저 느껴졌다.

"그리 좋은 화해를 진작 하시지 그랬어요?"

"그동안 화해하는 방법을 몰랐니라. 역시 우리 딸은 영리해."

전덕술은 다시 딸을 안아주고 나서 대문 안으로 들어갔다. 세영은 허점을 내보인 아버지의 모습을 생각하며 빙그레 웃었다. 도대체 아버지는 누구일까. 약은 분일까 미련한 분일까. 좀처럼 잠에 들지 못한 세영은 안채로 들어가 안방 문 앞에서 인기척을 냈다.

"들어와라."

방 안에서 아버지의 목소리가 흘러나왔다. 세영이 방에 들어서자 누워 있던 아버지가 일어나 앉았다.

"자지 않고 무슨 일로? 너도 나처럼 잠이 안 오나 본데 그럴 만도 하겠지."

"사실 그래요. 하지만 허탈한 기분도 드는데요."

"이제부터는 네 일에만 열중토록 해라. 그저 여자는 시집가서 잘사는 게 최고의 보람이다."

"시집가서 잘 산다는 게 쉬운 일인가요, 뭐."

"거기에는 물론 조건이 있지. 너희들이 자칫 매도하기 쉬운 그 조건 말이다."

"재물 말인가요?"

"물론이지. 너희는 애정과 재물의 순서를 혼동하기 쉬운데 그 판단의 옳고 그름이 지혜의 척도가 될 수 있다."

"감정을 무시한 타산적인 완력을 지혜라고 추켜세울 순 없죠."

세영은 한번 아버지의 말에 토를 달아보았다. 하지만 전덕술의 술수 또한 만만치 않았다. 그는 되도록 딸과의 마찰을 피할 요량으로 표정을 곱게 다듬었다.

"한마디로 말하자면, 너만은 미련한 짓을 저지르지 말아달라는 뜻이야."

"그럼 인격보다 재물에 더 의미를 두라는 말씀이군요."

세영은 단도직입적으로 말했다.

"그것 또한 네 경솔한 생각이다. 가진 자의 인격을 제대로 평가하지 않으려는 편견을 어서 버려야 한다. 그런 고집을 무슨 고귀한 지조인양 꿰차고 다니는 군상들 역시 가진 자의 인격에 가위눌릴 수밖에 없는 거야. 너희들은 없는 자의 인격을 자칫 환상으로 헛보기 쉬워. 변명의 여지가 많고 공격의 영역이 넓은 입장이라 그래. 그들은 채우지 못한 그 공간에서 운신의 폭을 넓힐 수 있거든. 바로 그 운신이 변명일 수도 있고 비평 내지 공격일 수도 있어. 다시 말해서 진실의 형태를 여러 모양으로 그려낼 수 있다 그 말이지. 이것도 진실 저것도 진실, 너희들은 그 가변성에 홀리고 있는 거라고. 하지만 가진 자의 인격에 대해서는 다른 시각으로 보지 못하고 있어. 운신할 공간이 이미 채워져 있기 때문이야. 그래서 답답해 보이는 거구. 네가 무턱대고 배태욱을 무시하는 것도 그런 착각 때문이지."

"그럼, 아빠가 생각하시는 그 사람의 장점은 뭐죠?"

"모든 걸 긍정적으로 보는 안목이다. 물론 그런 긍정에는 허점이 많다는 것도 안다. 하지만 그런 사람은 함정에서 빠져나올 줄도 알아. 지혜가 모자랄 때 협력해주는 것이 네 내조일 텐데 그 내조야말로 네 인생의 또 다른 드라마일 수도 있다. 하지만 드라마를 꾸밀 소재조차 제공할 수 없는 상대가 있니라."

"가난 말인가요?"

"너는 가난뱅이와 어울릴 수 없는 체질이야. 더구나 몸이 나으면 다시 전공을 살려야 될 텐데 배태욱과 어울리는 게 가장 이상적이다."

세영은 아버지의 말을 부인하려들지는 않았다. 배태욱은 아직 응고되어가는 액체였다. 얼마든지 형체를 바꿀 여유가 남아 있었다. 입맛에 맞도록 모양을 뜨면 된다. 세영은 아버지의 제안을 받아들이기로 마음먹었다.

*

전덕술은 김평도를 만난 후부터 노골적으로 자기선전에 나섰다. 일차적으로 그는 읍내 유지들을 고급 레스토랑으로 불러 모았다. 음식상이 호화롭게 차려지고 유지 열댓 명이 빙 둘러앉았다. 술기운이 어지간히 익어가자 전덕술에 대한 덕담이 시작되었다.

"거기 땅 한 평이 80만 원이니까 40억 가까이 되는 재산을 공동운영에 바친 셈이군."

그 말을 언뜻 들으면 사실인 것처럼 들렸다. 그게 전덕술의 묘수였다. 자기 혼자 크게 벌 수 있는 업소를 여럿이 나누어 먹는다. 그러니 위뜸 쪽에서는 10원 한 장 안 들이고 알돈을 챙겨 가게 된다. 더구나 업소에서 직원으로 일할 경우에는 별도로 보수를 받게 되어 제 업소에서 월급 받아먹는 꼴이다. 이 조건 없는 희생은 오직 부락민의 화합과 공동번영을 위한 희생이다. 이 민족의 불행한 역사에서 비롯된 새뜸 부락의 암울한 질곡은 나 한 사람의 희생으로 다시 광명을 되찾게 되었다. 우리 새뜸 부락의 빛나는 역사가 시작되려는 순간이다. 전덕술의 선전은 대개 그러했다.

그는 또 아버지의 전직에 대해서도 겸허한 태도를 보였다. 요즘 민족정기니 과거사 정리니 하고 예민한 말이 되살아나는 판국에 아버지의 부도덕한 과거는 그의 큰 약점이 되었다. 그래서 아버지를 원망하는 불효가 되레 이미지 형성에 효과적임을 깨닫게 되었고, 그런 잔재주는 곱디고운 도덕으로 포장되어 그의 성가를 높여주었다.

"전 회장은 이미 당선된 거나 진배없어. 우리 군내에 김평도네 종씨가 몇 세대인 줄 알어? 그들의 표만 다 긁어모다도 당선권에 든다구."

후원회장이 숫자까지 들먹이며 당선을 장담했다. 그러자 여기저기서 덕담이 튀어나왔다.

"전 회장을 진짜 도내 인물로 밀어봅시다."

"이번 일로 도내 인물이 된 거나 진배없어."

"아무 때고 금배지를 달아야 될 사람이야."

전덕술은 그런 덕담에 지나친 해석은 말아달라며 점잖게 언구럭을 떨었다. 날이 갈수록 전덕술의 선행 소문은 군내로 퍼져나갔고 지방지 기자들이 찾아오기도 했다. 신문에는 이렇게 확대 보도되었다. 제목이 매우 익살스러웠다.

분단 조국의 작은 통일!

전덕술의 명성은 거푸집처럼 부해져갔다. 쇄도하는 전화와 방문객, 중앙 일간지 기자가 찾아오고 심지어 방송국에서까지 출연 요청이 왔다. 뉴스에 찍히고 인터뷰가 줄을 이었다. 매일 그는 붕 떠 지내야 했다. 지역신문 기자의 방문쯤은 무시할 정도로 그는 바쁘게 지냈다. 전덕술, 그는 우리 고장의 위인이라고 누구는 노래를 읊기도 했다. 그는 찬혁이었다.

네가 춤추기에 알맞은 세상이구나!

노래의 마지막 구절은 언제나 그러했다. 그는 다방이나 술판에서 자주 그 노래를 불렀다. 어떨 때는 술 취한 길거리에서도 콧노래처럼 불러젖혔다. 그 노랫소리는 날이 갈수록 점점 쓸쓸했다. 달밤이면 더욱 처량했다.

*

"곧 회장님이 들어오실 겁니다."

찬혁을 우상건설 사무실로 안내한 낯선 사내가 말했다. 몸이 깡마른 데다 눈매가 매서운 그 젊은 사내는 마치 인형처럼 서 있다가 박 회장이 나타나자 자리를 떴다.

"이목 때문에 자네를 여기로 불렀네. 다방이나 술집 같은 데서 만나면 남들이 이상하게 볼 것 아닌가?"

사실 그랬다. 읍내 바닥에서 소문난 불량배와 정치에 뜻을 둔 지역유지가 단둘이 만났다면 금세 소문이 파다할 것이었다.

"자네도 앗살한 사람이니까 단도직입적으로 말하겠네. 한마디로 자네의 외로운 싸움에 내가 협조해주고 싶네. 아무리 정치판이 혼탁하다 해도 전덕술 같은 인간이 우리 지역의 대표자가 될 순 없네."

"저는 단순히 저 개인적인 일에만 관심을 둘 따름이죠."

묵묵히 박 회장의 말을 듣고 있던 찬혁이 처음으로 입을 열었다.

"옳은 말이네. 그 개인적인 것이 지역적인 거고, 지역적인 것이 국가적인 거네. 내가 자네를 만나고 싶어한 것도 바로 자네의 그 개인적인 것을 대국적인 걸로 확대시켜보려는 취지에서였네. 요즘 자네는 풀이 죽어 있어. 다시 생기를 찾아야 되네."

"어떻게요?"

"그걸 의논해보자는 거지."

"힘들어요. 그리고 대안이 없습니다. 위아래뜸이 끝내 앙숙으로 지내는 것보다야 그나마 화해가 이롭죠. 제가 적극적인 행동을 삼가는 것도 그 때문이죠."

"그렇다면 어째서 공동운영에 동참하지 않는가?"

"저 스스로 소외되고 싶어섭니다."

"스스로 소외되다니, 그게 무슨 뜻인가?"

"이미 설 땅을 잃은 몸인데 외롭게 살 수밖에요."

"나로선 이해 못할 말이군. 그러니 알아듣기 쉬운 말로 설명해주게."

"아무 때고 정착할 땅이 생기면 거기서 뿌리를 내리고 살겠다는 말이죠. 어느 곳일지는 몰라도요."

그러면 그렇지. 결국 네가 빙빙 돌린 말의 본색은 봉투였어. 짜아식! 솔직하게 요구할 게지, 빙빙 돌리긴. 박 회장은 양복 주머니에서 두툼한 봉투를 꺼냈다.

"옥답 한 마지기 값이네."

"이런 거액을 왜 저한테 주시는 거죠?"

"사업에는 자금이 필요한 법이네. 더구나 큰 사업에는 큰 자금이 필요하지."

"도대체 제가 할 일이 뭔데요?"

"글쎄 아직은 나도 몰라. 차차 연구해보자구."

"다음에 뵙기로 하죠. 그때는 돈 안 드는 사업을 맡겨주세요."

찬혁은 자리에서 일어났다.

"앉아보게."

박 회장이 찬혁의 손목을 잡아 앉혔다. 그의 태도는 여유만만했다. 적극적으로 회유할 참이었다.

"고맙습니다. 하지만 회장님의 말씀만으로도 너무 큰 정표를 받은 셈입니다. 나중에 그 돈이 필요할 경우가 생기면 그때 받아쓰겠습니다."

찬혁은 정중히 거절하고 밖으로 나왔다. 잘 알고 있었다. 박 회장은 전덕술이 출마의사를 비치기 전만 해도 그와 단짝으로 어울리며 자기의 정치적 토대가 되어달라고 조르던 인물이었다.

결혼으로 채울 수 없는 비극적인 욕망

월명산 자락을 타고 허위단심 오르는 남자의 모습은 분명 찬혁이었다. 아버지와 합장한 어머니 산소를 찾아가는 중이었다. 하루가 멀다하고 산소를 찾는 찬혁의 효심이 눈물겨웠다. 그가 어머니 산소를 자주 찾는 것은 실컷 울고 싶어서였다. 그동안은 서럽게 울어보지 못했다. 슬플 때마다 울음보다는 먼저 분노가 솟구쳤다. 그런데 이제는 마음 놓고 울 수 있었다. 몸부림쳐야 할 희망도 없고 어머니의 얼굴에서 느끼던 연민도 사라졌다. 그래서 편안한 어머니의 무덤이 좋았다.

찬혁이 산소에 가는 모습을 지켜보던 세영은 곧장 월명산 쪽으로 걸어갔다. 산소 근처에 이르러 인기척을 내도 찬혁은 본숭만숭하며 묘역 잔디 손질에만 정성을 쏟았다. 묘역으로 가는 김에 떼를 들어다 주자 그제야 찬혁의 입이 열렸다.

"손에 흙 묻히지 마오."

"씻으면 돼요."

세영은 시큰둥하게 받았다.

"죽고 싶어 환장했소? 졸도까지 한 여자가 함부로 산을 타게?"

"무척 인자하신 분 같네요."

찬혁은 입을 다문 채 묘역 손질에 열중했다. 산골짜기에는 정막이 고였다. 솔잎 사이로 바람결이 스치자 산새 한 무더기가 우르르 하늘을 가르며 지나가고 노란 낙엽 두어 잎이 묘역으로 날아왔다.

"당신은 복수할 사람이 못 돼요. 읍내에서 나를 병원으로 업어다 주었을 때 벌써 그걸 알았죠. 당신은 사나운 척하는 것뿐예요. 약한 자는 그런 식으로 위악적인 공격성을 드러내죠."

찬혁은 듣기 싫다는 듯 홱 몸을 돌려 봉분 쪽으로 걸어갔다. 세영이 곁으로 다가가며 연거푸 말을 걸었다.

"왜 그랬죠? 원수의 딸을 왜 병원으로 업고 갔죠? 내가 깨어나자마자 금세 사라진 이유는 또 뭐죠? 그렇게 소심한 분인가요?"

세영이 말하는 동안 찬혁은 봉분 옆에 앉아 잔디만 만지작거렸다. 그가 말문을 연 것은 세영이 그의 곁에 앉아 먼 산을 바라보고 있을 때였다.

"그때 난 타락했는지 모르오."

"네? 길바닥에 쓰러진 환자를 병원으로 업고 간 것이 타락이라뇨?"

"내 말을 그런 식으로 받아들일 줄 알았소. 내가 말한 타락은 부도덕과는 거리가 먼 어휘요."

"참으로 이해하기 힘들군요."

세영은 정말 찬혁의 말을 이해하기 힘들었다. 한참 생각해야 겨우 이해할 수 있었다. 그의 말을 듣게 되면 어두운 골짜기를 헤매듯 항상 당혹스러웠다.

"난 항상 자신을 신선하게 가꾸며 살아왔소. 그런데 당신이 나를 점점 부패시켰소. 불행한 일이오."

"왜죠?"

세영은 얄미롭게 다그쳤다. 그가 말한 불행이 무엇임을 이미 알고 있으면서도 세영은 찬혁의 대답을 기다리기로 작정했다. 중천에 꽂힌 가을해가 능선 너머로 기울 때까지 그가 입을 다물 줄 알면서도 세영은 계속 찬혁의 목소리를 기다렸다. 공중에서 단풍 한 잎이 하늘거리며 떨어졌다. 세영은 그 낙엽을 주워 찬혁에게 내밀었다.

"단풍이 아름답죠?"

찬혁은 단풍잎을 받아 멀찍이 던지고 나서 입을 열었다.

"단풍을 곱게 느끼지 못하는 나요. 단풍이 노파의 부루퉁한 얼굴로 보이기 때문이요. 그뿐만이 아뇨. 공동묘지에서 눈에 띄는 썩은 새끼줄이나 타다 남은 널조각 따위를 보고 아리송한 환희를 느낄 때가 있소."

"부모님을 깊이 사랑하는군요."

"달 밝은 밤이면 태봉산은 한 송이 꽃이었소. 그 꽃잎에서 살갗 한번 제대로 만져보지 못한 아버지의 얼굴을 찾아내곤 했소. 네 아버지는 태봉산 쪽으로 끌려가셨어. 어머니의 말씀이었소."

찬혁은 얼른 얼굴을 돌렸다. 눈물을 억지로 삼키는 모양이었다. 세영은 찬혁의 손을 곱게 잡아주었다.

"찬혁 씨는 나보다 행복한 분예요. 사랑하고 존경할 할아버지와 부모님이 계시니까요."

세영은 바짝 몸을 밀착시키며 찬혁의 어깨에 머리를 기댔다. 찬혁은 세영의 체온을 느끼며 침묵을 지키다가 슬며시 몸을 일으켰다. 뒤따라 자리에서 일어난 세영은 찬혁의 허리를 껴안아주었다. 찬혁은 가만히 서 있다가 세영의 두 팔을 풀고 천천히 산을 내려갔다. 얼른 찬혁을 앞질러 내려간 세영은 주막 삼거리를 지나 아래뜸 쪽으로 걸어갔다. 그때 삼거리 쪽으로 걸어오던 어머니가 딸의 발길을 막았다.

"하필 산에까지 올라가 만날 이유가 뭐니?"

어머니가 미심쩍은 눈으로 바라보았다. 거기까지 마중 나온 걸로 보아 딸의 산행이 걱정스러웠던 모양이다. 어머니는 세영이 찬혁과 함께 지낸 내력을 캐묻지 않았다. 위락시설 공동운영에 찬혁을 동참시키려고 만나는 줄만 알았다. 세영은 보폭을 좁혀 어머니와 나란히 걸었다.

*

"솔직히 할아버지는 어떤 분이셨어요? 며느리 눈으로 볼 때?"

"글쎄 말이다. 어쨌든 네 아버지보다는 여러모로 다르신 분이었어. 욕먹을 짓을 했다지만 인간미부터가 네 아버지와 달라. 욕심 많고 까탈스러운 반면에 인정도 있고……. 그분은 늘 내게 말씀하셨니라. 인간은 외골수여도 안 되고 속이 헤퍼서도 안 된다고. 그래서 부화뇌동하기 쉬운 네 아버지를 못마땅해하셨어. 나는 할아버지와 얘기하기를 좋아했니라. 그분도 며느리와 어울리는 걸 좋아하셨고."

독백과도 같은 어머니의 말에서 세영은 색다른 분위기가 느껴졌다. 어머니의 얼굴에 차츰 웃음기가 스며들었다.

"사람이 늙으면 마음이 옮어지는 모양이더라. 찬혁한테 생활비를 전해주라고 나를 조용히 부르셨을 때 내게 무슨 고백을 하셨는지 아니? 사실 그때 나는 처음으로 네 할아버지에 대한 연민이 느껴졌어. 또 며느리로서 시아버지의 정을 처음 느낀 것도 그때였고. 누구한테도 고백할 수 없던 말을 며느리인 내게만 들려주셨거든."

할아버지가 어머니에게 들려줬다는 이야기는 대충 이러했다. 아직 총각인 할아버지는 한 처녀를 지극히 사랑했다. 김씨네 씨족이 태반인 옆 동네에 유독 하나뿐인 송씨 성 집안의 고명딸이었다. 인물이 아담하고 후덕스럽기로 소문난 그녀와 접촉하기 위해 청년은 업무를 빙자해서 그 동네를 무시로 드나들었다. 하지만 울안에만 갇혀 사는 그녀를 만나기가 힘들었다. 풋내기 관리에다 숫기가 없는 총각은 어쩌다 고샅에서 그녀와 마주칠 때가 있어도 얼굴만 붉힐 뿐이었다. 그녀의 흐트러짐 없는 몸매와 곧은 허리에서 풍기는 의연한 자태 앞에서 함부로 입이 열리지 않았다. 그렇다고 그녀의 가족을 통해서 우회로 접근할 수도 없는 노릇이었다. 독립운동가 집안인 그들에게 자기의 직업부터가 떳떳하지 못해서였다. 그녀와의 자연스런 조우를 기다린 청년이 겨우 말을 걸어볼 수 있었던 것은 그녀가 교도소에서 옥살이하는 아버지를 면회하고 돌아오던 이슥한 밤이었다. 그런 기회를 노리고 읍내에서 기다렸던 것이다. 하지만 막상 만나고 보니 주고받을 말이 없었다. 청년은 30분가량을 함께 걸어오면서도 좀처럼 입이 열리지 않았다. 무턱대고 그녀 아버지에 대한 걱정 따위로 말머리를 찾자니 속으로 빈축을 사기가 십상이고 자기의 애틋한 감정을 호소하자니 어색하기 짝이 없었다. 그래서 헤어지는 길목에서야 겨우 입을 열었다.

"밤길인데 집 앞까지 바래다드리죠."

하지만 그녀는 입을 다문 채 저 아랫마을 쪽으로 고개를 돌렸다. 별빛에 드러난 그녀의 옆모습에서는 아카시아꽃 같은 야광이 설핏했다. 그녀는 긴 침묵으로 거부의사를 나타내고 있는 중이었다. 청년은 그 무거운 침묵이 두려웠다. 침묵은 말의 실마리를 뭉개버리는 잔인한 흉기였다. 무슨 말을 할까, 무슨 말로 여자의 굳어 있는 자세를 풀어볼 수 있을까.

"사실 저는 처자 곁에 있을 자격이 없습니다. 왜놈한테 빌붙어 사는 주제가 어찌 감히 처자를 넘보겠습니까. 하지만 제 순정만은 헤아려주신다면 당장 떳떳치 못한 신분을 버리겠습니다."

청년은 용기를 내어 속내를 밝혔다. 그제야 처녀는 겨우 입을 열었지만 그 잔잔한 목소리가 칼날이 되어 청년의 심장을 찔렀다.

"떳떳치 못한 걸 아셨으면 애초에 그만뒀어야죠. 그리고 저는 이미 허혼한 몸입니다."

청년은 멍하니 서서 그녀의 싸늘한 모습을 바라보았다. 그리고 그 패배감을 극복하기 위해 포악해졌던 것이다.

"그 처녀는 누구와 결혼했나요?"

이야기 속에 빠져 있던 세영은 어웅한 눈으로 어머니의 얼굴을 더듬었다. 전설 같은 이야기였다.

"찬혁 할머니가 바로 그 처녀였어."

"나는 한 번도 그 할머니를 본 적이 없는데요."

"당연하지. 네가 태어나기 전에 돌아가셨으니까."

세영은 오금이 간지러웠다. 억지로 참은 웃음이 터져나오는 바람에 앞지락으로 침이 튀었다.

"할아버지는 유치하시군요. 사랑하던 여인의 남편을 모함한 행위가 야비하잖아요? 그것도 빨갱이 누명을 씌워서?"

"너는 왜 그리 버릇이 없니. 어디다 대고 함부로 야비하다는 말을 쓰는 거야. 요즘 네 말투가 아주 거칠어졌어. 여자는 여자다운 말씨를 써야지."

어머니는 정색을 하며 세영을 꾸짖었다. 하지만 세영의 말이 옳다는 걸 잘 알고 있었다.

"네 말이 그른 건 아니다만, 진심을 내세울 수 없는 것이 너와 내 운명일 수밖에 없구나."

"운명으로 치부하면 안 되죠. 어느 형태로든 대가를 치러야죠. 운명은 찬혁 어머니가 말씀하신 운명이 합당한 운명이죠. 피해자로서의 원한을 스스로 녹여버리는 그 용서 말예요."

"찬혁 어머니가 무슨 말을 했길래?"

"찬혁 어머니는 우리 집안에 대한 원한을 자신의 원죄로 탕감했어요. 정말 소름이 끼칠 만큼 아름다운 용서잖아요? 그 용서를 운명으로 여기신 거죠."

"자신의 죄라니?"

"찬혁을 뱄을 때라고 했어요. 휴전 직후였대요. 인민군 패잔병들이 집에 찾아들어 밥을 구걸했는데……."

인민군이란 말에 어머니의 몸이 움찔했다.

"그 인민군이 우리 할아버지와 연관이 있는 게 아녜요?"

세영이 궁금증을 내비쳤다. 하지만 어머니는 입을 열지 않았다. 세영은 그 내막의 진실을 꼭 알아야 한다며 애원조로 재우쳤다. 그래야 찬혁네와 진정한 화해가 가능하다고 말했다.

"그 화해는 내 의무이기도 하고요."

"그게 왜 네 의무냐? 네 아버지의 의무라면 모를까."

"아버지는 찬혁의 마음을 움직일 수 없어요."

"그럼, 너는 어떻게 그 독종의 마음을 움직인다는 거니?"

"그럴 조건이 있어요."

"조건?"

"찬혁이 내게 연심을 품고 있어요."

"그걸 네가 어찌 알아?"

"꼭 그걸 설명해야 돼요? 나중에 자세히 말씀드릴 테니 어서 할아버지 이야기부터 소상히 밝혀줘요."

딸의 진지한 표정을 읽고 난 어머니는 마지못해 시아버지에 대한 이야기를 털어놓았다.

"휴전이 성립되고 열흘쯤 지나서였다. 동틀 무렵에 엄세왈 씨가 찾아와 겁먹은 말을 했어. 따발총을 멘 인민군 패잔병 한 패가 찬혁네 집에서 나와 뒷산 쪽으로 도망쳤다는 거야."

"그래서요?"

"그 정도만 알고 있거라."

"말씀을 끝내주세요. 뻔한 얘기겠지만, 할아버지가 모함을 했다든가……."

세영은 찬혁 어머니에게서 들은 이야기를 숨긴 채 어머니의 말만 재촉했다. 어머니 이야기와 찬혁 어머니 이야기와의 차이점을 알아야 진실을 캘 수 있을 것만 같았다. 하지만 어머니는 끝내 비밀을 털어놓지 않았다.

"인민군과 내통했다고 모함했겠죠."

세영이 거침없이 한마디를 뱉어냈다. 어머니는 딸의 거친 표현을 나무랄 수 없었다. 그만큼 찬혁네의 인정 어린 순수한 마음을 희생양으로 삼은 시아버지의 야비한 행위를 옹호할 수가 없었다. 어머니는 발길을 세우고 멍하니 함박산을 바라보았다. 세영은 어머니의 뒷모습을 살피며 요모조모로 생각해보았다. 어머니는 지금 시아버지 산소 쪽을 보며 무슨 생각을 하고 있을까? 이해하고 있을까? 아니면 분노를 토하고 있을까?

"네 아버지가 진작에 빌어야 했어. 그게 자식의 도리고 진정한 효심이었다. 그런데 네 아버지는 되레 찬혁네와 적대관계로 지냈어. 그 바람에 내가 죄의식을 지니게 되었고, 그 죄의식이 네 아버지에 대한 폄훼심리로 작용한 거야. 그만큼 나는 불행한 여자가 된 거구."

세영은 어머니의 손을 공손히 잡아주었다. 어머니에게 처음 갖춰보는 정중한 예의였다.

"이제 네가 말할 차례구나."

어머니의 말뜻을 이해한 세영은 서슴없이 대답했다.

"나도 찬혁을 사랑하고 있어요."

"뭐야? 너를 병원에 업어 가고, 병원비를 대납했대서?"

"엄마! 딸의 수준을 그 정도로밖에 못 보세요?"

"일부러 꺼낸 소리다. 너를 화나게 하려고."

"왜죠?"

"그건 엄마의 방식이라 설명할 수 없다."

"찬혁은 신선해요. 속이 깊고요. 찬혁의 인품을 이해할 수 있는 여자는 이 세상 어느 남자에게도 정을 줄 수 없을 거예요."

"……."

"하지만 지금은 사랑을 나눌 수 없어요. 찬혁도 내 애정을 받아들이지 못할 거구요."

"왜?"

"경우를 아시잖아요?"

"사랑에 경우라니?"

"사랑이 깊을수록 결혼을 망설이는 경우도 있어요."

"현실적인 조건을 말하는 거냐?"

"그건 아니죠. 일종의 파괴심리랄까. 결혼 따위로는 도저히 충족시킬 수 없는 비극적인 욕망이랄까요."

아아! 어머니는 속으로 비명을 질렀다. 앞산이 무너질 듯한 감당 못할 울림이 가슴을 쳤던 것이다. 어머니는 세영이 두려웠다. 내게 저런 딸이 있다니!

"무슨 생각을 그리 깊이 하시는 거예요?"

"……."

"찬혁 탓이에요. 찬혁이 내 영혼을 폭파시켰어요."

"……."

"결혼은 배태욱과 하기 쉬워요."

"아버지에 대한 효심이냐?"

"네."

"착하구나!"

"불행하겠죠. 하지만 감당할 수 있는 불행일 거예요. 방금 말씀드렸잖아요. 찬혁을 제대로 이해한 여자는 다른 남자를 사랑할 수 없다고요."

"그런데 왜 아버지의 요구를 받아들이겠다는 거냐?"

"결혼의 의미를 망각한 거죠. 결혼을 그냥 요식행위로 여기려는 거죠."

"너 타락했구나."

"와! 우리 엄마 천재다. 그걸 어떻게 아셨어요?"

"뻔하잖니. 애정 없이 결혼한다는 게 타락 아니고 뭐니. 더구나 배태욱은 현실적인 조건도 충족시킬 수 있고."

"그럼 찬혁과 결혼한다면 허락하실래요? 아버지도 설득시킬 수 있으세요?"

"그러고 보니 나도 허락할 수 없을 것 같구나. 내 딸을 위험한 모험의 길로 내몰 수 없잖니."

"배태욱과의 결혼, 저도 보통 사람일 수밖에 없는 거죠. 어찌 생각하면 비열하죠."

"결국 네 눈에서 눈물이 흐르는구나."

엄마는 소매로 딸의 눈물을 닦아주고 나서 말을 보탰다.

"그럴 거다. 찬혁은 너를 지극히 사랑하겠지만 그러기에 복수할 수 없다는 그 절망감에 몸부림칠 거다. 그게 악연이지. 그래라! 찬혁에 대한 그리움은 마음속 깊은 곳에 묻어둘 수밖에 없겠구나."

엄마는 딸을 꼭 껴안아주었다. 세영은 눈물을 거두고 나서 말했다.

"엄마, 나는 지금 행복해요. 찬혁이 나를 사랑하고, 내가 찬혁을 사랑한다는 그 진실을 안고 산다는 것, 그 고통이 바로 제게는 행복이죠. 고행의 길이랄까요? 그래서 제 결혼은 불행할 수밖에 없어요. 하지만 남들이 두려워하는 그 불행을 즐길 거예요. 때문에 찬혁을 포기할 자신감이 생긴 거구요."

어머니는 세영을 껴안고 두 팔을 옥죄었다. 어머니는 모처럼 마음에 안정감이 느껴졌다.

"약탕기를 들고 나갈 때부터 의심은 했니라. 화해를 노린 의도만은 아닐 거라고, 네 얼굴 표정이 그렇게 말했거든."

"아버지한텐 숨기세요."

"그건 내가 할 소리다."

"찬혁은 내 진심을 아직 몰라요. 아버지와의 화해를 위한 너스레로만 여겨요. 혹 모르죠. 내 눈빛에서 뭘 느꼈을지도."

너를 죽이고 싶어!

초봄부터 시작한 공사는 벌써 두 달째 계속되었다. 위락시설 공동운영이 시작될 개업 날짜는 10월 지방선거에 맞춰 9월 중순쯤으로 정했다. 6개월 공사지만 장마철을 빼면 날짜가 촉박했다. 개업식은 일요일로 잡았다. 관청이 쉬는 날로 잡은 것은 군내 모든 기관장과 유지들을 초대하고 고등학교 밴드부까지 동원하기 위해서였다. 개인 업체의 개업식이 아니고 부락 전체의 축제인 만큼 그럴 만한 명분이 서는 행사였다. 전덕술의 입장에서는 비용이 얼마나 들던 간에 되도록 읍내의 많은 유지들을 참석시키는 게 유리했다. 개점 테이프는 전덕술과 김평도가 기관장들과 나란히 서서 끊기로 했다. 행사가 거창할수록 인지도가 높아질 테고 그 인지도는 득표와 연결되었다. 또한 그 인지도는 아버지의 '친일' 이미지를 깨끗이 정화시킬 수 있었다. 사실 지역 민심은 전덕술의 체면 때문에 쉬쉬하고는 있지만 아버지의 친일 이미지는 아직도 짙게 깔려 있었다.

그동안 김평도를 비롯한 위아래뜸 부락민들은 모두 자기 일처럼 열중했다. 전덕술 역시 뒷바라지에 옹색하지 않았다. 그가 몇 날 밤을 지새우며 구상한 보수계획은 공사비용만 해도 외부와 내부를 막론하고 예상보다 훨씬 컸다. 타일로 처리되었던 곳은 대부분 대리석으로 개수해서 한껏 분위기를 살리려고 애썼다. 막상 결심하고 일을 시작하게 되자 전덕술의 마음은 달뜨기까지 했다. 딸의 계획에 처음 동조할 당시의 옹졸하고 타산적인 생각은 위뜸 사람들의 호응과 열정에 감동하고부터는 숫제 비용도 아끼지 않았다. 위뜸 사람들도 몸을 아끼지 않았다. 일의 진척이 늦어지게 되자 야간작업을 자청할 정도였다. 더구나 김평도의 협조는 눈물겨웠다. 힘들고 위험한 일은 위뜸 사람들을 시키고 재료를 아껴서 비용을 줄이려고 애썼다.

모두 열성으로 협조한 결과 개업에 지장이 없도록 마무리되었다. 이제 개업식 준비만 남았다. 만국기로 뒤덮인 널따란 주차장에는 대형 천막이 쳐지고 회식장소인 1층 대형홀에는 음식상이 줄지어 놓였다.

식순에서 밝히기로 한 운영계획은 세영이 짜놓은 대로 전덕술과 김평도가 고문으로 추대되었다. 지배인 업무를 대행할 운영위원은 찬혁, 세영, 이장 세 사람이 맡아보기로 하되, 찬혁의 자리는 그가 응락할 때까지 잠정적으로 김평도가 맞기로 했다. 허드렛일은 위아래뜸 젊은이가 맡아보되 직책과 능력에 상응한 보수를 책정함으로써 서비스의 질과 능률을 높였다. 주방 셰프는 일류급 외부인을 채용했다. 가장 중요한 경리 업무는 공정성을 기하기 위해 위아래뜸에서 인물이 깔끔한 처녀를 한 명씩 채용하기로 했다.

다음은 분배와 복지 문제였다. 재료와 세금을 포함한 운영비를 제외하고 남는 순이익금은 엄연히 농외소득으로 개념을 정하고 농자금과 부락민 전체의 복지 향상에 보탬이 되는 방향으로 지출되도록 했다. 그리고 농민으로서의 위상을 망각하지 않고 근로정신이 훼손되지 않도록, 즉 향락심리에 물들지 않도록 배려했다. 농자금 보조와 농가의 환경위생 개선에 역점을 두기로 했다. 그렇게 위아래뜸이 화해를 이룸으로써 얻은 가장 큰 수확은 무엇보다 위아래뜸이 서로 농지를 자유로이 소유하게 되었다는 사실이다.

그들은 마냥 즐거웠다. 내일이면 고대하던 개업 날이었다. 밤늦게까지 개업 준비를 완료한 위아래뜸 사람들은 전덕술이 마련한 모주 파티로 피로를 풀기로 했다. 수십 년 동안 앙숙으로 지내온 그들로서는 역사적인 순간이었다. 술판은 모닥불을 피워놓은 마당 한복판에서 벌어졌다.

“여러분, 자랑스럽습니다. 이렇게 우리 오덕리가 한마음이 되어 이룩해놓은 저 멋진 시설을 보십시오. 저는 이 순간의 감격을 위뜸을 대표하시는 김평도 선생과 함께 누리려 합니다.”

술상머리에 서서 먼저 한마디를 꺼낸 전덕술은 곁에 앉아 있는 김평도의 팔을 끌어 세우고 덥석 껴안았다. 그때 우렁찬 박수 소리와 함께 갖가지 감탄 어린 말이 쏟아져 나왔다.

“오래 사니까 기어이 존 꼴 보누먼.”

“진작 이처럼 재밌게 살아볼걸.”

“참말로 억지 쓰며 살아온 게 원통해.”

이번에는 김평도가 자세를 세웠다. 모닥불에 비친 그의 얼굴은 벌겋게 달아 있었다.

“선생은 무슨 놈의 선생여. 이웃 친구끼린데 이제부터는 평도야 덕술아 하고 말을 놓도록 해야지. 나는 그간 전 면장과 원수로 지낸 적이 없어. 몇십 년 동안 술에 취해서 잠을 자고 있었으니까 뭐가 뭐고 어떻게 지내왔는지 도통 몰라.”

김평도가 구성지게 말을 마치자 좌중에서 박수와 웃음이 터져나왔다.

“이 사람 보게. 자기는 이름을 부르라 해놓고선 나한테는 면장이라고 존칭을 쓸 게 뭐람. 예전처럼 덕술이라고 불러.”

전덕술의 말에 또 한 차례 박수와 웃음이 터졌다. 김평도의 말이 이어졌다.

"어찌 됐건 덕술이 친구한테 감사할 따름여. 이제부터 우리는 위뜸 사람 아래뜸 사람으로 구별해서 부르지 말고 새뜸 사람이나 오덕리 사람이라고 통일해서 부르자구. 그새 잘못된 것이 있으면 서로 자기 탓으로 돌리고 옛날 우리 조상님들이 지내시던 대로 재밌게 어울려 지내도록 해야지. 그런 의미에서 내가 한 가지 제안을 하겠는데, 다름이 아니라 저기 주막거리 단풍나무 아래서 명절 때나 경사가 있을 때마다 두레굿을 치르면 어뗘?"

"좋고말고지!"

먼저 전덕술이 동의를 표하자 모두 좋소좋소 하고 맞장구를 쳤다.

"그리고 말할 필요도 없는 얘기지만 내년 농사부터는 서로 두레로 치러야 하니께 풍물을 장만하도록 하자구."

"그것 참 좋은 생각이구먼. 그런데 이런 좋은 자리에 찬혁이만 빠졌군."

전덕술이 섭섭한 표정을 지었다. 그러자 김평도가 찬혁이도 금방 마음을 돌릴 거라며 분위기를 살렸다. 그리고 옆에 앉아 있는 이장의 손을 잡아 일으킨 다음 이번 화해를 위해 가장 애쓴 이장을 위해 박수를 치자고 제의했다. 박수 소리가 요란했다.

"일어선 김에 나도 한마디 해야겠구먼."

감격한 나머지 이장의 음성은 몹시 떨렸다.

"내가 살고 있는 주막 있잖여? 그걸 안방과 부엌만 쓰고 목로는 개수해서 노인정으로 쓸까 해. 빈 몸으로 흘러와 여러분 덕택으로 논밭도 장만하게 됐으니 그렇게나마 은공을 갚고 싶구먼."

이장의 눈이 껌벅거렸다. 잠시 숙연해진 좌중이 긴 박수로 감사를 표시하자 그는 이제 술판을 벌이자며 손수 막걸리 사발을 돌리기 시작했다.

"이제 이장님도 장가를 드셔야쥬. 색싯감은 우리가 고를 팅게유."

좌중에서 엄세왈이 일어나 고함치듯 말했다.

"고마운 말이지만 장가들 생각은 없어."

이장의 눈자위가 도로 달아올랐다. 죽은 아내 생각이 떠올랐던 것이다. 아내만 살아 있으면 오늘 같은 날 구성지게 한판 놀아보련만, 이장은 달빛이 반짝거리는 저수지께로 고개를 돌렸다.

회식은 밤이 깊어서야 끝났다. 모두 집에 돌아가자 작파한 주석에는 을씨년스러운 냉기만 감돌았다. 뒤늦게까지 혼자 남아 있던 세영은 집 쪽으로 발길을 옮겼다. 달빛이 밝았다.

내일 거행될 성대한 개업식을 생각하니 몸에 생기가 돌았다. 그런 경사를 성공적으로 이끌어온 자신의 능력이 자랑스럽기도 했다. 집에 돌아온 세영은 몸을 씻고 편안히 잠자리에 들었다.

꿈이 아니었다. 아버지와 어머니의 비명 소리가 분명했다. 세영은 "불이야!" 소리에 놀라 옷을 주워 입고 밖으로 뛰쳐나갔다. 고샅길을 달리는 아버지와 어머니의 모습이 실루엣으로 어른거렸다. 동네 사람들이 그 뒤를 따랐다. 이미 위락시설 건물은 커다란 불덩이가 되어 까만 들판을 붉게 물들이고 있었다. 현장에 달려온 세영은 불타고 있는 경축 현수막을 보고서야 오늘이 개업 날임을 실감했다. 구름 떼처럼 모여들 경축 인파와 새뜸 부락의 화해를 축복하는 마이크 소리와 신명나게 울리는 풍물 소리가 모두 불꽃에 녹아버리고 있다는 생각에 다리가 후들거렸다. 속수무책이었다. 밤하늘에 나부끼던 만국기는 불에 덴 나방이처럼 속절없이 쏟아져 내렸다. 사람들은 발만 구르고 있었다. 물바가지를 끼얹어봤자 헛수고였다. 일이 층을 태운 불길은 어느새 지붕 위로 번지고 있었다. 그때 왁자지껄한 한 무리의 인파가 몰려왔다. 김평도가 앞장선 위뜸 사람들이었다.

"도대체가 어느 놈 짓여?"

김평도의 첫마디였다.

"전기 누전일 거야. 탈 건 다 탔으니까 곧 꺼지겠지. 다시 지으면 돼."

전덕술은 빙그레 웃으며 되레 김평도를 안심시켰다. 이 화재사건에는 추호도 사악이 끼지 않았음을 애써 고집하려는 전덕술의 담대한 모습이었다. 세영은 아버지의 웃는 얼굴을 빤히 바라보았다. 처음으로 아버지에게서 존경심이 느껴졌다. 가슴속에 뜨거운 열기가 치올랐다. 위락시설을 태우고 있는 불길보다 더 뜨거운 열기였다.

"불난 집에는 재수가 있다지?"

전덕술은 김평도의 어깨를 다독여주었다. 세영은 아버지의 그 어린애 같은 말을 한 가닥 꺾어다가 화분에 심어두고 싶었다. 아버지의 탁월한 변신이 보여주는 감동이 그녀의 눈시울을 적셨다.

결코 용서할 수 없어!

세영의 가슴에 분노가 솟구쳤다. 어느새 먼동이 트기 시작했다. 세영은 여명이 비치는 희끄무레한 고샅길을 무작정 걸어 올라갔다. 찬혁네 집 대문은 열려 있었다. 마당을 질러 곧장 마루에 오른 세영은 왈칵 방문을 열었다. 예상한 대로 찬혁은 깨어나 있었다. 앉은뱅이책상에 기대앉아 있던 찬혁은 세영이 방문을 닫고 방바닥에 앉을 때까지도 눈썹 하나 까딱하지 않았다.

"쓰레기 같은 인간! 그런 무모한 짓을 저지르다니!"

세영은 부아를 삼키며 잠시 상대방의 반응을 기다렸다. 하지만 찬혁은 조금도 자세를 흩뜨리지 않았다. 방 안에는 무거운 침묵이 흘렀다. 뒤란 대숲에서 재재거리는 새소리가 답답한 침묵을 흔들었다.

"당신은 패배자야. 자기최면에 걸려서 허둥대는 위선자이고. 난 당신의 치부를 뻔히 알고 있어. 말해봐요. 왜 그런 짓을 했죠?"

"위뜸에도 좋은 일인데 왜 불을 질렀겠소."

찬혁의 괴괴한 목소리에 세영의 몸이 일순 움찔했다.

"위뜸의 이익보다 우리 아버지의 이익이 더 컸기 때문이죠."

"당신 아버지의 이익이 도대체 뭐요?"

"그분의 베풂이 얻을 명성."

"치사한 소리 마쇼. 내가 그따위 명성을 질투해서 불을 질렀겠소?"

"이제 방화가 겁나세요?"

"방화? 여기서 당신과 노닥거릴 계제가 아뇨. 하지만 떠나기 전에 몇 마디를 지껄이겠소."

찬혁은 잠시 숨을 고르다가 다시 말을 이었다.

"내 운명에 때가 낀 걸 알았을 때 나는 당신네를 몰살할 참였소. 몰살하고 나도 죽으려 했소. 그러지 못한 건……."

"어머니 때문이었군요."

"하지만 어머니 때문만은 아뇨. 달리 살아갈 방법이 생겼던 거요. 사관학교에 합격하고도 진학할 수 없던 나는 집에만 숨어 지냈소. 어쩌다 술을 사러 나간 게 다였소. 바깥 세계가 싫었던 거요. 바깥은 꿈이 살아 있을 때에만 밝아 보였소. 꿈이 부서진 마당에 바깥 세계는 낯설고 음험했소. 그래서 애써 시야를 좁혔소. 울타리 안으로, 방구석으로, 나중에는 책상으로 눈을 고정시켰소. 그리고 머릿속에 고이는 생각을 무작정 종이에 적었소. 새로운 재미였소. 어느 때는 길게, 어느 때는 짧게, 그 써진 글들은 책상머리에 쌓인 채 나를 묘하게 홀렸소. 나는 그 글씨들이 두려웠소. 노트와 볼펜과 모든 것이 두려웠소. 창문으로 스며드는 햇살이 두렵고, 사람들의 말소리와 새소리가 두려웠소. 그 두려움을 잊기 위해 술을 마셨소. 술은 말초신경을 자극하고, 드디어 완력을 휘두르기 시작했소. 술과 싸움질로 하루해를 보냈던 거지."

조용히 찬혁의 말을 듣고 있던 세영은 지그시 입술을 깨물었다. 할아버지의 과오가 초래한 결과에 새삼 놀라야 했다. 우연히 던진 돌에 벌레가 맞아죽듯 찬혁은 자신도 모르게 부역자 자식이 되어 그 돌에 맞았던 것이다.

"그 방법밖에 없었나요? 술과 싸움 말고 다른 건전한 삶을 모색할 수 있었을 텐데?"

"옳은 말이오. 그래서 공사판에 나가 막일도 하고 용접 일도 하면서, 장사밑천을 벌면 구멍가게라도 차려볼 참였소. 그런데 그때 삼청교육대에 끌려간 거요."

순간 찬혁의 손끝이 바르르 떨렸다. 세영은 동정 어린 눈으로 찬혁의 표정을 살피다가 단호한 어조로 말했다.

"그래서 형식이 필요한 거죠. 형식은 인격의 대표성을 지녀요. 형식을 중히 여겼더라면 삼청교육대에 끌려가지 않았을 거예요."

"역시 당신다운 말이군. 그러니까 내가 점잖지 못해서 끌려갔다, 그거군?"

"……."

"묻고 싶소. 아까 베풀었다고 말했는데 도대체 당신네가 이루려 한 게 뭐요?"

"공동번영이죠."

"화해도 없이 공동번영이 이뤄질 것 같소?"

"그야 화해가 전제돼야죠."

"그럼 위락시설 공동운영이란 게 진정한 화해 조건요?"

"아직도 오해하는군요. 당신이 우리 아버지의 진심을 몰라서 그래요. 나도 처음엔 아버지를 믿지 못했지만 일이 진척되면서 아버지의 심경에 변화가 생겼어요. 아까 화재현장에서 그걸 목격했죠. 나는 화재가 나자 아버지가 다시 경색될 줄 알았어요. 그런데 뜻밖이었어요. 그따위 시련쯤이야 미리 각오했다는 듯 복구하려는 의지가 대단하셨어요. 오히려 그 시련을 비웃을 정도였죠. 김평도 어른께서 걱정하실 때도 불난 집은 재수가 좋다며 되레 위로해주셨어요. 나 역시 아버지를 다시 보게 되었죠."

"왜 그랬을까요?"

"왜 그렇다뇨? 몰라서 물어요? 아버지는 자기희생에 보람을 느끼신 거예요."

"희생? 그렇게 말하는 세영 씨의 기분은 이해하겠소. 하지만 그게 희생이 아니란 것쯤은 당신도 알 텐데? 물론 당신 아버지가 감격하신 건 사실일 거요. 하지만 그 감격은 자기만족에 불과할 뿐요."

"그걸 말이라고 해요? 당신은 정신이상자예요."

"흥분하지 말고 내 말을 잘 들어요. 그러니까 당신 아버지가 감격하신 건 자기희생에서가 아니라 위뜸 사람들이 그분의 시도에 말려들었기 때문이오. 세영 씨는 성취감이 뭔지를 잘 알 겁니다. 성취욕이 달성됐을 때는 누구나 그것을 베풀고 싶어 하는 마음이 생기게 마련이죠. 그걸 베푸는 사람 측에서는 선심이라고 생각할지 모르지만 따지고 보면 그것은 쾌감, 일종의 승리감에 다름 아뇨. 도박장에서 돈을 딴 사람이 개평 주고 싶은 마음이 생기듯 말요. 세영 씨 아버지는 개평을 주고도 남을 만큼 위뜸 사람들의 호응에서 여러 가지로 이득을 보신 겁니다. 기득권을 누리는 사람들은 조금 양보하고도 그게 큰 희생이라고 착각한단 말요. 사실 양보한 것도 없지만."

"그래서 불을 질렀나요? 무서운 복수군요. 그보다는 용서하고 사랑하는 게 더 보람이 클 텐데?"

"용서? 사랑? 나보고 온순해져라 그거군."

찬혁은 피식 웃었다. 세영은 후욱 한숨을 내쉬었다. 그때였다. 섬뜩한 목소리가 머리칼을 세웠다.

"너를 죽이고 싶어!"

세영은 오싹 소름이 끼쳤다. 죽음이 두려워서가 아니었다. 통곡을 씹어 삼키는 듯한, 찬혁의 애절한 목소리가 시퍼런 칼날이 되어 가슴을 찔렀던 것이다. 순간, 그녀는 사타구니에 짜릿한 흥분을 느끼고 찬혁 곁으로 다가가 그의 한 손을 감싸 쥐었다. 찬혁의 몸이 떨렸다. 그 진동이 세영의 가슴으로 번져왔다. 세영은 찬혁의 어깨에 머리를 기대며 속으로 중얼거렸다. 네 피와 정액으로 내 몸을 채우고 싶어! 그리고 몸을 돌려 찬혁을 껴안았다. 하지만 찬혁은 포옹을 받아주려다 말고 두 팔을 사렸다. 도저히 받아들일 수 없는 포옹이었다.

"나는 약한 남자가 아뇨!"

"뭐라구요? 동정심? 왜 그런 식으로 억지를 부리죠? 왜죠? 왜 자신의 마음을 속이는 거죠? 당신은 나를 사랑하고 있어요."

잠시 침묵이 흘렀다.

"날이 새면 나는 오덕리를 떠날 거요."

품에 안긴 세영의 몸을 밀치며 찬혁이 말했다.

"자수하세요!"

세영의 당당한 말에 찬혁은 아무 말 없이 뜻 모를 미소만 지었다. 그는 모든 변명을 그 미소에 묻고 싶었다. 오히려 오해를 사고 싶었다. 오해를 통해 자기를 증오하기를 바랐다.

"이제 나는 새뜸을 떠야 하니 그만 집에 돌아가요."

긴 침묵 끝에 찬혁이 말했다. 벌써 창호지 문짝에는 햇살이 묻어 있었다.

"야비하군요. 벌부터 받고 떠날 줄 알았는데."

"한 가지 묻겠소. 당신이 내 품에 안긴 건 자수시키기 위함이었소?"

찬혁은 마음에 없는 말로 어기댔다. 일순 세영의 얼굴이 일그러졌다.

"어째서 내 포옹을 받아주지 않았죠?"

"세영 씨는 너무 오만한 여자요. 그런 말을 할 수 있는 당신의 지나친 자신감이 밉소."

"하지만 그 자신감이 나를 서글픈 벼랑에서 지탱해준 셈이죠. 당신이 내 몸을 뿌리쳤을 때 여자로서 느껴야 했던 수모를 생각해봤나요?"

"당신은 지금 나한테 감동을 주려고 애쓰고 있소. 일종의 자선인 셈이지. 하지만 나는 당신의 그런 유희에 놀아날 만큼 딱한 처지가 아뇨."

"유희?"

세영의 손이 찬혁의 뺨을 후려쳤다. 찬혁은 입을 다문 채 지그시 눈을 감았다. 긴 침묵이 흘렀다. 그 침묵을 세영이 먼저 깼다.

"내 진심을 그따위로 받아들여요?"

"그럼, 진정 나를 사랑한단 말요?"

"찬혁 씨가 순결해서죠."

"순결? 당신은 그 순결에 몸을 던져줄 여자가 아뇨!"

찬혁이 날카롭게 쏘아붙었다. 세영은 양심이 찔렸다. 배태욱과 약혼한 자신의 한계, 즉 부자한테 시집가려고 마음먹었던 자신의 현실이 메스꺼웠다. 사실이었다. 찬혁에 대한 감정은 배태욱에 대한 감정과는 색깔부터가 달랐다. 세영은 배태욱의 곁에 있으면 늘 지루했다. 하지만 찬혁의 곁에 있으면 오래 있고 싶고 기쁨과 슬픔이 확연히 다르게 느껴졌다. 아까 찬혁의 몸을 껴안았을 때 자기 몸속에 번지던 싸늘한 전율, 분명 그것은 강렬한 감동이었다.

"떠나지 마세요."

세영은 노골적으로 매달렸다.

"외톨로 남기가 싫어서요."

"내가 있잖아요."

세영이 당돌한 어조로 말했다. 금방 떠날지 모를 찬혁에게 솔직한 심정을 털어내야 했다.

"나와 함께 고향에 남아줘요."

세영은 다시 한번 사정조로 말했다.

"고맙소. 하지만 나는 원래 좋아하는 걸 갖지 못하는 팔자요. 고향이 그렇고 당신이 그렇소."

세영은 와락 찬혁의 몸을 끌어안고 입술을 포갰다. 순간 찬혁의 두 팔이 세영의 몸을 옥죄었다. 세영이 더 강렬하게 찬혁의 품속으로 파고들며 울부짖었다. "사랑해요!" 찬혁은 세영의 몸을 고스란히 받아주었다. 세영의 입에서 황홀한 비명이 터져나왔다. 방 안에는 다시 침묵이 흘렀다.

"이제 난 죽을 자유를 얻은 셈이오."

찬혁이 고운 손길로 세영의 몸에 옷을 입히며 중얼거렸다. 뒤란 대숲에서 들려오는 새소리가 요란했다.

"나도 당신처럼 고통을 탐하는 체질인가 봐요."

세영이 머리칼을 매만지며 말했다.

"내가 여기를 떠나는 것은 당신의 그 말이 두려워서요. 당신은 행복한 생을 누려야 될 사람이오. 그리 되도록 빌겠소!"

찬혁이 세영에게 보여줄 가장 아름다운 정표는 그것뿐이었다. 찬혁은 세영의 몸속에 녹아들고 싶은 욕망을 억누르며 밖으로 뛰쳐나갔다. 마루에서 토방으로 내려선 찬혁은 마루 밑에 놓아둔 새 구두를 꺼내 신었다. 대문 밖으로 나갈 때까지 뒤따라 나오지 않는 세영이 고마웠다. 바람을 쐬러 나간 줄 알겠지. 찬혁은 발길을 서둘렀다. 서울행 첫차를 타리라 마음먹었다.

혼자 빈방에 남겨진 세영은 이런 생각에 젖어들었다. 잠시 괴로운 마음을 달래고 돌아오겠지. 방에 돌아오면 더 적극적으로 찬혁의 품에 파고들어야지…….

주홍글씨를 가슴에 단 여인

호텔식으로 아침을 때운 세영이 송정호숫가를 산책하는데 민재가 도로변에 차를 세우고 바삐 걸어왔다. 아침에 두 번이나 모시러 왔다며 어서 집에 가서 아침을 들자고 했다.

"속이 불편하실까 봐 배춧국을 끓였어요. 모시조개도 넣고요. 어젯밤에 너무 마셨잖아요."

된장 배춧국이란 말에 세영의 눈이 훤하게 열렸다. 하지만 아침을 먹은 뒤라 점심때 먹자고 했다. 민재가 12시에 모시러 오겠다고 하자 세영은 반갑게 받아들였다.

"그런데 이 호텔은 언제 지었어?"

"7년 전에 우상건설이 지었어요."

"박 회장이란 사람이?"

"그분은 벌써 돌아가셨어요. 아들한테 물려주고요. 그래서 호칭은 똑같은 박 회장인데 아들이 훨씬 똑똑해요."

"위락시설이 불타고 나서 아버지가 새로 지으려고 하셨어. 하지만 위뜸에서 말렸지. 민재 아버님이 더 적극적으로 말리셨어. 형이 없는데 공동운영의 의미가 없었거든. 우리 아버지는 아무 때고 형이 동참하리라 믿었지만 사라졌으니……. 도의원이 되신 후에도 형이 돌아오기를 3년이나 기다리셨어. 형이 돌아오면 맡길 참이었지. 형이 맡았으면 아주 물려주셨을지도 몰라. 나이가 드실수록 그만큼 형을 마음에 두고 계셨던 거야. 나도 그랬을 거구. 내가 그 땅을 물려받을 테니."

"그러셨군요. 저는 그때 어려서……."

"참, 슈퍼가 비었을 텐데 어서 가봐."

민재를 돌려보낸 세영은 호텔로 돌아와 침대에 누웠다. 매일매일 기계처럼 살아온 그녀로서는 모처럼 게으름을 피울 참이었다. 그냥 고향에 눌러 지내고 싶었다. 세영은 일어나 커피를 마시고 호텔을 나왔다. 아무래도 김평도를 찾아가 인사를 드리는 게 순서였다.

김평도는 단풍나무 그늘에 놓인 벤치에 혼자 멍하니 앉아 있었다. 세영이 앞으로 다가가 공손히 허리를 숙이자 어웅한 눈으로 바라보았다. 세영이라는 말에 그제야 "어서 일루 앉어" 하고 자기 옆에 앉혔다.

"민재한테서 세영이 왔다는 말을 들었지만 긴가민가해서

몰라봤구먼."

"죄송해요. 어제 인사를 드렸어야 하는데, 너무 늦어서……."

"요새는 세상이 좋아져서 서울이 이웃 동네여."

"그래요. 세상이 하루가 다르게 변하고 있어요. 그래도 아저씨는 옛날이 그리우시죠?"

"그립고말고. 아웅다웅 싸우며 살았지만, 그래도 옛날이 사람 냄새 나는 세상이었지. 요새는 진짜 세상인지 가짜 세상인지 도통 모르겠어. 참, 자당은 돌아가신 지 오래됐지? 그분처럼 경우 바른 분이 없는데. 배운 것도 많으시고."

"저도 어머니를 존경해요. 가장 이해심 많은 말벗이었죠. 세월이 흐를수록 어머니가 더 그리워져요. 아저씨도 주막 이장님이 돌아가셔서 섭섭하시겠어요. 두 분이 말벗 삼아 지내셨는데……."

"살았을 때는 둘이 티격태격 쌈하고 지냈지만, 막상 하나가 죽고 나니 짝 잃은 기러기마냥 외롭기 그지없구먼."

세영은 터져나오는 웃음을 억지로 참았다.

"왜 웃는 거여?"

"두 어른이 다투시는 모습을 구경한 적이 있거든요."

"언제 적 일인데 세영이가 봤다는 거여?"

"아버지가 위뜸과 화해하려고 애쓰실 때였죠."

"그려그려, 이제 기억이 나누먼. 시시한 오해 갖고 다툰 걸 생각하면 얼굴이 뜨거워져. 잘못을 사죄하려고 이장 산소를 찾어갔다가 실컷 웃기만 했어."

"울진 않고 왜 웃기만 하셨어요?"

"울음 반 웃음 반였지."

"아저씨 말씀이 너무 재밌네요. 꼭 젊은이 말투 같으세요. 죄송한 표현이지만 말씀이 귀여워요."

"귀여워? 허허허허……."

"웃으시는 모습도 귀엽고요."

"허허허허……. 세영이 덕택에 오랜만에 웃어보누먼."

"옛날에는 아저씨가 무서웠어요. 아저씨와 마주치면 겁부터 났거든요."

"지금은 무섭지 않구?"

"지금은 친구처럼 여겨져요."

세영은 두 손으로 김평도의 구겨진 손을 잡아주었다. 그때였다. 긴 생머리에 스니커즈를 신은 젊은 여자가 슈퍼에서 나오며 간드러지게 인사했다.

"어머 전세영 여사님 아니세요?"

세영은 도시티가 물씬한 그녀가 누구인지 점쳐보았다. 슈퍼에서 나온 걸로 보아 민재의 아내 같긴 한데 너무 젊은 여자여서 집안 친척 아가씨가 아닐지 싶었다.

"아가씬 민재 씨와 어떤 사이요?"

"네? 호호호…… 너무너무 고마워요. 저를 아가씨로 봐주시니."

"그럼 민재 씨 와이프?"

"네."

"민재 씬 복도 많네. 이런 산골에 이런 멋진 미인이라니……."

"어머, 역시 고매하신 분이라 저를 알아주시네요. 오금녀예요."

"이름이 복스러워."

"이름이 부녀회장처럼 생겼죠? 복스럽고, 부지런하고, 넉살 좋은 이미지……."

"정말 그렇네. 부녀회장에 딱 어울리는 이름이야. 그럼 새뜸 부녀회장인가요?"

"네. 공식명칭은 오덕리 부녀회장이고요."

"이렇게 젊은 여자가 부녀회장이라뇨?"

"말씀 놓으세요. 민재 씨와도 누님 동생으로 통하셨다는데, 저도 동생처럼 대해주세요. 친동생으로 여겨주시면 더욱 고맙고요."

"동생 삼으면 내가 고맙지."

오금녀가 세영의 손을 잡아끌며 집에 가서 배춧국으로 점심을 드시라고 재우쳤다. 세영은 오금녀의 뒤를 따랐다. 마당에서 승용차를 손보고 있던 민재가 세영을 보자 당황하는 기색을 보였다.

"금방 모시러 갈 참이었는데……."

점심상은 이미 차려져 있었다. 두 그릇을 비울 정도로 배춧국에 맛 들린 세영은 식사를 마치자 오금녀와 함께 슈퍼로 내려갔다. 미리 슈퍼로 내려간 민재는 제물을 챙겨 들고 외출을 서둘렀다. 오금녀의 배웅을 받으며 슈퍼를 나온 두 사람은 월명산 쪽으로 걸어갔다.

"저런 멋진 여자를 어디서 훔쳐 온 거야?"

"처가가 한산이죠."

"한산? 옛날 같으면 모시나 만질 텐데, 저렇게 참신하다니……."

"누님은 모시 해보셨어요?"

"방학 때 귀향하면 길쌈 구경은 했어. 그 시절 여자들은 모시 길쌈으로 한평생을 살았지. 시집가기 전에 모시 세 필을 길쌈하는 게 여자 팔자였거든."

"장모님께서도 종종 모시 얘기를 하셨어요. 그 시절에는 온 동네 처녀와 아낙들이 끼리끼리 모여 길쌈했다는데 그 시절이 재밌었다고요."

"앞으로 재밌는 농촌을 꾸며봐. 미래 지향적인 비전을 제시할 수 있는 획기적인 재미."

"맞아요. 그래서 공부를 열심히 할 작정이에요."

"참, 민재는 뭘 전공했지?"

"농촌생활과는 거리가 먼 학과예요. 철학과를 나왔어요. 하지만 문학에 더 관심이 많았죠. 농촌 이미지 창출에 문학적 상상이 큰 보탬이 돼요."

"농촌 이미지?"

"농촌의 애초 이미지는 어머니 품속이라고 생각해요. 요즘 귀농하는 가구가 늘어나는 추세여서 아주 고무적인데, 옛날에 슬픈 이농의 시대가 있었다면 앞으로는 희망찬 귀농의 시대가 열릴 거예요. 그래서 농촌을 도시의 폐해를 걸러주는 클리너 장치로 설정하면 어떨까 생각했죠. 도시생활에서 상처입은 사람이 고향에 내려가는 그 비극적인 도피를 농촌진흥의 동력으로 삼겠다는 거죠."

"신선한 발상인데, 그렇다면 농민상도 바뀌어야 할 텐데?"

"저는 농촌문화 창달을 위해 과학정신(科學精神)과 미학정신(美學精神)을 아우른 지성적인 농민상을 그려봤어요. 다만 거기에 수익성 창출을 위한 영농기술과 도시생활에서 황폐된 심신을 치유해주는 서정성을 어떻게 접목시킬지가 문제죠."

"히야! 대단한데. 민재의 세계가 이처럼 넓고 깊은지를 몰랐어."

"누님이 저를 지도해주셔야 해요. 누님이 곁에 계시니 새로운 용기가 생겨요. 이럴수록 찬혁 형님이 더 생각나네요. 누님 같은 분을 감동시킨 형님인데, 저도 형님처럼 진실되게 살고 싶어요."

어느새 산길로 접어들었다. 소나무 숲으로 에둘러진 산소는 비석 하나 없이 초라하지만 말끔히 다듬어져 있었다. 묘역에 먼저 도착한 민재가 "어, 꽃다발이잖아!" 하고 소리쳤다. 세영은 무덤 앞에 놓인 메마른 꽃다발을 유심히 살펴보았다. 오래된 것 같은데, 혹 찬혁이 다녀간 게 아닐까? 세영은 얼추 날짜를 추정해보았다. 자살을 결심한 상태여서 마지막으로 부모님 산소를 찾았을 것이었다.

"형님이 마지막 고별인사를 드리려고 내려온 게 틀림없어요. 마음이 너무 무거워서 우리 집에는 안 들리고 그냥 떠났겠죠."

제물이 차려지자 세영과 민재가 나란히 절을 올렸다. 그리고 묘역에 앉아 제물을 안주 삼아 퇴주를 마셨다.

"형은 보기 드문 효자였어. 이틀이 멀다하고 산소를 찾았거든. 나는 멀리서 그 모습을 지켜보곤 했지. 아마 부모님 산소에서 실컷 울고 싶어 그랬을 거야. 그동안 서럽게 울어보지 못했을 거라구. 슬플 때마다 울음보다는 먼저 분노가 앞섰을 테니. 나도 이 묘역을 찾아온 적이 있어."

"네? 언제요?"

"큰어머니 장례식 치르고 보름쯤 지나서."

"형님 반응이 어땠어요?"

"뻔하지 뭐. 묘역으로 다가가도 본숭만숭하고 잔디 손질만 계속했지. 내가 떼를 두어 장 들어다 주니까 그제야 겨우 한마디 했어. 손에 흙 묻히지 말라고."

"그래서요?"

"씻으면 된다고 했더니 형이 뭐랬는지 알아? 죽고 싶어 환장했소? 졸도까지 한 여자가 함부로 산을 타게? 그랬거든. 내가 여고시절만 해도 칼로 찌르겠다고 위협하던 형이 내 건강을 걱정하다니! 나는 형한테 이런 말을 했어. 당신은 복수할 사람이 못 된다고. 사실 형은 그런 남자야. 사나운 척할 뿐이지."

"누님 말씀이 맞아요. 형님은 보기보다 물러요. 정의로운 일에만 강했죠. 그런 분이라 속이 깊었고요. 그래서 방화범이란 오해도 사게 됐고요"

"오해라니?"

"나중에 아버지한테서 들은 얘긴데, 우상건설 직원이 경찰의 의심을 받았지만 증거 불충분으로 흐지부지되었나 봐요."

"형님은?"

"플라스틱 통에 든 휘발유 양이 주유소에서 구입한 양과 맞아떨어진 바람에 혐의를 벗었죠."

"휘발유라니?"

"형님이 고향을 떠나기 전에 자기 집에 불을 지르려고 사 온

휘발유였죠."

민재의 말을 듣고 난 세영은 가슴이 떨렸다.

"나는 형님이 불낸 줄 알았어. 그 오해만 아녔어도 어떻게든 형님을 고향에 잡아뒀을 텐데."

세영은 찬혁을 방화범으로 오인해온 자신이 원망스러웠다.

"비참할 정도로 올곧은 한 인간을 할아버지와 아버지와 내가 삼대에 걸쳐 죽이고 있었어. 내 몸을 짓이기고 싶어. 왜 형을 의심했는지, 왜 형의 깊은 마음을 헤아리지 못했는지. 아, 내가 너무 유치해!"

"누님, 형님은 그런 식으로 누님을 괴롭히신 거예요."

"괴롭히다니?"

"그럼 방화범 누명을 벗겠다고 사랑하는 누님께 변명을 늘어놓을까요? 나는 방화범이 아니다. 불을 지른 건 다른 놈 소행이다. 그렇게 변명해얄까요? 만약 형님이 그런 수준의 남자라면 누님이 지금처럼 괴로워하시겠어요? 누님께 그런 아픈 마음을 안겨준 형님의 의도가 뭐겠어요."

"의도?"

"감동이죠. 누님께 극적으로 안겨주고 싶었던 감동."

"불을 질렀다는 오해가 풀렸을 때의 충격 말인가?"

"그렇죠. 오랜 세월 방화범으로 여겨왔는데 그게 오해로 밝혀졌을 때 누님의 마음이 어떻겠어요."

"왜 그랬지? 불을 지르지 않았다고 납득시키거나 증거를 대면 그만일 텐데?"

"자신의 진실을 극대화시키려는 욕망 때문이죠."

"그게 무슨 말야?"

"방화범이 아니라고 납득시키기보다 침묵을 지킴으로써 유발되는 더 큰 감동을 노렸다는 거죠."

"그러니까 방화범이라고 오해한 내 잘못을 깊이 뉘우칠수록 형님의 진실에 더 깊이 빠져들 수 있다는 말인가?"

"그래요."

"놀라운 해석이군."

"그리고 형님이 위락시설 건설에 적극 동참하지 않은 것도 마찬가지고요. 만약 형님이 누님을 사랑하지 않았다면 적극적으로 동참했을지 모르죠."

"그럼 나를 사랑하기 때문에 동참하지 않았다는 말인데, 그건 억지 부림이 아닐까?"

"억지가 아니죠. 사랑하기 때문에 동참한다는 그 뻔한 상식에 부합되기 싫었던 거죠."

"그 부합도 진실을 극대화시키려는 욕망 때문인가?"

"그렇죠."

"진실을 극대화시켜서 뭘 노리겠다는 거지?"

"형님에 대한 사랑을 심화시키는 거죠. 그 심화가 고통이고,

그 고통이 형님에겐 행복인 셈이죠."

세영은 민재의 말에 가슴이 떨렸다. 민재가 언제 사나운 인생을 체험했다고 그런 고통을 이해하고 있단 말인가!

"형이 미워도 우리 시동생이 예뻐서 형수가 돼야겠네."

"그건 불륜이죠. 엄연히 가정이 있으신데."

"가정? 그것 벌써 집어치웠어."

"네? 그게 무슨 말씀이에요? 집어치우다뇨?"

"형을 만나기 전부터 나 과부였어. 주홍글씨를 가슴에 달고 보니 무슨 훈장을 받은 기분이더군."

세영은 호손의 소설 '주홍글씨'를 예로 들어 자신의 이혼 사실을 희화적으로 드러냈다. 민재는 그 말에 가슴이 설레었다. 정말 형수가 될 수 있다는 기대감이 솟구쳤던 것이다.

꼭 이렇게 살아야 돼요?

이튿날 아침 일찍 호텔을 나온 세영은 읍내로 나가 서울행 첫차를 탔다. 건설현장에 찾아가 수소문해서 찬혁을 찾아낼 작정이었다. 서울에 도착하자 잠시 집에 들렀다가 외출을 서둘렀다. 승용차를 주차장에 세워둔 채 도우미아줌마의 배웅을 받으며 밖으로 나온 세영은 택시를 잡아탔다. 예상과는 달리 건설현장은 찾기가 어렵지 않았다. 현장에서 동료를 찾을 수도 있었다. 나이가 비슷한 용접공으로 몇 년째 함께 일을 다닌다고 했다.

"민망해서 이 공사장에는 못 나올 겁니다."

동료는 세영을 친절히 대해주었다. 그는 찬혁의 전셋집 주소를 적어주며 지금 집에 있을 거라고 말을 보탰다. 세영은 찬혁의 거처를 찾을 수 있게 되자 일시에 긴장이 풀렸다. 다시 택시를 잡았다. 집은 쉽게 찾을 수 있었다. 주택가에 있는 비교적 깔끔한 단층집이었다. 집 안은 조용했다. 대문 옆에 붙은 자그마한 가게 벽에는 간이식당 간판이 붙어 있고 유리창에는 된장찌개, 김치찌개, 순두부 따위의 메뉴가 적혀 있었다. 출입문 앞에는 육십대로 보이는 노파가 서서 울안을 기웃거리는 세영의 동정을 살폈다.

"죄송하지만…… 김찬혁 씨를 찾아왔는데요."

세영이 허리를 숙이자 노파는 "유명한 분을 만나러 오셨네요" 하고 비아냥거리는 투로 대꾸했다. 아마 식당 손님이 없는 부아를 그런 식으로 푸는 모양이었다. 하지만 세영은 미소를 머금은 채 "유명한 분이라뇨?" 하고 친절미를 보였다.

"한동안은 집 앞에 사람들이 백절을 쳤다우. 요샌 별난 세상이라 자살쇼만 멋지게 해도 인기가 팍팍 오른다우."

"그분은 쇼할 사람이 아녜요. 지금 집에 계신가요?"

"직접 안채로 찾아가보우."

"죄송하지만 불러주시면 감사하겠습니다. 바쁘실 텐데 죄송합니다."

"대면에 어려운 사정이 있는 거우?"

"네. 하도 오랜만이라……."

세영은 노파의 뒤를 따랐다. 안채로 들어선 노파는 현관문을 두드리며 소리쳤다.

"김 씨 자우?"

조용했다.

"만날 잠만 자면 쓰겄수? 손님이 찾아왔는데 문 좀 열어보라우."

그래도 아무 기척이 없자 노파가 버럭 소리를 내질렀다.

"김 씨! 문 열어!"

여전히 인기척이 없었다. 노파가 문을 쾅쾅 치며 악을 썼다.

"스타가 되더니 나를 뭘로 보는 거야?"

그제야 안에서 반응이 나타났다. 빠끔히 열리는 문 틈새로 굵직한 목소리가 튕겨 나왔다.

"스타란 말 한 번만 더 하면 식당에 불을 지를 거요. 알겠소?"

"그러니깐 조용히 부를 때 대답을 줘야잖우."

"찾아온 분 돌려보내세요. 만나기 싫으니까."

"김 씨가 꺼리는 분은 아닌 것 같소. 기자가 아니고 점잖은 귀부인이라우."

실내가 조용해졌다. 세영도 입술에 손가락을 대보이며 노파에게 침묵을 요구했다. 현관 주변에 긴장이 고였다. 노파의 숨소리가 점점 거칠어질 즈음, 드디어 현관문이 빠끔 열리고 수염이 텁수룩한 사내의 얼굴이 비어져 나왔다.

"뉘시오?"

지친 목소리였다. 세영은 왈칵 치미는 감정을 누르며 담담한 목소리로 대꾸했다.

"나를 알아보시겠어요?"

"글쎄요."

"세영이에요. 이제 아시겠어요?"

떨리는 목소리였다. 그제야 찬혁의 눈에 긴장이 맴돌았다.

"당신이…… 어찌 여기를……."

"안에 들어가서 얘기할게요."

"안 되오. 들어오지 말아요. 당신이 들어올 곳이 못 되오."

"내 몸이 더러워서 그래요?"

"나를 그런 식으로 비웃지 말아요."

"들어가겠어요."

세영이 문을 활짝 열려고 하자 찬혁이 서둘러 말을 보탰다.

"내가 나가겠소."

찬혁이 문을 닫자 노파가 세영의 모습을 훑어보았다. 이런 멋진 귀부인이 저런 구질구질한 사내에게 저자세라니. 또 이런 귀부인을 함부로 대하는 저 지저분한 사내의 태도가 어이없다는 표정이었다.

금방 가죽점퍼로 갈아입은 찬혁이 밖으로 나왔다. 세영은 깜짝 놀랐다. 찬혁의 가죽점퍼가 옛날에 입고 다니던 그런 점퍼였다. 찬혁은 아무 말 없이 세영을 챙겨서 집 밖으로 나왔다.

세영이 조용한 카페를 찾아가자고 하자 찬혁이 골목 네거리 쪽을 가리켰다.

"저 모퉁이를 돌면 호프집이 있을 거요. 당신이 들어가긴 누추하지만."

"왜 자꾸 그런 식으로 말하죠? 찬혁 씨답잖게?"

"내가 비굴해진 모양이오. 그런 내가 싫어서 버리고 싶었던 거요."

호프집에 도착하자 찬혁이 세영을 앞세워 들어갔다. 한낮이라 그런지 홀이 조용했다. 그들은 구석자리를 찾아가 마주 앉았다.

"빌어먹을……."

술을 시킨 찬혁의 입에서 한숨 같은 욕이 터져나왔다. 아마 자살미수가 민망한 모양이었다.

"고향에 다녀왔어요. 이틀 쉬고 어제 돌아왔어요. 민재 씨와 술도 마시고."

"그 애가 당신을 알아봅디까?"

"몰라봤죠. 슈퍼에 두 번째 들렀더니 내가 누군지 수소문해 봤대요."

"슈퍼?"

"참, 주막 자리에 민재가 이층집을 짓고 슈퍼를 차렸어요."

"슈퍼 간판은 봤지만 민재 것인지는 몰랐소. 그 애가 철든 모양이군. 슈퍼가 꿈은 아니겠지만."

"부지런하고, 예의가 바르던데요. 꿈도 크고요. 부여에 대한 희망이 대단했죠. 농촌문화에 대한 지식이 해박한 데에 놀랐고요."

"민재의 시대는 밝아야겠지."

세영은 얼른 찬혁의 얼굴을 바라보았다. 찬혁의 입에서 저런 긍정적인 말이 나오다니!

"참, 작은아버님도 뵈었어요."

"건강은 어떠시오?"

"재밌는 얘기도 나누고요. 내가 작은아버님께 귀엽다고 말씀드렸더니 기분 좋게 웃으셨어요."

"당신다운 짓이군. 몸 약한 여자가 웬 넉살이오? 참, 당신 건강은 어떻소?"

"시집 잘 간 덕에 허혈증도 좋아졌어요. 그런데……."

세영은 무거운 분위기를 눙치려고 일부러 당신이란 호칭을 물고 늘어졌다.

"나한테 왜 자꾸 당신 당신 하세요? 혹 나를 아내로 착각하는 건 아니죠? 그 정도로 노망들진 않았을 테고."

드디어 찬혁의 얼굴에 미소가 번졌다. 세영이 농기 어린 목소리로 말했다.

"이해는 해요. 유부녀데 이름을 부를 수도 없고, 내가 직함을 가진 여자도 아니고, 고향 사람이니 여사라고 부르기도 뭐하고, 그래서 당신이라고 부를 수밖에 없는데…… 암튼 당신이란 호칭이 싫진 않네요."

"……."

"꼭 이렇게 살아야 돼요? 밝게 살면 안 돼요?"

"……."

"그럴 수 있어요? 아무 말 없이 훌쩍 떠나다뇨?"

"……."

"더구나 누명을 쓴 채 떠나요? 지금은 거짓이 진실이 되는 세상인데?"

"……."

"죄송해요. 진작 찾아봤어야 하는 건데."

"지금 서울에 살죠? 물론 사업 때문에 서울에 살아야겠지만……."

찬혁이 겨우 입을 열었다. 하지만 이번에는 세영이 대답을 삼켰다. 이혼 사실도 나중에 밝힐 참이었다. 어느새 맥주를 세 병째 비워냈다. 창밖에는 초가을 햇살이 곱게 깔려 있었다. 세영이 단단한 목소리로 따지듯 물었다.

"말해봐요. 왜 누명을 쓴 채 떠났는지. 당신이 사실만 밝혔어도, 아니 변명만 했어도 나는 지금까지 당신을 그냥 놔두지 않았을 거예요. 그동안 두어 번 고향에 내려갔지만, 당신에 대한 말을 꺼낼 수 없었어요. 보고 싶으면서도 억지로 모르쇠한 그 아픔을 이해 못하겠죠. 당신은 누굴 사랑해본 적이 없을 테니까."

"……."

"떠난 이유를 어서 당신 입으로 말해봐요."

하지만 찬혁은 계속 입을 다물었다. 긴 침묵이 흘렀다. 세영 역시 끝까지 찬혁의 대답을 기다리기로 마음먹었다. 밤을 새우고 또 하루가 지나도 끝내 대답을 기다릴 작정이었다. 그 대답은 세영의 인생에 중요한 길목이었다. 세영은 찬혁의 시선을 피한 채 조용히 술만 마셨다.

"이른 새벽녘이었소."

드디어 찬혁의 입이 열렸다.

"위락시설 개업식이 열리기 전에 서둘러 고향을 떠날 참이었소. 뜬눈으로 밤을 지새다가 밖으로 나갔소. 아직 별빛은 맑았소. 준비해둔 휘발유를 집 네 귀퉁이에 뿌릴 참이었소. 고향을 떠나기에 앞서 치러야 할 내 나름의 제의(祭儀)였소. 내가 태어나고 한때 살아온 그 흔적을 깨끗이 지우고 싶었소. 이제 새뜸에 붙어살 필요와 명분이 없었소. 가족도 없거니와 아래뜸과의 화해 속에 묻혀 살지 않을 바에는 항상 겉돌기 마련이었소. 라이터를 꺼내기 위해 호주머니를 뒤졌소. 그때였소. 갑자기 어둡던 아랫녘 들판이 훤해지면서 휴게소에 불기둥이 치솟았소. 멍하니 서서 불길을 바라보았소. 진작 내가 지피고 싶었던 불길이었소. 그런데 이상했소. 불길을 보는 순간 갑자기 불을 꺼야겠다는 생각이 들었던 거요. 이상한 감정이었소. 얼른 대문 밖으로 뛰쳐나갔소. 고샅을 지나 아래뜸 쪽으로 달려갔소. 다리목을 지날 때였소. 젊은 사내 하나가 개울을 건너 언덕 너머로 사라지는 모습이 불빛에 드러났소. 언뜻 불빛에 비친 얼굴이 무척 낯익었소. 지방선거가 한창 무르익을 때 봤던 사람이니까."

"누군데요?"

"읍내 우상건설 박 회장이 나를 조용히 만나자고 인편을 보냈던 거요. 젊은 사낸데 몸이 깡마른 데다 눈매가 매서웠소. 깨끗한 밀실로 나를 안내한 사내는 마치 경호원 같은 자세로 박 회장을 보필했지."

"개울을 건너던 사내가 그 사내였단 말이군요."

"지금도 뒤쫓아 가지 못한 게 후회스럽소."

"왜 놔둔 거죠?"

"잡아서, 뭘 어쩌겠소."

"뭘 어쩌다뇨? 당신이 오해받을 텐데?"

"그 오해를 즐길 수도 있잖소."

"오해를 즐겨요? 나쁜 사람!"

"나보다 더 나쁜 사람도 있잖소."

"당신 이제 보니 아주 유치한 인간이군요. 내 결혼을 탓하는 모양인데."

"……."

"왜 말을 못하는 거죠?"

"미안하오. 함부로 말해서……. 아직도 내가 죽을 만한 인간이 안 된 모양이오."

"그게 무슨 뜻이죠? 그럼 죽을 만한 사람이 되었다고 생각해서 죽기로 작정했나요?"

"나를 더 이상 괴롭히지 말아요."

"괴롭히는 게 아녜요. 따지는 거예요. 오랜 세월 따지지 못했던 숱한 과제들……."

"과제?"

"당신이 왜 이런 식으로 살아왔는지, 왜 행방불명으로 나를 괴롭혔는지, 그리고 왜 죽으려 했는지 등등."

"한가하시군."

"한가하다고? 당신이 뭔데 나를 이런 식으로 괴롭히지? 당신이 얼마나 대단해서 그러지? 나도 당신을 상대할 수 있는 여자라구. 당신이 떠나지만 않았어도 나는 약혼을 파기했을 거라구."

찬혁은 아무 말 없이 자리에서 일어나 술값을 계산하고 밖으로 나갔다. 뒤따라 나온 세영이 내일은 승용차를 갖고 오겠다고 하자 찬혁은 아무 말 없이 집 쪽으로 걸어갔다. 어느새 도로에는 석양이 깔려 있었다. 택시를 잡은 세영은 차에 오르면서 찬혁 쪽을 훔쳐보았다. 찬혁이 멀리에서 걸음을 멈춘 채 세영이 차 타는 모습을 지켜보고 있었다.

집에 돌아오니 두 남매와 도우미아줌마가 반겼다. 하지만 집 안 구석구석에는 아직도 배태욱의 잔영이 그늘처럼 끼어 있었다. 만약 지금도 같이 살고 있다면 배태욱의 입에서 이런 말이 나올 게 뻔했다. 당신 표정이 밝은 걸 보니 오늘 외출이 재밌었나 보오. 세영은 이제 그런 예의가 숨이 막혔다. 차라리 이년아, 어딜 쏴다녀? 그런 욕설이 솔직해 좋았다.

도우미아줌마까지 네 식구가 저녁을 마치자 집 안 분위기가 밝아졌다. 세영은 모처럼 가정의 온기를 느낄 수 있었다. 진심으로 사랑하고 아끼는 가족의 보금자리에 취해보고 싶었다. 두 손을 벌려 다혜와 동민의 손을 잡아주었다. 두 손이 엄마의 손을 곱게 받아들였다. 다만 동민의 손끝에서 미세한 진동이 느껴졌다. 그 바람에 세영의 시선이 식탁 위로 내려앉았다. 아들의 시선과 마주치기 싫었다. 지금 동민은 할 말을 참고 있는 게 분명했다. 가슴이 답답했다. 아직도 평화로운 가정이 아니었다. 드디어 동민의 입에서 어색한 말이 튀어나왔다.

"엄마도 해방구를 만드신 모양이죠?"

세영은 아들의 말을 곱게 받아주고 싶지만 마땅한 말이 떠오르지 않았다. 한참 동안 생각 끝에 겨우 이렇게 말했다. "나한테 존댓말을 쓰지 마라." 그러자 다혜가 "나는 존댓말을 쓰지 않잖아" 하며 귀염을 떨었다.

"암튼 우리 딸도 나를 엄마로 대해주지 않으면 좋겠어."

"그럼 누구로 대해주지?"

"그냥 친구처럼."

"역시 엄마는 멋져."

"멋진 게 아니고 함정을 파시는 거야. 우리가 빠질 함정."

동민의 말이었다.

"동민아, 엄마가 그처럼 나쁜 여자니?"

"나쁜 게 아니고 그만큼 특별한 분이시죠."

엄마의 표정을 살핀 동민이 살며시 밖으로 나갔다. 밤늦게야 잔뜩 취한 상태로 집에 돌아온 동민이 혼자 거실에 앉아 있는 세영을 거침없이 안방으로 끌고 갔다. 그런 아들에게 세영은 입에 발린 말을 흘렸다. "재밌게 노는 건 좋다만 몸은 아껴야지." 그러자 동민이 기다렸다는 듯 어깃장을 놓았다.

"몸을 아끼라구요? 도대체 어쩌실 참이죠? 요즘 엄마가 너무 변했어요. 너무 튀어요. 왜 그러시죠?"

"글쎄, 네 말을 이해 못하겠구나. 나는 변한 게 없는데, 그동안 엄마를 너무 신성시한 모양이구나. 엄마란 존재도 개성이 있다는 걸 이해해야지. 한 번쯤 엄마를 동네아줌마로 여겨봐."

"동네아줌마요?"

"친엄마가 아닌 동네아줌마 말야. 동네아줌마로 여기면 무슨 짓을 해도 신경 쓸 게 없잖니. 감정 없는 엄마, 공산품 같은 엄마, 부속을 갈아 끼울 수 있는 엄마를 상상해보라구. 원래 기계 같은 엄마는 네가 한 말이잖아? 이젠 존경받는 엄마가 싫다. 이젠 내 정체성을 찾는 똑똑한 바보가 되고 싶어."

"낭만에 취하셨군요. 엄마는 지금 몸에 허황된 날개를 달고 계세요."

날개란 말에 세영은 한바탕 웃고 나서 말했다.

"네가 무슨 말을 하려는지 알겠다. 하지만 나는 타락하고 있는 게 아냐. 그동안 엄마는 네가 소망하는 모범적인 엄마가 되려고 참고 헛웃음 치며 살아왔어. 이젠 내 본색대로 살고 싶구나."

세영은 얼른 안방을 나와 욕실 쪽으로 걸어갔다. 집 안은 다시 조용해졌다.

당신은 유치한 여자가 될 수 없는 여자요

카페 창가에 앉아 있던 세영은 다시 핸드폰으로 시간을 살펴보았다. 찬혁과의 약속시간이 막 지나고 있었다. 세영은 창밖을 내다보았다. 아직도 찬혁의 모습은 보이지 않았다. 찬혁이 약속을 지킬 거라면 늦어도 지금쯤은 카페 주변에 모습을 드러내야 했다. 세영은 여기저기 골목을 살펴보았지만 어느 곳에도 찬혁의 모습은 보이지 않았다. 점점 불안감이 커졌다. 그래, 나오지 않을 거야. 핸드폰 메시지에는 나온다고 떴지만 거짓말일 거야. 아냐, 앞으로 나를 만나지 않는다 해도 오늘만은 나올 거야. 어제 헤어질 때 표정이 그랬어. 아냐, 나를 측은하게 바라보던 표정은 나와의 마지막 결별을 암시한 거야.

세영의 마음은 찬혁이 나오지 않는다는 쪽으로 기울었다. 그 포기는 찬혁이 정말 안 나올 경우 그 낙담을 미리 추스르기 위한 대비책이었다. 이제 나오지 않는 것을 기정사실로 못박은 이상 만약 찬혁이 나올 경우 찬혁의 그 약속 이행은 덤이 되고 약속 불이행은 본전이 되는 셈이다. 그렇게 작심하고 나니 마음이 조금은 가벼워졌다. 벌써 약속시간이 10분이나 지났지만 나오지 않을 것으로 작심한 이상 몸을 가누지 못할 만큼의 절망감은 눙칠 수 있었다.

차라리 더 기다리지 말고 벌떡 일어날까?

하지만 그런 용기는 찬혁의 거처를 안 이상 만날 수 있다는 가능성에서 유발되었다. 만약 찬혁이 영원히 자취를 감추기 위해 짐을 싸들고 셋집을 뛰쳐나와 사라졌다면? 세영은 눈앞이 캄캄했다. 하늘이 무너져 내리는 절망감에 숨이 막힐 지경이었다. 그래! 찾아보자! 서울바닥을 다 뒤져서라도, 대한민국을 다 뒤져서라도, 아니 지구를 다 뒤져서라도.

"무슨 생각에 잠겨 있는 거요?"

세영은 얼른 고개를 돌렸다. 말끔하게 차려입은 찬혁의 듬직한 몸이 바로 옆에 서 있었다. 세영은 멍한 눈으로 찬혁의 모습을 바라보았다. 왜 늦었냐고 찬혁을 나무라고 싶었지만 감정을 꾹 눌렀다. 네가 나를 15분이나 기다리게 해? 네가 도망친 걸로 오해하게 만들어? 그렇게 내 마음을 뒤틀게 만들어? 그렇게 내 마음을 미치게 만들어? 세영은 아무 말 없이 커피를 주문하고 나서 다시 입을 다물었다. 커피를 마시는 동안에도 침묵을 지키며 마지못해 찬혁의 말만 들어주다가 앞장서 밖으로 나갔다. 승용차에 오른 세영은 곁에 멍하니 서 있는 찬혁에게 “얼른 타요”라고 명령했다. 옆자리에 앉은 찬혁은 아무 말 없이 미소를 머금은 채 정면만 바라보았다. 세영은 시동을 걸고 나서야 “왜 늦은 거죠?” 하고 참았던 말을 꺼냈다. 하지만 찬혁은 여전히 대답을 삼킨 채 미소만 지었다. 세영은 찬혁의 그 미소 어린 침묵이 좋았다. 그 침묵에 대고 마음껏 떠들어대고 싶었다.

“나한테 잘 보이려고 몸단장하다가 늦었죠? 그렇죠? 나한테 환장한 거죠? 그렇죠?”

“운전 솜씨를 믿어도 되겠소?”

찬혁은 여전히 같은 색깔의 미소를 머금은 채 엉뚱한 말로 받았다. 그때였다. 세영이 갑자기 차를 세우고 몸을 돌려 찬혁을 거세게 껴안았다. 뒤에서 클랙슨 소리가 요란하게 울렸다. 찬혁이 사고를 걱정하며 어서 달리라고 재촉했지만 세영은 “같이 죽으면 되지 뭐!” 하고 소리쳤다. 그러자 찬혁도 시시하게 도로에서 죽지 말고 바다에 빠져죽자고 목소리를 높였다. 세영은 마지못해 포옹을 풀고 다시 가속페달을 밟았다.

평일이어서 그런지 서울양양간고속도로 쪽으로 빠지는 진입로에는 차량이 붐비지 않았다. 세영은 입을 다문 채 운전에만 열중했다. 찬혁 역시 편안한 표정으로 차창 밖을 내다보았다. 차는 어느새 서울을 벗어나 서울양양간고속도로를 달리고 있었다. 세영은 언뜻언뜻 찬혁의 옆모습을 훔쳐보았다. 코발트색 셔츠에 검은 정장으로 멋을 부린 찬혁의 모습이 우아해 보였다.

"정장 차림이라 껴안아준 거예요."

"그럼, 양복 입을 때마다 껴안아줄 거요?"

"물론이죠. 사랑하는 여인에게 잘 보이고 싶어서 빼입은 건데. 그렇죠? 옷맵시가 멋진 걸 보니 꽤 여자들을 홀린 모양인데, 그 재미로 결혼도 포기했을 테고."

"그만하고 속도나 줄여요."

"이실직고하면 속도를 줄일게요. 그렇죠? 여자 홀리는 재미로 장가를 안 든 거죠? 그렇죠?"

"무슨 여자가 이렇게 겁이 없어. 120킬로잖아."

"고속도로는 빨리 달리라고 낸 길 아녜요?"

"그런데 오늘 왜 이래요?"

"왜 이러다뇨?"

"내가 멋을 부렸다고 해서 계속 120킬로로 달리다니?"

"그럼 마이를 벗어요. 100킬로로 줄일게요."

"마이를 벗으면 속도를 줄이겠다?"

"그래요. 넥타이를 풀면 아주 차를 세울 거구."

"넥타이를 풀지 말라는 뜻인데…… 넥타이 맨 모습이 체질화되셨겠지."

"체질화? 횡령범은 넥타이를 좋아한다는 말인데, 나를 비웃는 거예요? 내 불행을?"

"비웃다니, 왜 그런 말을 하는 거요?"

"내가 유치했네요."

"세영 씨, 당신은 유치한 여자가 될 수 없는 여자요. 당신이 유치한 여자라면 나는 이런 신세가 되지 않았을 거요."

세영은 입을 다문 채 속도를 냈다. 어서 차를 세우고 싶었다. 내린천휴게소에 차를 세우자마자 차문을 열고 나가 먼 산을 바라보았다. "당신이 유치한 여자라면 나는 이런 신세가 되지 않았을 거요." 이보다 더 가슴 치는 경구가 있을까? 이보다 더 위대한 언어가 있을까? 세영은 가슴이 터질 것만 같았다. 어서 찬혁을 안아주고 싶었다. 지금 어디쯤에 서 있을까? 이쪽일까 저쪽일까? 그때였다. 곁에 서 있던 누군가가 살포시 손을 잡아주었다. 찬혁이었다. 세영은 찬혁의 손을 움켜쥔 채 승용차 곁으로 데려가 운전석 옆자리에 앉혔다. 그리고 운전석에 앉아 찬혁의 옆모습을 훔쳐보았다. 귀밑에서 목덜미로 번진 센 머리칼이 세월의 간극을 말해주었다. 그 쓸쓸한 세월의 흔적이 세영의 마음을 뒤흔들었다. 연민이었다. 고생이 오죽했을까. 마음은 얼마나 황량했을까. 그 모든 찬혁의 아픔이 자기 탓으로만 여겨졌다. 세영은 시동을 걸었다. 휴게소를 빠져나온 차는 속도를 내기 시작했다. 연거푸 터널이 몰려왔다. 무지개색으로 조명된 화려한 터널 속을 달리다가 "왜 죽으려 했죠?" 하고 수다를 떨었다. 달뜬 감정을 그냥 묻어둘 수는 없었다.

"당신이 수다를 떨 듯 나도 수다를 떨었던 거요."

"자살을 수다라고요?"

"그러니 말장난은 피합시다!"

"나에 대한 그리움 때문이었죠? 그렇죠? 너무 그리움을 안고 살다보니 그 애절함이 지겨웠겠죠? 포만감이랄까?"

"당신 멋대로 해석하구려."

"물론 고백하기 힘들겠죠. 민망하니까. 하지만 이처럼 감정이 고조된 분위기에서는 솔직할 수 있잖아요? 나는 당신의 말이 너무 황홀해서 지금 미칠 지경인데, 안 그래요?"

"속도를 줄여요. 고속도로에서는 졸음운전도 위험하지만 달뜬 기분도 위험하니까."

"깡패 출신이 더럽게 점잖은 척하네. 이따 보자! 가만 놔두나!"

찬혁은 억지로 웃음을 참았다. 세영은 브레이크를 살짝 누르며 말했다.

"10킬로 감속할 테니 뭘로 답례할 거죠?"

"주먹으로 답례하고 싶지만 남의 마누라를 때릴 수도 없고…….”

“맘 놓고 때려봐요. 벌써 헤어졌으니까.”

“헤어지다니?”

“헤어지다란 낱말 뜻도 몰라요? 이혼이란 낱말을 써야 알아듣겠어요? 무식하긴!”

찬혁은 입을 다문 채 지그시 눈을 감았다. 세영은 찬혁의 침묵하는 모습이 목백합처럼 우아해 보였다.

그래, 나에 대한 복수가 불가능하니까 죽고 싶었겠지!

세영은 미수로 끝난 찬혁의 자살이 안타까웠다. 그 가여운 짓이 애기의 귀염기처럼 여겨졌다. 포근히 껴안아주고 싶었다. 얼마나 안온한 사랑이 그리웠으면 자살을 택했을까!

당신이 나를 죽여줄 수만 있다면

찬혁은 모래톱에 서서 어스름에 묻혀가는 바다를 바라보았다. 세영은 하얀 거품을 내며 뒤집히는 파도가 오히려 마음을 가라앉혀주었다.

“제발 껴안아줘요.”

세영의 목멘 소리에 찬혁의 팔이 세영의 등을 살포시 감았다. 호텔 방에 들어와서도 찬혁은 말을 삼킨 채 세영이 시키는 대로 몸을 움직였다. 세영의 지시대로 샤워를 마치고, 세영이 꺼내준 새 옷으로 갈아입고, 그녀의 손에 이끌려 식당에 가고, 라운지에서 술도 마시고, 다시 방으로 끌려왔다. 침대에 누워서도 찬혁은 몸을 세영에게 맡기다시피 했다. 세영은 거침없이 찬혁의 몸을 껴안고 입술을 더듬었다. 드디어 찬혁의 뜨거운 몸이 세영의 몸을 파고들었다. 세영의 입에서 비명과도 같은 환희가 터져나왔다. 그들의 몸부림은 새벽녘에야 잠이 되어 녹아 흘렀다. 이튿날에도 세영은 아침 늦게까지 찬혁의 품에 안긴 채 누워 있었다.

"그동안 당신을 한시도 잊은 적이 없어요."

세영의 말에 찬혁의 몸이 부르르 떨린다싶더니 눈에서 폭포수 같은 눈물이 쏟아졌다. 세영은 찬혁의 눈물이 보석처럼 아름다웠다. 찬혁이 울부짖었다.

"지금 나는 꿈을 꾸고 있소. 이대로 꿈속에 묻힌 채 죽고 싶소. 만약 당신이 나를 죽여줄 수만 있다면 더없이 행복하련만."

느지막이 일어나 아침 겸 점심을 때운 세영과 찬혁은 온종일 동해안을 뒤지고 다니며 뱃놀이도 즐기고, 강릉에서는 백화점에 들러 쇼핑도 즐기다가, 밤에는 횟집에서 술을 마셨다. 어제는 세영이 적극적인데 반해 오늘은 찬혁이 적극적이었다. 웃는 것도 찬혁이 더 호들갑을 떨었다. 침대에서도 찬혁이 더 광기 어린 체위로 세영의 몸을 녹여주었다. 찬혁으로서는 처음 즐겨보는 현실생활이었다.

"나 같은 인간은 항상 죽음을 탐하며 살아갈 수밖에 없나 봐."

찬혁이 그 말을 내뱉고 나서 큰 소리로 웃었다. 그답지 않은 호들갑이었다. 밤이 깊어지면서 세영의 잠도 점점 깊어졌다. 찬혁의 품에 안겨 깊은 잠에 빠져드는 세영의 숨소리가 은은했다. 찬혁의 잠은 점점 멀어지기만 했다. 그는 자기 가슴에 안긴 세영의 머리칼을 매만져보다가 슬며시 머리칼을 들어 올려 입술을 댔다. 부드럽고 향기로웠다. 난생처음 아름다움을 느껴보는 셈이었다. 그 순간적인 만끽을 평생 세영과 부부로 살아온 긴긴 세월의 행복으로 여기고 싶었다. 그래, 나는 늘 세영의 체취를 맡으며 살아왔어. 찬혁은 입술로 세영의 머리칼을 쓰다듬다가 그녀의 몸을 두 팔로 옥죄었다. 잠을 깬 세영도 찬혁의 몸을 으스러지게 껴안았다. 그들의 몸은 일시에 하나가 되었다.

"우리 부여에 다녀와요. 당신과 함께 가면 부여가 새롭게 느껴질 거예요."

세영이 말했다.

"그래요. 이제부터는 당신의 의견에 따를 테니 당신 멋대로 해요. 하지만……."

"우리 집 애들을 걱정하는 거예요?"

"……."

"내게는 애초부터 가정이 없었어요. 두 자식도 집을 가상공간이라고 불렀어요."

"가상공간이라니?"

"엄마를 기계로 봤거든요. 자신들을 공산품으로 여기고요.

똑똑한 애들이죠. 내가 그렇게 키웠어요. 그만큼 내가 남편을 부정해온 셈이고요."

"독한 여자군."

"독한 게 아니고 영혼이 없는 거죠. 그러니 어서 아름다운 영혼을 넣어줘요. 우아한 여자가 되게요. 나 지금 너무 자유롭고 황홀해요. 이렇게 우리 둘이 오래오래 살다가 늙어 기동할 수 없을 때 함께 죽어요. 두 자식도 당신을 보면 존경심이 느껴질 거예요. 그처럼 수준 높은 애들이에요."

"학생이겠군."

"계산해봐요. 당신과 헤어지고 10개월 만에 결혼했으니…… 아들은 대학원생이고 딸애는 대학생인데 에미가 딴 남자를 사랑하는 것 죄 알고 있어요. 나는 그 애들을 당신 자식으로 만들 거예요. 저희들 아빠와 헤어진 것도 이해하고 있어요."

부여 품에 안긴 찬혁과 세영

그동안 부여의 품속은 찬혁에게 낯설기만 했다. 어릴 적 말고는 고향의 품에 편안히 안겨본 적이 없었다. 찬혁에게는 두려웠던 시절과 가여웠던 시절만 있을 뿐이었다. 하지만 이제는 부여가 편안한 품속이었다. 먼저 숙소부터 정하기로 했다. 새뜸에는 이목을 피하려고 나중에 들르기로 했다. 민재도 만날 수 없었다. 민재를 만나면 작은아버지도 만나야 되고 이웃도 만나봐야 했다. 세영은 괜찮다고 했지만 찬혁으로서는 아직 이른 동행이었다.

"부부처럼 지내요. 왜 그리 소심해요. 나를 아내로 여기는 게 걸리는 모양이죠?"

"내가 이런 불량한 아가씨를 사랑하다니, 현모양처를 구하려고 여태 홀로 지냈는데 겨우 이따위 여자를 만나다니, 어이구 내 팔자야!"

찬혁은 그런 농담을 한 사람이 자신이란 데에 새삼 놀라야 했다. 자기 인생에서 해학은 엄중히 다스려야 할 반칙이었다. 자기 몸속에는 언제나 분노만이 기득 차야 했다. 그런데 자신의 입에서 농담이 튀어나오다니! 찬혁은 얼른 표정을 가다듬었다. 하지만 세영이 찬혁의 농담을 붙들고 늘어졌다.

"천지가 개벽할 노릇이네요. 당신이 농담을 하다뇨. 나를 만나니 이제 살맛이 나는 모양이죠?"

찬혁이 손바닥을 치켜들었다. 세영은 차를 세우고 앙탈을 부렸다.

"때려봐! 나 남편한테 빰 맞고 싶어 환장한 년인데 어서 때려보라구!"

찬혁이 얼른 세영을 끌어안았다. 세영은 찬혁의 포옹을 받아주며 언성을 높였다.

"여기가 어딘데 까불어? 부여야 부여. 왜 이리 함부로 설치는 거지? 옛날 불량배 기질이 되살아났나? 그럼 시내를 휘젓고 다녀보라구. 그러려면 술부터 마셔야겠지?"

시내를 한 바퀴 돌아본 세영이 정말 술집 앞에 차를 세우려 했다. 부여에 도착했다는 안도감이 찬혁의 객기와 어울려 술탐을 부리게 했다.

"아가씨, 흥분하지 말고 방부터 정합시다."

찬혁의 말에 세영은 차를 돌려 호텔 쪽으로 달렸다. 서둘러 방을 정해놓고 택시를 불렀다. 저녁 겸 반주 삼아 맥주를 마실 참이었다. 술을 마셔야 부여를 만져보고 느껴볼 수 있었다. 횟집을 찾아들었다. 아직 영업시간이 아니어서 실내는 조용했다.

"여행 오셨나 보쥬?"

주문대로 초밥과 맥주 두 병을 차려온 주인아줌마가 말을 걸었다. 세영은 오랜만에 찾아왔다고 대꾸해주었다.

"오랜만이면, 혹 부여가 고향이신감유."

세영은 옛날에 어른들이 "고향이 워디여?" 하고 묻던 친밀감이 떠오르자 충청도 사투리로 "그럼 사장님도 여기가 고향인감유?" 하고 되물었다.

"낳고 자란 곳잉 게 고향이 맞겄쥬."

"왜, 고향이 탐탁지 않으신감유? 말이 삐딱한 걸 봉게?"

"탐탁하든 안 하든 고향인디 워쩔 거유."

"장사가 힘드신 모양이쥬?"

이번에는 찬혁이 사투리로 물었다.

"보시다시피 시내 중심가가 제대로 형성되지 않응게 발전이 돼야쥬. 새 건물을 질려구 터를 파다보믄 기왓장이 나옹게 터를 파다 마는 경우가 허다해유. 그렁게 현대식 상가가 들어서질 못한다 그 말유. 이 집도 수십 번 고치기만 혔지 새로 질 수가 있어야쥬. 그노므 기왓장이 웬수구먼유. 새 건물이 들어서야 도시가 발전할 틴디…….”

자리를 뜬 주인은 더 시킬 게 있으면 불러달라며 주방에 딸린 방으로 들어갔다. 저녁 장사를 위해 잠시 쉬려는 모양이었다.

“이러케 순박한 분들이 사는 곳인디, 만날 길거리서 칼을 휘둘렀응게 참 대단하셨네유.”

세영이 찬혁을 놀렸다. 그러자 찬혁이 걸쭉한 사투리로 받아넘겼다.

“늬네 씨알머리들 땜에 그렁겨, 이 싸가지 읎는 전가네 푸네기야!”

“얼레, 남의 집안을 그러케 흘뜯는 걸 봉게 아주 쌍것 집안이구먼?”

“뭐가 워쪄? 늬네는 싸가지가 있어서 내 신세를 이러케 조졌냐?”

“얼낼래, 이러다간 주먹으루 치겄는디?”

“내 마누랑게 내 멋대루 때리는디 웬 시비여?”

“너 지금 분명 나를 늬 마누라라구 혔어. 그렁게 나를 책임져야 혀. 알겄남?”

세영이 뱃살을 잡고 웃었다. 찬혁은 일부러 몸을 돌려 근심어린 내색을 비쳤다.

“이 여자를 워떻게 먹여살린댜.”

그 말에 세영의 가슴이 뭉클했다.

"너무 걱정 말어유. 나두 동냥품이라두 팔어서 살림밑천을 보탤 텅게유."

"으이구, 내 몸뚱아리를 팔어서라두 굶기지 않을 텅게 아무 걱정 말어."

밖에는 어느새 어둠이 깔리고 있었다. 말장난을 치다가 일식집에서 나온 두 사람은 호텔로 돌아가 샤워를 마치고 소파에 앉아 TV 뉴스를 시청했다. 노무현 대통령 탄핵 문제가 아직도 시끄러웠다. 헌법재판소에서 어떤 판결을 내릴지 온 국민의 관심이 거기에 쏠렸다. 밤이 이슥해지자 세영과 찬혁은 침대에 누웠다.

이튿날 늦잠에서 깨어난 두 사람은 침대에 누운 채 수다를 떨었다. 특히 어제 횟집에서 떠든 농담을 웃음거리로 삼았다. 파격적인 대화였다. 마음속에 담아둔 말을 사투리를 통해 표출한 그 농담은 정말 실속 있는 대화였다. 농담이 아니고서는 도저히 담아낼 수 없는 말이었다.

"이 여자를 워떻게 먹여살린댜? 그런 걱정은 압권이었죠."

"내 아내로 여긴다는 말이 그토록 행복했소?"

"그럼요. 그 사투리는 영원히 내 귀에서 맴돌 거예요."

"당신은 이 세상에서 가장 예쁘고, 가장 알뜰하고, 가장 도덕적인 내 아내요. 죽어서도 영원히 당신만을 사랑하리다. 나는 당신을 사랑하기 위해 태어난 존재요. 세영 씨 사랑해요!"

찬혁이 연극 대사처럼 읊자 세영이 얼른 찬혁의 품속으로 파고들었다. 어느새 햇살이 침대 위로 몰려왔다. 방바닥에 내려선 찬혁이 침대에 누워 있는 세영의 몸을 두 팔에 걸쳐 들고 창가로 다가갔다. 멀리 백마강에서 물비늘이 반짝거렸다. 찬혁이 세영의 몸을 턱밑까지 들어 올리며 말했다.

"당신이 꼭 애기 같애. 나는 이렇게 당신을 보듬어 안고 살다 죽을래."

팔에 안긴 세영이 두 팔로 찬혁의 목을 껴안았다. 찬혁이 세영의 몸을 바짝 들어 올려 입을 맞추고 얼굴을 비벼댔다.

두 사람은 아침을 먹고 부소산에 올랐다. 군창터에서는 불에 탄 백제군의 까만 곡식이 있는지 여기저기를 눈여겨보았다. 물론 지금은 찾을 수 없다는 걸 잘 알면서도 놀이 삼아 살폈던 것이다.

"옛날 중학생일 때는 까맣게 불탄 곡식을 세 알 정도 캔 적이 있었소."

찬혁의 말에 세영이 아쉬운 표정을 지었다. 지금까지 보관했더라면 좋았을 텐데, 그런 표정이었다. 군창터를 둘러본 두 사람은 낙화암 백화정에 올라 백마강을 내려다보았다. 백제 패망 직전 삼천궁녀가 꽃잎처럼 몸을 날렸다는 낙화암. 여기에서 삼천이란 숫자는 많다는 수사적 의미를 지니는데, 찬혁은 궁녀들의 투신에서 비극적인 아름다움을 찾고자 했다.

"나는 낙화암에 새로운 의미를 부여하고 싶소."

백마강을 내려다보던 찬혁이 진지한 말을 꺼냈다. 세영은 찬혁의 말에 관심이 쏠렸다.

"새로운 의미라뇨?"

"여성의 순결한 정조를 지키려는 도덕적 규범보다 꽃잎처럼 떨어지는 그 낙화에서 새로운 아름다움을 캐내고 싶다는 말이오. 절개의 미보다 더 차원 높은 아름다움……."

"그게 뭘까요?"

"가장 큰 슬픔은 가장 큰 기쁨이랄까. 여기에서 기쁨을 아름다움이라 해도 무방하오."

"슬픔과 아름다움을 동일한 가치로 여긴다는 말이군요."

"그렇소. 때문에 슬픔이 클수록 아름다움의 극치를 맛볼 수 있다는 거요. 그 가장 큰 슬픔을 내 몸으로 유발시킬 작정이오."

"몸으로 유발시키다뇨? 그게 무슨 말이죠?"

세영은 찬혁의 애매한 말이 궁금했다. 하지만 찬혁은 구체적인 설명을 피한 채 세영의 손을 잡고 고란사로 내려갔다. 수십 개의 돌계단으로 이어진 길이었다.

고란사는 인적을 느끼지 못할 정도로 고요했다. 두 사람은 발자국 소리를 조심하며 뒤란으로 돌아갔다. 뒤란에도 인적은 없고 새소리만 자자했다. 찬혁은 서둘러 난간을 딛고 바위틈에 끼어 사는 고란초를 살펴보았다. 매서운 겨울철이나 무더운 여름철을 가리지 않고 바위틈에 뿌리를 내린 고란초에서 인고의 미가 느껴졌다. 응달진 암벽에서 질긴 삶을 지탱하는 그 양치식물에서 백제 패망이라고 하는 쓰디쓴 한이 엿보였던 것이다. 난간을 내려온 찬혁이 말했다.

"단독체(單獨體)로 번식이 가능한 그 외롭고도 돌올한 품격이 내게 큰 충격을 주었소."

"고란초에 비하면 나는 절개마저도 못 지킨 여자예요."

세영이 고란초를 유심히 눈여겨보며 자신을 깎아 낮추었다. 가슴이 울컥해진 찬혁은 세영의 몸을 덥석 껴안아주었다. 그때 나룻배 한 척이 선착장으로 다가왔다. 관광객을 태우러 온 모양이었다. 찬혁은 세영의 손을 잡고 절 마당을 지나 아까 내려온 돌계단을 거슬러 오르기 시작했다.

부소산 정상에 도착한 두 사람은 사자루에 올라 사비평원을 바라보았다. 그때 찬혁의 눈빛에 비장감이 스쳤다. 세영은 이때다 하고 아까 찬혁이 낙화암에서 한 말을 재차 거론했다.

"가장 큰 슬픔을 당신의 몸으로 유발시킨다는 게 무슨 뜻이죠?"

하지만 찬혁은 나중에 알게 될 거라며 여전히 즉답을 피한 채 세영의 손을 잡고 부소산을 내려갔다. 두 사람이 정림사지에 도착했을 때는 여름해가 서녘으로 기우는 중이었다. 먼저 오층석탑을 찾아갔다. 유심히 탑을 살펴보던 찬혁은 묘한 감정이 교차했다. 문화적인 가치를 느끼면서도 소정방의 백제 침공을 기념하는 석탑이란 데에 마음이 개운치 않았다. 하지만 오층석탑을 국보로 지정할 만큼 기념비적인 역사유물로 받아들이는 부여인의 순수한 포용력에 자부심이 느껴졌다.

"오층석탑을 보는 순간 갑자기 아사달과 아사녀의 사랑이 떠올랐소. 신라에서 빛나는 역사유물인 불국사 석가탑을 축조한 사람은 바로 백제의 석공인 아사달이오."

찬혁은 아사달의 아내 아사녀의 간절한 부부애를 다룬 소설『무영탑』에 대한 이야기도 꺼냈다.

"이제『무영탑』이야기는 설화가 되다시피 했소. 석가탑은 무영탑으로 불릴 정도요."

"예술의 초월성을 웅변한 셈이네요."

"그렇소. 문화적 가치를 지닌다면 적장의 기념물도 포용할 수 있다는 말이오. 그 순수한 예술혼을 중요시하는 게 부여인의 문화정신이오. 그 저력이 부여를 세계적인 문화고장으로 우뚝 세울 거요."

너희 둘은 천생연분

부여 여행을 마친 세영과 찬혁은 새뜸 방문을 뒤로 미룬 채 곧장 서울로 향했다. 밤늦게야 서울에 도착하여 3일 동안 각자 헤어져 지낸 두 사람은 찬혁의 권유로 다시 귀향을 서둘렀다. 나중에 뵙기로 한 작은아버지를 일찍 만나는 게 도리라고 했다. 세영 역시 이번에는 찬혁과 함께 여행하면서 구체적인 부여생활을 의논하고 싶었다. 어디에 보금자리를 정하고 무엇을 생업으로 삼을지 실제적인 방안을 물색하고 싶었다.

경부고속도로에서 천안논산고속도로로 접어들자 세영은 마음이 한껏 들떴다. 차령터널을 지나니 높은 능선이 시선을 압도했다. 옛날 학창시절에 직행버스를 타고 차령고개를 넘어 다닐 때 눈에 익은 산협이었다. 세영은 찬혁의 옆모습을 훔쳐보았다. 찬혁은 말없이 앞창만 응시하고 있었다.

"한 가지 물어볼 게 있어요."

세영이 운전 자세를 흩뜨리지 않은 채 침묵을 깼다.

"말해보오."

"솔직히 대답해줘요. 지금까지 혼자 살아왔는지 그게 궁금해요."

"시시한 얘기라 진작 꺼내지 않았는데…… 5년 전 동거한 적이 있소. 하지만 1년 반 만에 헤어졌소."

"이유가 뭐죠?"

"가여워서 헤어진 거요. 그 여성이 당신 모습으로 비쳤던 거요. 그 사람은 당신 대용품이었소. 너무 양심에 찔렸소. 차라리 논다니와 어울리는 게 낫지 싶었소. 더 이상 그 사람을 희생양으로 삼을 순 없었소. 내겐 어떤 여자도 아내가 될 수 없었던 거요. 그 사람도 내 진심을 알아차렸고, 헤어진 대가로 그동안 모아둔 목돈을 몽땅 털어줬소. 당장 거처할 셋집만 남겨놓고 가진 건 죄 줘버리고 싶었소. 그래야 내 마음이 편했던 거요."

세영은 운전대에서 한 손을 떼어내 찬혁의 손을 잡아주었다. 찬혁은 세영의 손을 옥쥔 채 다시 침묵을 지켰다. 부여 쪽으로 꺾어져 달리자 머잖아 부소산이 시야에 들어왔다. 읍내에 도착해서는 먼저 호텔에 들러 방을 예약하고 곧장 시가지를 관통하여 충화 쪽으로 달렸다. 새뜸에 들렀다가 부여로 돌아올 참이었다. 충화 면소재지에 도착하기 전에 지석리에 있는 팔충사에 들렀다. 계백, 성충, 흥수, 복신, 도침 등 백제 말의 8충신과 황산벌전투에서 전사한 5천 결사대의 넋을 추모하는 사당이었다.

천등재를 넘자 찬혁은 호흡을 가다듬었다. 20여 년 만에 작은아버지를 뵈려니 가슴이 떨렸다. 새뜸 초입에 들어서자 찬혁이 세영에게 일렀다.

"당신이 먼저 슈퍼에 들어가봐요."

오랜만에 상봉하는 충격을 완화시킬 생각이었다. 마당에 차를 세운 세영이 혼자 슈퍼로 들어갔다. 마침 민재 부부가 함께 있다가 반색하며 달려왔다.

"형님이 밖에서 기다리고 있어."

찬혁과 동행했다는 말에 민재는 얼른 마당으로 뛰쳐나갔다. 오금녀는 처음 보는 시숙을 어떻게 대할지 몰라 주춤거리다가 세영의 손에 끌려 마당으로 나갔다. 벌써 민재가 찬혁을 부둥켜안은 채 눈물을 흘리고 있었다. 찬혁도 눈물을 머금은 채 사촌 동생의 등을 쓰다듬고 있다가 오금녀가 다가와 인사하자 손을 쥐어주었다.

"미안하오. 결혼식에 참석하지 못해서……."

"진작 뵙고 싶었어요."

오금녀의 눈에도 눈물이 고였다. 작은아버지가 계신 곳을 알게 된 찬혁은 아무 말 없이 서둘러 집으로 걸어갔다. 민재와 오금녀가 뒤를 따르고 세영은 맨 뒤를 따랐다. 뒤를 돌아본 찬혁이 세영을 앞세우려고 걸음을 멈추었다. 세영이 사양하자 찬혁이 설득했다.

"작은아버님은 나보다 당신을 더 반가워하실 거요."

그러자 이번에는 세영이 우스갯소리로 받아넘겼다.

"벌받을 사람이 먼저 인사드려야죠."

민재와 오금녀의 얼굴에 미소가 번졌다. 안마당으로 들어선 찬혁이 마루에 앉아 있는 작은아버지에게 달려갔다. 신을 벗고 마루에 오른 찬혁은 김평도에게 정식으로 큰절을 올리고 몸을 껴안았다. 흐느끼는 찬혁의 등을 쓰다듬던 김평도가 "어디 아픈 데는 없느냐?"며 팔과 손을 어루만졌다.

"진작 찾아뵙지 못하고, 큰 불효를 저질렀습니다."

"괜찮다. 나는 네 마음을 죄 알고 있어."

그제야 세영의 인사를 받은 김평도가 "찬혁이랑 동행한 거여?" 하고 인사치레를 했다. 세영은 이때다 하고 파격적인 농담으로 분위기를 살렸다.

"제가 억지로 데려왔어요. 무슨 낯으로 작은아버님을 뵙겠냐며 막무가내길래 제가 몽둥이로 때려서 데려왔어요. 정말 불효막심한 놈이죠!"

"허허허, 세영이가 언제 우리 찬혁이를 닦달하는 처지가 된 거여?"

그러자 이번에는 찬혁이 끼어들었다.

"작은아버님이 이처럼 변하시다뇨."

"변한 게 아니고 세영이가 자꾸 웃기잖여."

"저도 그래서 세영이한테 꼼짝 못해요."

"남의 귀염둥이 아가씨한테 세영이가 뭐여?"

김평도의 농담 어린 역성에 고마움을 표시한 세영은 "제가 조카며느릿감으로 어떠세요?" 하고 아양을 떨었다. 김평도는 진짜 조카며느리가 될 거냐며 캐물었다. 그 말에 찬혁은 민망한지 고개를 숙였다. 세영이 찬혁의 수줍어하는 모습에 손가락질하며, 저리 못난 조카를 어떻게 건사할지 걱정이라며 구성지게 놀렸다. 그러자 김평도가 이번에는 찬혁의 편을 들었다.

"말은 바로 하지만, 우리 찬혁이가 세영이보다 한 수 위일걸? 지금은 세영이를 꼬실려구 져주는 척하지만 속은 독한 사내여. 알겠남?"

"네, 명심하겠습니다. 작은아버님!"

세영은 정식으로 예를 차리겠다며 마루에 올라 김평도에게 큰절을 올렸다. 그러자 김평도가 세영과 찬혁의 손을 엮어주며 말했다.

"너희 둘은 천생연분이여."

어느새 황혼이 월명산 능선에 깔려 있었다. 찬혁과 세영은 온 식구를 승용차 두 대에 분승시켜 호숫가 식당으로 달렸다.

예약한 자리에 둘러앉자 김평도가 먼저 말을 꺼냈다.

"너희 두 사람은 서울에서도 자주 만난겨?"

찬혁이 머뭇거리자 세영이 얼른 대답을 가로챘다.

"제가 먼저 찬혁 씨를 찾아갔어요. 저는 이혼한 뒤라 몸도 자유롭고요."

"이혼 소식은 들었지만, 왜 헤어진 거여?"

"아버지, 여기서 그런 말씀 꺼내시면 어떡해요. 형님이나 형수님 입장이 난처하잖아요."

민재의 말에 김평도는 민망한 표정을 지었다.

"늬 말이 옳다. 내가 주책을 떨었구나. 그런데, 너 방금 형수님이라고 불렀는데 벌써 그런 사인겨?"

"예식이야 암 때고 치르면 되죠. 그런 거야 형님과 형수님이 알아서 할 테니 염려 마세요."

그때 세영이 벌떡 일어나 김평도의 잔에 술을 채우며 말했다.

"저는 결혼 후에도 찬혁 씨를 한시도 잊은 적이 없었어요. 때문에 제 결혼은 애초부터 잘못된 거였죠. 운명으로 받아들일 수밖에요."

세영은 차마 아버지 전덕술에 대한 원망을 꺼낼 수가 없었다. 드디어 찬혁이 입을 열었다.

"그 당시에는 저희 둘이 짝을 이룰 수가 없었잖아요. 두 집안의 반대도 그렇지만 저희들도 결혼은 상상도 못했고요."

"그러니 지난 세월 탓하지 말구 앞으로는 행복하게 살어. 그런 굴곡이 있어야 인생살이가 달라지는 법이니까."

김평도의 말에 세영이 감동 어린 표정을 지었다.

"작은아버님은 대단한 분이세요. 꼭 철학자 같으세요."

"얼래, 세영이가 또 나를 웃기는구먼. 하지만 무지랭이 영감탱이를 철학자라고 놀리면 죄받어."

"죄받을 것 없어요. 작은아버님은 진짜 철학자시니까요."

"그려그려! 우리 조카며느리 덕에 철학자로 행세하다 죽어야겠다."

온 가족이 박수를 쳤다. 경아도 무슨 말인지 모르면서 덩달아 박수를 쳤다. 오금녀가 달뜬 목소리로 말했다.

"지금부터는 언니를 형님으로 불러야겠네요."

"당연하지."

세영의 말에 오금녀가 너스레를 떨었다.

"시숙님과 형님은 앞으로 싸울 일이 없을 거예요. 반평생 헤어져 지낸 게 억울해서 웃을 시간도 부족할 텐데, 그렇죠?"

"당근이죠."

찬혁이 농담 삼아 시쳇말로 대꾸하자 식탁은 웃음바다가 되었다. 찬혁의 입에서 당근이란 말이 나오다니, 하는 표정들이었다. 김평도는 눈을 껌벅거리다가 손녀딸에게 물었다.

"당근이 뭔 말여? 당근은 먹는 것 아녀?"

경아가 할아버지에게 입술을 삐죽이 내밀었다.

"당연하다는 말인데 또 까먹었어? 저번에도 가르쳐줬잖아."

또 웃음이 터져나왔다. 오금녀만 웃음을 억지로 삼킨 채 경아를 나무랐다.

"할아버지께는 존댓말을 써야지."

"누가 그걸 몰라? 할아버지는 내가 친구처럼 대해야 더 재밌게 웃는다구."

"그럼그럼, 우리 경아 말이 맞아. 경아와 나는 영원한 친구거든."

김평도가 경아를 껴안아주며 신나게 웃었다. 경아가 몸을 돌려 할아버지를 껴안았다. 세영은 갑자기 아버지 생각이 떠올랐다. 전덕술은 한 번도 어린 동민과 다혜를 친구로 대해준 적이 없었다. 이뻐해준다는 표시로 지폐 한두 장을 쥐어주는 게 고작이었다. 손주들을 껴안은 적이 없고, 손주들 역시 따박따박 존댓말로 예의를 차렸다. 할아버지가 돌아가셨을 때도 눈물은커녕 맨숭맨숭한 얼굴로 어른처럼 예의만 차렸다. 세영이 경아에게 물었다.

"할아버지가 그렇게 좋아?"

"좋긴 한데, 지겨운 게 하나 있어. 나 죽으면 우리 경아 어떡할래? 그 소리가 젤 지겨워."

"그러시면 뭐라고 대답해드렸지?"

"엉엉 울 거라고 했거든. 그 소리를 듣고 싶어 묻는 거니까."

"으이구, 내 강아지. 이렇게 시부렁대니까 더 이쁘지."

김평도가 경아의 머리에 이마를 대고 비볐다. 그 모습을 바라보던 찬혁은 지그시 눈을 감았다. 제대로 자식을 안아보지도 못한 채 돌아가신 아버지 생각이 사무친 모양이었다. 세영은 몰래 손을 뻗어 찬혁의 손을 꼬옥 잡아주었다. 찬혁의 손끝이 바르르 떨렸다. 눈물을 참는 모양이었다.

*

밤늦게야 부여로 돌아와 호텔에 든 세영과 찬혁은 이튿날 느지막이 일어나 다시 새뜸을 찾았다. 슈퍼에서 제물을 챙긴 두 사람은 민재를 데리고 월명산으로 향했다. 부모 산소에 제를 올린 세 사람은 묘역에 앉아 퇴주를 마시며 추억담을 나누었다. 그때 세영이 산소 바로 앞자리를 가리키며 "여기가 훗날 당신이 묻힐 자리겠죠?" 하고 짓궂은 말을 꺼냈다. 찬혁은 그 말이 듣기 좋은지 흥분된 목소리로 받았다.

"당신도 함께 묻힐 곳이오. 물론 나보다 백 년쯤 더 살다 묻히겠지만."

"당신과 세 살 차인데 같은 날에 묻혀야죠."

순간, 찬혁의 얼굴에 그늘이 스쳤다.

"내가 공연히 못자리 얘기를 꺼냈나 보죠?"

"아뇨. 묫자리 얘길 꺼내는 바람에 우리는 공식적으로 부부가 된 거요."

"공식적? 참 별난 공식이네요."

세영이 농담식으로 분위기를 살렸다. 그러자 민재가 정색하며 세영의 농담을 받았다.

"형님 말씀이 맞아요. 법률적인 부부보다 열배 백배 더 귀중한 부부죠. 제게는 열배 백배 더 귀중한 형수님이고요."

"우리 시집 식구들 계산법이 참 묘하네. 내가 이상한 집안으로 시집왔나 봐."

세 사람은 동시에 웃음을 터뜨렸다. 그 웃음소리가 계곡 멀리로 사라지자 민재가 다시 정색하며 말했다.

"계산법이 묘한 게 아니죠. 형님이 형수님과 함께 묻힐 곳이라고 말했는데, 그 말을 누구 앞에서 한 거죠? 바로 부모님 산소에서 그런 말을 하셨죠? 형님이 부모님 앞에서 결혼을 고백한 셈인데 그거야말로 결혼식보다 수십 배 수백 배 구속력이 강한 서약이죠."

"네 말이 맞구나. 우리의 결합은 불멸의 합일체가 될 거다."

찬혁의 말에 마음이 엄숙해진 세영은 두 사람을 챙겨 산을 내려왔다. 슈퍼에 들러 민재를 내려준 세영과 찬혁은 이내 송정호수 쪽으로 차를 몰았다. 테마파크를 구석구석 둘러본 두 사람은 다시 오덕리로 돌아와 태봉마을 복판에 있는 동네마당을 찾아갔다. '신파극'이 열렸던 추억 어린 마당이었다. 판자 마루판에 가마니를 깐 무대에서 동네 청년들이 남녀로 분장하여 출연한 신파극은 오덕리에서 가장 큰 연례행사였다.

"신파극 기억나오?"

"그럼요. 장난감 화약을 터뜨려 총소리를 연출하고, 연기자가 죽는 장면을 열연하다 땅에 떨어지는 바람에 관중을 웃겼잖아요."

"뭐니 뭐니 해도 우리 둘이 몰래 구경하다 들킨 게 압권이었소."

"그날 나는 집에 끌려가 매를 맞았죠."

원수처럼 지내는 위뜸과 아래뜸에서 대표적인 두 가정의 자식들이 어른 몰래 숨어 다닌 죄야말로 천인공노할 대죄였다.

"당신이 좀 더 조심했더라면 들키지 않았을 텐데, 내게 바짝 따라붙는 바람에 들켰잖소."

"내 탓이 아니죠. 무대 가까이로 다가간 당신의 부주의가 잘못이죠."

"배우들의 대사가 잘 들리지 않아 무대로 다가간 거요. 암튼 들키게 해서 미안하오, 우리 공주님!"

"조용히 말해요. 누가 듣겠어요."

"떠들면 어때? 이젠 눈치 볼 사람도 없는데."

"그런데도 어쩐지 마음이 떨리네요."

"우리는 지금 초등학교시절에 빠져 있잖소."

들켜서 매 맞은 후에도 세영과 찬혁은 집안 어른들의 눈을 피해 계속 만나곤 했다. 가장 안전한 곳은 앞산 너머 골짜기였다. 산나물을 캘 무렵이면 각자 골짜기에 숨어들어 함께 지낼 수 있었다. 찬혁은 비교적 자유로운 몸이었고, 세영 역시 어머니가 이해심이 깊은 데다 엄한 아버지는 공직자여서 집을 비울 때가 많았다. 하지만 전덕술의 하수인 격인 엄세왈의 눈을 피하기가 어려웠다. 엄세왈 역시 세영과 찬혁의 만남을 눈감아주고 싶었지만 전덕술의 책임 추궁이 무서웠다.

"네놈을 공짜로 먹여살리는 보답이 내 자식 망치는 거냐? 죽일 놈! 내 외동딸이 원수놈 새끼하고 사고 치면 네놈이 어떻게 감당할 거여, 이 미련한 놈아!"

그 바람에 엄세왈의 아내까지 합세하여 감시하는 바람에 세영과 찬혁은 거의 만날 수 없게 되었다.

태봉마을을 떠난 두 사람은 오덕사를 둘러보고 발길을 돌려 수침마을에 있는 오덕교회를 찾아갔다. 새로 신축된 교회 옥상에는 십자가가 높이 솟아 있었다. 찬혁은 옛날 교회 모습이 떠오르자 가슴이 뭉클했다. 붉은 함석지붕과 종이 매달린 철탑과 차디찬 마룻바닥이 정겨운 추억으로 떠올랐다. 그 당시 신자들은 차가운 마룻바닥에 깔고 앉을 방석을 가방에 넣고 다녔는데 어린 찬혁은 용감한 티를 내려고 그냥 찬 마룻바닥에 앉는 걸 자랑으로 여겼다.

"몇 살 때부터 교회에 다녔죠?"

세영은 찬혁의 신앙이 궁금했다.

"정식으로 교회에 다닌 게 아니고 부흥회 때만 며칠씩 다녔던 거요. 부흥회 때는 애들에게 공책과 인절미를 나눠줬거든."

찬혁은 어린 시절 부흥회에 참석하려고 캄캄한 밤에 관솔불을 켜들고 논길을 걷던 추억이 새로웠다. 공책과 인절미떡을 받는 건 큰 횡재였다. 찬혁은 지금도 어린 시절에 들었던 부흥목사의 설교를 생생하게 기억하고 있는데 그 기억력이 새삼 놀라웠다. 설교에서 재밌는 이야기 말고도 어떤 알지 못할 충격을 받은 모양이었다.

"버스는 가파른 언덕길을 달리고 있습니다. 아스라한 낭떠러지를 보자 승객들은 가슴이 조마조마합니다. 그런데 유독 어린애 혼자만 즐거워합니다. 그 아이에게 승객이 물었습니다. 너는 두렵지 않느냐? 그러자 아이는 이렇게 대답했습니다. 저 운전수아저씨가 우리 아빠거든요. 그렇습니다! 아이는 아버지를 믿었기에 두렵지 않았던 겁니다."

세영은 부흥목사의 설교를 흉내 내는 찬혁의 모습을 보고 박수를 쳤다. 찬혁은 세영을 더 웃기려고 다시 주먹을 쥐고 강대상을 탁 치는 부흥목사의 설교 모습을 재연했다. 한바탕 웃고 난 세영이 말했다.

"그때 우리가 함께 교회에 다녔더라면 진작부터 깊은 인연을 맺었겠죠?"

"나름의 행복한 생을 누렸을 거요. 지금 같으면 다르겠지만."

"평탄한 삶을 살았을 거라는 말인가요?"

"그렇소. 그땐 인간적인 한계를 인식하지 못했을 거요."

"인간적인 한계?"

"지구도 사라지고 태양계도 사라질 텐데……."

"당신의 고통은 그 인간적 한계가 시원이군요."

"그렇소."

"그 한계를 어떻게 극복하죠?"

"당신에 대한 지극한 사랑만이 그 허무를 극복할 수 있소."

"사랑이 어떻게 허무를 극복한다는 거죠?"

"당신에 대한 사랑을 영원한 신앙차원으로 승화시킨다는 말이오."

"그게 가능할까요?"

"그 대책을 생각 중이오."

찬혁은 밝게 웃었다. 하지만 세영은 그 웃음이 낯설게 보여

불안했다. 그 웃음에는 물안개 같은 죽음의식이 자욱했던 것이다.

이튿날은 무량사를 다녀와 양화 쪽을 둘러보았다. 양화에서는 갓개에서 나룻배를 탄 추억이 그리웠다. 두 사람은 초여름 햇살이 번진 갓개나루를 걷다가 조용한 카페를 찾아들었다. 해가 기울고 어스름이 깔릴 때까지 추억담을 나누다가 읍내로 돌아와 식당에 들었다.

그 후 3일 예정으로 부여 주변 도시를 여행했다. 먼저 청양 칠갑산을 구경하고 다음 날에는 같은 백제권역인 익산 미륵사지, 공주 마곡사, 무령왕릉을 답사했다. 마지막 날에는 논산시 연산을 찾아가 황산벌을 답사했다. 5천 군사로 그 열 배가 넘는 신라군과 대적한 계백장군의 장렬한 최후가 눈물겨웠다. 더구나 출정에 앞서 처자식의 목을 벤 그 결연함에서 무엇이 느껴졌을까? 무엇이 계백의 용맹과 충절의 기폭제로 작용했을까? 어느새 찬혁의 눈에 눈물이 맺혔다. 세영은 찬혁의 눈물이 궁금했다. 계백장군에 대해 무슨 생각을 했기에 눈물까지 흘리는 걸까? 그렇다고 함부로 물어볼 수도 없었다. 찬혁의 깊은 감정을 흔들고 싶지 않았다.

"생각할수록 놀라운 일이오."

드디어 찬혁이 입을 열었다. 세영은 숨을 죽인 채 다음 말을 기다렸다.

"처자식의 목을 벨 때 장군의 심정을 생각해봐요."

또 침묵이 흘렀다. 세영 역시 계속 침묵을 지켜주었다. 도대체 놀라운 일이 뭘까? 세영은 장렬이란 말이 떠올랐지만 정답이 아닐 성싶어 입을 다물었다. 그때였다. 찬혁의 단호한 목소리가 침묵을 깼다.

"인간적인 외로움이 엄습했을 거요. 외로움보다 더 강인한 전의(戰意)가 어디에 있으며 슬픔보다 더 예리한 전쟁무기가 어디에 있겠소!"

세영은 찬혁의 손을 잡아 자기 뺨에 대고 어루만졌다. 그렇다! 외로움보다 더 강인한 전의와 슬픔보다 더 예리한 전쟁무기는 없을 터였다.

논산에서 돌아온 세영과 찬혁은 부여 시내와 주변을 돌아다녔다. 먼저 백제문화단지를 둘러보았다. 사비궁과 백제역사문화관을 관람하고 아웃렛에서 쇼핑도 하고 세영이 사준 셔츠와 넥타이로 새롭게 몸치장도 했다.

밤늦게야 호텔에 돌아온 두 사람은 샤워를 하고, 저녁을 먹었다. 식사 후에는 호텔 라운지에 올라 야경을 보며 와인을 마시고, 자정 무렵에야 침실에 들어 깊은 사랑을 나누었다. 열흘 가까이 보낸 여행이라 그런지 지루한 기분이 들 때도 있었다. 찬혁은 그 지루한 감정이 세영에게 미안했다. 세영이 지루하지 않도록 활기찬 생활을 모색해야 했다. 그럼 항시 희망이 용솟음치는 신비한 생활이 뭘까?

"여보! 나는 당신에게 멋진 방법으로 복수할 거요."

찬혁이 세영을 포옹한 채 말했다.

"어떤 방법으로요?"

"우리의 몸과 마음이 하나가 되어 영생하는 방법이지."

찬혁의 목소리가 몹시 떨렸다. 순간 세영의 몸속에 전류와도 같은 찌릿한 흥분이 흘렀다. 찬혁은 가장 아름답고 소중한 것을 쏟아부으려는 듯 세영의 미끈한 살 속으로 깊이 파고들었다. 세영의 입에서 비명이 터져나왔다. 붉게 타오르는 환희였다.

위대한 내 왼팔이여!

오늘은 찬혁의 표정이 더 밝아 보였다. 웃음도 헤펐다. 호텔에 돌아와서도 찬혁은 수다를 떨 만큼 쾌활했다. 잠자리에서도 찬혁이 극성스러울 만큼 적극적이었다. 그들은 서로 황홀한 사랑에 취했다.

길게 끌면 안 돼! 그동안 세영과 함께 지낸 보름도 너무 긴 세월이었어!

뜨거운 포옹을 풀고도 잠을 설친 찬혁은 세영에게 팔베개를 해준 채 누워 있었다. 세영은 깊은 잠에 빠져들었다. 숨소리가 잔잔했다. 찬혁의 품속이 익숙한 모양이었다. 찬혁은 팔베개를 해준 왼팔이 저렸지만 세영의 잠이 흔들리지 않도록 그냥 버려두었다. 숫제 팔의 감각이 무뎌지다가 아주 마비되기를 바랐다. 팔이 있는지 없는지 느껴지지 않을 정도로 마비되면 그 왼팔을 잘라 무덤을 만들고 명복을 빌어주고 싶었다.

가장 거룩한 업적을 쌓은 내 위대한 왼팔이여!
너는 생명을 바쳐 내 신을 받들었고 경배하였노라!

찬혁은 팔베개를 조심조심 풀고 나서 잠든 세영의 얼굴을 바라보았다. 평온히 잠든 얼굴에 희미한 불빛이 번져 있었다. 침대에서 내려와 옷을 입고 구두를 신은 찬혁은 마지막으로 세영의 모습을 바라보았다. 그 순간 찬혁의 눈이 파르르 떨렸다. 세영의 모습이 슬픔 덩어리로 승화되어 있었다. 우아하기 그지없는 환상이었다. 찬혁은 속으로 울부짖었다.

당신은 영원한 내 아내요. 우리는 보름 동안 어느 누구도 흉내 낼 수 없는 거룩한 예식을 치렀소.

찬혁은 세영의 머리맡에 유서를 놓아두고 조심조심 방을 나왔다. 엘리베이터를 타고 로비로 내려갔다. 호텔은 조용했다. 출입문을 열고 나가니 새벽공기가 서늘했다. 곧장 택시를 타고 충화 쪽으로 달렸다. 천등재를 넘어 송정호수에 도착하니 새벽안개가 자욱했다.

신이시여! 호수에 몸을 던질 때까지만 세영이 잠에서 깨나지 않도록 보살펴주소서!

이제 찬혁의 포원은 오직 그것뿐이었다. 명예도 재물도 생명도 아닌, 오직 세영이 편안히 잠자는 것뿐이었다. 택시를 돌려보낸 찬혁은 물가 소나무 숲으로 다가갔다. 어린 시절 동네 친구들과 멱 감고 놀던 야트막한 언덕이었다. 찬혁은 투신을 서둘렀다. 자신의 죽음만이 세영에게 계량하기 어려운 커다란 슬픔을 안겨줄 수 있었다. 그리하여 세영과 함께 누린 뜨거운 사랑을 불멸의 사랑으로 승화시킬 수 있었다.

어서 몸을 날리자!

어느새 호수에는 희미한 여명이 번지고 있었다.

세영은 유서를 다시 읽기 시작했다. 벌써 다섯 번째다. 도무지 이해하기 힘든 유서였다. 죽을 이유도 없고, 하물며 가장 황홀한 순간들뿐이었는데, 너무 낯선 죽음이었다. 도대체 왜 죽었을까? 세영은 넋 나간 사람처럼 헛소리 같은 말만 되뇌었다. 다른 것은 머릿속에서 하얗게 지워진 상태였다. 도무지 대답이 불가능한 공허한 질문뿐이었다. 상식과 보편적인 판단

기준으로는 도저히 이해할 수 없는 낯선 와해! 무너지는 것도 이유가 있게 마련인데, 도대체 당신이 노리는 게 뭐죠?

내 사랑 세영, 당신과의 영원한 사랑을 위해 나는 죽음을 택할 수밖에 없었소. 더 살아서 뭐 하겠소. 내가 그동안 살아 있었던 힘은 우리의 거룩한 사랑이었소. 오랜 세월 만나지 못했지만 당신이 나를 사랑했고 내가 당신을 사랑한 그 간절한 진실은 항시 내 삶의 에너지로 작용해왔소. 드디어 우리는 만났고, 황홀한 사랑에 취했소. 그러니 우리의 만남이 보름 동안이면 어떻고 무량대수(無量大數)의 시간이면 어떻소. 내가 더 살아서 뭘 어쩌겠소. 당신과 재혼? 하지만 당신과 나는 그런 상식적인 삶에 만족할 수 없는 체질이오. 그러니 당신에게 가장 큰 슬픔을 안겨주는 게 더 큰 이득이 아니겠소? 가장 큰 슬픔은 가장 큰 기쁨이오! 낙화암에서 "내 몸으로 가장 큰 슬픔을 유발시키겠다"고 한 말은 바로 내 죽음을 의미했던 거요.

마지막으로 부탁이 있소. 장례식은 치르지 말아요. 당신이 민재를 데리고 장의사를 시켜 조용히 묻어주고, 작은아버지께는 알리지 말아줘요. 그리고 우석진이라는 내 친구를 찾아가면 메모 뭉치를 건네줄 거요. 내가 낙서처럼 써본 글인데 불에 태울까 하다가 그나마 흔적으로 남겨두고 싶었소.

호수 언덕 위에는 찬혁의 구두와 양복저고리와 작은 비닐봉지가 가지런히 놓여 있었다. 비닐봉지 속에는 찬혁의 핸드폰과 세영의 핸드폰 번호와 택시 번호가 적힌 메모지가 들어 있었는데 바람에 날리지 않도록 묵직한 돌멩이에 눌려 있었다. 그런 매끄러운 성의는 자살을 더욱 확실하게 입증시켜 세영의 입장을 지켜주려는 배려였다. 자신의 죽음이 세영과는 아무 상관없는 자살임을 실증해보이고 싶었던 것이다.

시신은 투신장소 근처에서 찾았다. 경찰에서는 택시 기사의 진술을 받았지만 자살로 인정할 수밖에 없었다. 묘는 월명산 기슭 부모님 산소 앞에 마련되었다. 장례식은 유언대로 생략한 채 장의사에서 염습과 산역까지 정갈하게 끝내주었다. 마지막으로 잔디 작업이 마무리되자 간소한 제를 올렸다. 상주도 없는 쓸쓸한 묘역에는 세영과 민재 부부뿐이었다. 세영은 자기도 찬혁처럼 초라하게 묻히고 싶었다. 아무도 모르게, 친구와 친척은 물론 자식도 모르게, 햇살과 바람만이 알도록 은밀하게 묻히고 싶었다.

삼우제를 지내자마자 세영은 우석진을 만나러 서울로 떠났다. 민재가 세영의 상심을 걱정해서 당분간 서울에서 쉬라고 일렀지만 메모 뭉치를 받는 즉시 부여로 내려갈 예정이었다. 이참에 아주 부여에서 자리를 잡고 싶었다. 긴장이 풀어진 탓인지 피로감이 느껴졌지만 운전대를 잡자 새로운 기운이 솟구쳤다. 찬혁에 대한 그리움이 힘으로 작용했다. 혼자 있으니 더욱 그리움이 솟구쳤다. 왜 자살을 눈치채지 못했던가! 찬혁이 수다를 떨며 적극적으로 행동할 때 왜 의심하지 않았던가! 세영은 옆 좌석에 놓인 찬혁의 유품 가방을 쓰다듬었다. 가방을 껴안고 실컷 통곡하고 싶었다. 그 통곡을 여생의 낙으로 삼고 싶었다. 그렇게 스스로 한을 만들고, 그 한을 종교로 여기며 살고 싶었다.

서울에 도착한 세영은 집에 들렀다가 이튿날 봉천동 우석진의 집을 찾아갔다. 여러 가구가 사는지 대문이 열려 있었다. 마당에 들어서니 세 개의 출입문이 보였다. 세영은 문패를 확인하고 서슴없이 현관문을 노크했다. 찬혁 또래의 사내가 반색하며 세영을 거실로 맞아들였다. 찬혁을 찾으려고 공사장을 찾아갔을 때 만났던 그 동료였다. 소파 하나가 달랑 놓여 있는 거실 책장에는 많은 책이 꽂혀 있었다. 개중에는 어려운 철학서와 이론서도 여러 권 끼어 있었다.

"모두 찬혁 씨 책이죠. 버리기 아깝다며 차에 싣고 왔더군요."

우석진은 자살미수 당시의 상황을 설명했다.

"왜 미리 버릴 생각을 했나요?"

"책을 끌어안고 죽을 순 없잖아요? 그나저나 찬혁은 어디에 숨겨놓고 혼자 오신 거죠?"

세영은 무슨 말부터 꺼낼지 망설이다가 "멀리 떠났어요" 하고 가볍게 받았다.

"죽었습니까?"

"어떻게 아시죠?"

"죽음을 달고 사는 친군데 일찍 떠날 줄 알았죠. 지금 무척 슬프시죠?"

세영은 말문이 막혔다. 도무지 이해할 수 없는 말투였다. 친구가 죽었는데 농조의 태도를 보이다니. 하지만 그의 농담 같은 말투에 따를 수밖에 없었다. 우석진은 주방 냉장고에서 음료수 두 잔을 챙겨 와서도 어이없는 말을 계속했다.

"친구는 이 음료수를 무척 좋아했어요. 놀러올 때마다 이 음료수를 챙겨 마셨죠. 불로초로 만들었거든요."

"불로초로 만든 음료수를 좋아했는데 왜 일찍 죽은 거죠?"

"불로초를 탐한 건 본성이고 자살을 탐한 건 멋이랄 수 있죠."

"말씀이 참 까다롭네요. 자살이 멋이라뇨?"

"사모님의 질문이 더 까다로운데요."

"제발 사모님 호칭은 거둬주세요. 사모님도 아니거니와 그런 호칭이 거북해요. 그냥 세영이라고 불러줘요."

"그러죠. 세영 씨로 부르죠."

"그런데 절친이 죽은 지 며칠밖에 안 되는데 표정이 너무 밝으시네요."

"죽기를 바랐거든요."

"네?"

"인간은 두 부류가 있죠. 살아서 훌륭한 사람과 죽어서 더 훌륭한 사람."

"그럼, 찬혁 씨의 죽음을 예측했다는 말씀인데……."

"자살까진 몰랐지만 이상한 낌새를 챈 건 사실이죠."

우석진은 거실 구석에 놓인 작은 종이박스를 가리키며 말을 보탰다.

"친구가 처음 자살을 시도한 날 작업장으로 저 박스를 들고 왔죠. 세영 씨에게 전해달라고요. 그리고 그 전날 둘만의 술자리에서는 이런 말을 했어요. 자기가 위락시설 방화범이 아니란 걸 꼭 세영 씨에게 전해달라고요. 하지만 자살이 미수로 그치는 바람에 전해드리지 못했죠."

"방화범이 누군지는 밝혀졌어요. 제가 오해했던 거죠. 그게 가슴 아파요."

"그것도 친구 잘못이죠. 오해를 풀어드렸어야죠. 그만큼 말이 없는 친구였어요. 자기 양심만 믿고요. 하지만 그 침묵의

겸양이 불행의 씨앗이 될 수도 있죠. 멍청한 인간!"

어느새 우석진의 눈에 물기가 젖어들었다. 세영은 잠시 침묵을 지키다가 손가락으로 종이박스를 가리켰다.

"저 종이 뭉치가 뭔지 아세요?"

"친구는 글쓰길 좋아했어요. 아마 신세타령일 겁니다."

"저걸 자기가 직접 안 주고 왜 친구분께 부탁을 드렸을까요?"

"그 친구가 직접은 못 드릴 테고, 그런 부탁을 할 사람이 저밖에 없으니까요. 진작 눈치챘어야 했는데……."

"계속 신문해도 될까요?"

"얼마든지 좋습니다."

"두 번째 자살도 예측하지 못하셨나요?"

"예방책을 말씀하시는 겁니까? 왜 죽게 내버려뒀냐고?"

"무슨 수로든 살렸어야죠! 능력이 그것밖에 안 되세요?"

"그럼 살리는 대책을 연구해봅시다! 하나님께 열심히 기도하겠습니다."

"저한테 박스를 전해주라는 말을 들었을 때 어떤 생각이 드셨나요?"

"속 빠진 사람이구나, 그런 생각이 들었죠."

"왜요?"

"유부녀에게 그런 짐을 지우다뇨."

"아닙니다. 사랑 때문만은 아닙니다. 고향이 같기 때문이죠. 찬혁 씨한테서 들어 아시겠지만 부여는 찬혁 씨에게 정다운 고향이기에 앞서 한이 맺힌 곳이죠. 그분은 제게 이런 말을 했어요. 남들은 서울에서 부여까지 고속버스로 두 시간밖에 걸리지 않지만 자기한테는 수만 리 거리라고요."

"그 친구는 실제 거리보다 심리적 거리로 계산하는 사람이죠. 그게 진실한 거리니까요."

우석진이 박스를 차에 실어주자 세영은 작별인사를 하며 이런 말을 보탰다.

"우석진 씨도 어지간히 말썽을 피우셨다죠?"

"친구가 그러던가요?"

"나중에 만나서 얘기해요."

우석진은 환한 얼굴로 운전대를 잡은 세영에게 손을 흔들었다.

세영은 집에 오자마자 종이박스를 열어보았다. 표지마다 '메모철'이라고 적혀 있고 날짜 표시는 어쩌다 기록했을 뿐이지만 일기가 틀림없었다. 대충 살펴봐도 날짜로 보아 20년 넘게 써온 일기지만 한 달에 두세 번만 쓴 꼴이어서 책 한 권 분량밖에 되지 않았다. 초기에는 육필이고 거의가 컴퓨터 키보드로 쓴 글이었다. 첫 장만 읽어봐도 타고난 재기가 돋보였다.

일용직으로 거친 생활을 해오면서도 글을 껴안고 살아왔기에 건전한 영혼을 지탱해온 게 아닌가 싶었다.

"엄마, 그게 뭔데 눈물까지 흘리며 읽는 거야?"

안방에 들어온 다혜가 엄마의 얼굴을 살피며 말했다. 세영은 얼른 원고를 숨겼다.

"뭔지 나중에 얘기해주마."

"지금 말해주면 안 돼? 궁금해죽겠는데."

"조금만 참아줘."

그때였다. 안방에 들어온 동민이 엄마의 마음속을 들여다보았다는 듯 "내일쯤 떠나시겠죠?" 하고 넘겨짚었다. 보름 만에 자식들을 만나고도 마음이 떠 있는 엄마가 예사롭잖아 보였다. 세영은 동민의 예측에 깜짝 놀랐지만 아무렇지도 않다는 듯 내일 떠날 거라고 대답했다. 동민이 방을 나가자 세영은 참았던 숨을 내쉬었다. 다혜가 엄마의 눈물짓는 모습을 오빠에게 폭로할까 봐 마음이 조마조마했던 것이다.

"우리 딸, 비밀을 지켜줘서 고마워."

세영이 너스레를 떨었다. 그러자 다혜가 그 너스레를 물고 늘어졌다.

"뭘 읽었는지, 지금 당장 고백하지 않으면 오빠를 부를 거야."

"우리 딸, 참 비열하구나."

"그러니까 귀여운 딸을 비열한 딸로 만들지 않으려면 당장 이실직고하라구."

"간단해. 돌아가신 찬혁 씨 일기야."

"돌아가시다니? 또 일기는 뭐고?"

"그럼, 돌아가신 것만 설명하마. 찬혁 씨가 부여에서 돌아가셨다. 그래서 장례식을 치렀고 내일 다시 내려가기로 했어."

"그런 중대한 뉴스를 왜 숨겨왔지?"

"너희들에게 충격을 주고 싶지 않았어. 물론 충격을 받을 너희가 아니지만."

"미안해! 우리는 엄마의 슬픔도 모르고……."

세영은 대답 없이 눈물만 흘렸다. 다혜가 엄마를 껴안고 말했다.

"내일 엄마가 떠나자마자 오빠한테 그분 돌아가신 걸 얘기할 거야."

세영은 다혜를 껴안은 채 고개만 끄덕거렸다.

"그런데, 무슨 사고로 돌아가셨어?"

"사고가 아냐."

"그럼 왜?"

"지병을 앓고 있었나 봐. 암 같은……."

차마 자식에게 자살이라고 말할 수는 없었다.

"엄마는 이제 어떻게 살아갈 거야?"

"할 일이 많아. 이제 바빠질 거라구."

"바빠?"

"그분의 정신세계를 정리하고, 그분을 부여에 재생시키려면 평생 쉴 시간이 없을 거야."

다혜는 엄마의 말이 무슨 뜻인지 잘 모르지만 엄마의 괴로운 심정을 이해하고 더 캐묻지 않았다.

이튿날 세영은 아침 일찍 부여로 떠났다. 차 안에 실린 찬혁의 유품이 마치 찬혁의 몸처럼 느껴져 함께 동행하는 기분이었다. 경부고속도로를 달리다가 천안논산간고속도로로 빠지자 부여 이정표가 나타났다. 그 이정표가 새로운 감회로 다가왔다.

새뜸에 도착한 세영은 민재 부부와 함께 제물을 장만해서 찬혁의 묘를 찾아갔다. 김평도 노인은 아직도 찬혁의 죽음을 모르고 있었다. 알리면 마음만 괴로울 뿐이었다. 세월이 흐른 탓인지 새뜸 주민 대부분이 찬혁의 자살사건에 무관심했다. 세영과 민재 부부는 찬혁의 묘 앞에 제물을 차려놓았다. 부모 산소 앞이라 절은 생략했다. 제를 마치자 세영은 유품 보관 문제를 꺼냈다. 민재는 세영의 마음을 위로해주려고 일부러 농조로 말했다.

"부부간이신데 유품은 당연히 아내가 지니셔야죠."

"그래, 부부 맞다!"

세영은 거침없이 튀어나온 부부란 말에 웃음이 터졌다.

"아니, 남편 상을 당한 아내가 웃어 쓰겠어요? 바람난 여편네 같아서 보기가 흉하네요."

"남편이 죽었으니 얼마나 좋아. 간섭받지 않고 내 멋대로 살 수 있는데."

말은 재밌게 받아넘기면서도 세영의 뺨에는 눈물이 흘렀다. 민재가 오열하는 세영을 부축하여 산을 내려왔다. 세영은 부축을 받는 자신의 처지가 묘하다는 생각이 들었다. 남편을 잃은 여인은 부축을 받는다? 그런 어이없는 생각이 마음을 달뜨게 했다. 그래, 나는 특이한 아내야! 세영은 어서 경희를 만나 수다를 떨고 싶었다. 경희를 만나면 이런 말을 해주고 싶었다.

"나는 말야, 남편과 헤어진 이혼녀일 수도 있고, 남편을 여읜 과부일 수도 있고, 유령과 결혼한 아내일 수도 있어. 멋진 여자지?"

나한테 진짜 할 일이 생겼어

서울에서 한 달가량 자녀들과 보낸 세영은 찬혁의 유품 가방을 챙겨 부여로 출발했다. 오후 느지막이 부여에 도착하니 경희가 약속장소에서 기다리고 있었다.

"갑자기 구하는 바람에 맘에 들지 않을 거야. 방은 세 개지만 거실이 좁아. 화장실도 하나고."

"수고했어. 비만 새지 않으면 돼. 집을 장만할 동안만 쓸 집이거든."

"너 정말 부여에 정착할 거야?"

"내가 허튼소리 하는 것 봤니?"

"걱정돼서 그래. 물론 홀몸이 됐으니 고향에서 자유롭게 지내는 것도 바람직하지만 서울에서 할 일이 많을 텐데……."

"솔직히 내게 서울생활은 잘려나간 세월이었어. 모두 정리했으니 이젠 서울보다 부여가 더 좋아. 더구나 네가 있어서 천국인 셈이지."

"애들은?"

"애들은 에미 없는 걸 더 좋아해. 엄마처럼 돌봐주는 도우미아줌마도 있고."

"암튼 우리 집에서 함께 지내면 좋잖아."

"어이구, 이 순둥아! 내 새끼들도 자주 내려올 텐데 어떻게 늬네 집에서 살란 말야. 방학 때는 부여에서 지낼 텐데."

"그나저나 너무 섭섭하다. 아무리 유언에 따랐다 해도 나한테만은 연락했어야지."

"미안하다. 경황도 없거니와 너무 황당해서 미처 연락 못했어. 더구나 자진(自盡)이잖니. 지금도 찬혁 씨가 살아 있는 것만 같애."

"네 맘이 오죽하겠어."

경희는 세영의 셋집으로 차를 몰며 세간살이에 대해 물었다. 이삿짐은 찬혁의 옷가지와 구두를 담은 가방 하나와 작은 종이박스 한 개가 전부였다. 세영이 부여에서 생필품을 장만할 거라고 말하자 부여에는 맘에 드는 물건이 없을 거라고 걱정했다.

"맘에 드는 물건이 없다니? 다신 그런 말 하지 마. 왜 나를 귀족으로 만들려고 그래. 서울에 있는 물건이면 부여에 다 있어."

"나는 고급 제품을 말한 거야."

"명품? 나 그런 것 안 써. 오히려 싼 것을 지니고 사는 게 더 재밌어. 내 옷이나 구두는 거의가 10만 원 안팎이고 핸드백도 싸구려야. 누군가가 내 반코트를 만져보며 얼마짜리냐고 묻길래 천만 원 조금 넘는다고 거짓말했더니, 어쩐지 비싸게 생겼더라 그러더라구. 그 옷을 얼마 주고 산 줄 아니? 마트에서 싸구려로 파는 65000원 짜리야."

"미안해. 내 생각이 모자랐어."

"그리고 나 지금 부자 아냐. 위자료도 포기했어. 너한테 돈 꿔 쓸 때가 있을지 몰라."

"그래. 제발 네가 내게서 돈 꿔 쓸 신세가 되었으면 좋겠다. 그래야 너한테 보답할 기회가 생기지."

세영은 보답이란 말이 민망해서 얼른 말을 돌렸다.

"경희야, 저 박스에 뭐가 들어 있는지 아니? 귀신이 들어 있어. 그러니 잘 모셔야 해."

"네가 모시는 귀신인데 차마 날 해치겠니."

셋집에 도착하자 세영은 주변을 휘 둘러보았다. 지대가 높은 언덕이어서 멀리 백마강이 보였다. 집터가 마음에 들었다. 경희가 차에서 박스를 꺼내 마루에 옮겨놓으며 "책귀신 같은데?" 하고 호들갑을 떨었다. 세영이 박스를 뜯어 보이며 단단한 목소리로 말했다.

"경희야, 나한테 진짜 할 일이 생겼어."

"뭔데?"

"찬혁의 글을 정리하는 일이야. 찬혁의 정신을 부여에 심어 놓고 싶어. 그 사업이 내 남은 생의 보람이고 즐거움이 될 거야. 찬혁의 일기를 책으로 엮으면 그 자서전이 경전(經典)인 셈이지. 여행도 즐길 거야. 내 관광지는 찬혁의 손때와 발때가 묻어 있는 부여 땅 전역이지. 찬혁이 슬퍼한 곳에는 백합을 심고 찬혁이 기뻐한 곳에는 장미를 심을 거야. 너도 그 여행에 동참해줄 거지? 너한테서도 많은 걸 배우고 싶어."

"여행이야 당연히 동참하겠지만, 내게서 배운다는 게 뭔 소리야?"

"너는 나보다 성공한 삶을 살았으니까."

"말 같은 소리를 해야지, 어떻게 내 삶이 너보다 낫겠어."

"그럼 네가 나보다 못한 것을 얘기해봐. 돈? 학력? 겨우 두 가지뿐이야. 하지만 너는 나보다 나은 게 열 가지가 넘어. 행복했던 가정, 베푸는 마음, 건강한 웃음소리, 잔잔한 지성, 그리고 뭣보다 남편에 대한 사랑 등등 내세울 게 너무 많아. 정말 샘이 날 지경이라구. 그런데도 나보다 못하다고?"

"너도 이제 사랑하는 남편이 생겼잖아."

"히야! 참 기막힌 말을 하는구나. 그래그래. 진짜 남편이 생겼어. 사람이 아니고 귀신이어서 이색적인 남편이지만."

"그러고 보니 나도 너처럼 귀신을 사랑하고 있구나."

세영과 경희는 애들처럼 손을 맞잡고 흔들었다.

"경희야, 오늘 밤 한잔 해야지? 이사도 했고, 네 말대로 사랑하는 귀신도 생겼고."

세영은 기분이 날아갈 듯 가벼웠다. 왜 이런 뜻깊은 생활을 등진 채 살아왔던가. 세영은 지난 세월이 후회스럽기만 했다.

"옛날에 아버지가 꾸미셨던 위락시설 근처에 복지시설을 꾸미고 싶어."

"복지시설?"

"그래. 새뜸부락을 위한 시설이지."

세영의 진지한 결의에 경희는 자기가 도울 일이 뭔지를 물었다. 찬혁이 생각한 순수한 세계를 구현하는 일이라고 대답한 세영은 덥석 경희의 손을 움켜잡고 말을 보탰다.

"나와 꼭 함께할 거지?"

우석진이 찾아왔다. 서울이 고향인 우석진은 찬혁의 묘를 둘러보기 위해 일부러 내려왔는데 묘에 도착하자마자 봉분 잔디를 움켜쥐고 목 놓아 울었다. 세영이 처음 찾아갔을 때의 유머러스한 말투와는 사뭇 다른 모습이었다.

"미련한 놈! 왜 죽어, 임마! 그만큼 네가 시시한 존재였니?

네가 시시하면 너보다 못한 나는 어쩌라고 죽어, 임마!"

울음을 그친 우석진은 세영을 매서운 눈으로 쏘아보았다.

"찬혁의 죽음은 세영 씨 책임이오! 정말 여자가 아니면 주먹으로 한 대 갈기고 싶소!"

"……."

"가정은 가정이고 경우는 경우 아뇨? 26년 동안 한 번만 찬혁을 만나줬던들, 아니, 한 번만 연락을 취해줬던들 찬혁의 자살미수를 방지할 수 있었소. 그 자살미수가 찬혁을 죽음의식에 빠뜨린 거요. 죽음과 친숙했다는 말요. 그래서 찬혁 씨는 두 번째 자살마저 가볍게 여겼던 거요."

세영은 우석진의 말을 고스란히 가슴에 담았다. 배태욱과의 위선적인 부부생활을 지탱하겠다고 찬혁에 대한 배려심을 잊어온 죄가 새삼 가슴을 쳤다. 하지만 찬혁의 자살이 노린 심오한 가치는 어떤 경우에도 높이 받들어져야 했다.

"석진 씨가 나를 닦달한 것은 옳은 말씀이에요. 아무리 뜻이 깊은 자살이라 해도 그 동기는 자살미수에서 비롯되었을지 모르죠. 정말 귀중한 말씀이에요. 나를 새롭게 각성시킨 꾸중이에요."

"친구의 죽음을 생각하면 정말 울화통이 치밀어요. 의지하며 지내온 유일한 친구를 잃은 내 심정을 누가 이해하겠어요. 너무 허망해요."

"우리 서로 의지하며 지내도록 해요."

우석진을 데리고 곧장 읍내로 돌아온 세영은 분위기를 바꾸고 싶어 경희를 불러냈다. 세 사람은 궁남지 부근 식당에서 점심을 먹고 카페에서 이야기를 나누었다. 이야기 내용은 거의가 우석진의 추억담이었다. 특히 청소년기의 추억담은 재미가 넘쳤다.

우석진이 말썽을 피우기 시작한 것은 중학시절부터라고 했다. 저마다 학교가 다른 대여섯 명이 매일 봉천동 산동네에서 어울렸다. 그들 중에서 우석진을 비롯하여 호태와 명구는 삼총사란 이름을 지어 결속을 다졌는데, 호태와 명구네 부모는 맞벌이 부부로 늘 집이 비어 있어 불량배 소굴로는 안성맞춤이었다. 마음대로 담배를 피울 수 있고 술도 마실 수 있어 그들의 천국이었다. 산동네 판자촌은 고샅길이 미로와도 같아서 부모들이 아들을 찾으러 와도 따돌리기 십상이었다.

"한번은 용돈을 넉넉히 주지 않는다고 아버지가 애지중지 아끼시던 오토바이를 고물상에 팔아먹은 적도 있어요. 지금 생각하면 가슴을 칠 만큼 후회가 막심하고 돌아가신 부모님이 더 그립죠."

"그 후 학교생활은 어찌 되었나요?"

경희가 물었다.

"다른 애들은 고등학교를 대충 때웠지만 나는 진학을 포기하고 세차장에서 일했어요. 2년 만에 돈봉투를 들고 집에 돌아왔더니 아버지가 돈봉투를 창밖으로 내던지며 고함을 치셨어요. 공부하랬지 언제 돈 벌라 했냐구요."

"아빠가 너무하셨네."

"아뇨. 아빠는 외아들한테 인생을 거셨거든요. 내가 죽일 놈이죠!"

"죽일 놈인 걸 언제 깨달았죠?"

"지금요."

"그럼 끝내 진학을 포기했나요?"

"대학이 문제였어요. 입학 때가 되니까 다른 놈들은 모두 속을 차리고 입시 준비를 서두는데 나만 속 못 차리고 여기저기 떠돌다가 아차 하고 깨달았죠. 고교 검정고시를 치르는 바람에 친구들보다 3년 늦게야 대학에 들어갔지만……."

"뭘 전공했는데요?"

"엉뚱하게도 지리학과를 나왔어요. 그 바람에 금광 같은데 따라다니며 간덩이만 키웠죠. 결국 취직도 못하고 술, 도박 따위로 노는 데에 미쳐 지내다가 공사판에 다니게 된 거죠. 그 바람에 찬혁을 만나게 되었고, 그 친구와 함께 지내면서 철이 들었고요."

"왜 하필 지리학과를 지망했어요?"

"모르겠어요. 공연히 망치 꿰차고 다니면 금맥을 찾을 것만 같았죠. 금맥만 찾으면 벼락부자가 될 테니까."

"자녀는 몇이나 두셨나요?"

"아직 총각입니다. 아무 쓸모없는 노총각이죠. 저 자신을 쓰레기로 여기며 구차하게 살아가고 있습니다. 저 같은 인간이 먼저 사라져얄 텐데 찬혁 같은 인격자가 먼저 가다니. 정말 부끄러워요."

"사회 밑바닥 체험보다 더 교육적인 생은 없죠."

우석진의 얼굴에 미소가 번졌다. 경희의 말이 의젓했다.

"찬혁 씨가 평소 나에 대한 말을 꺼낸 적이 있나요?"

이번에는 세영이 조심스레 물었다. 우석진은 술자리에서 어쩌다 자신의 속마음을 내비친 적이 있었다는 말로 대충 얼버무렸다. 세영이 구체적인 내용을 묻자 그제야 마지못해 대꾸해주었다.

"삼사 년 전이었죠. 잔뜩 취했을 때 한 말인데, 지금도 그 말이 기억에 생생해요. 세영을 가슴에 품고 죽는다는 게 손해 볼 인생은 아니지. 그랬거든요."

"그게 무슨 뜻이죠?"

세영은 일부러 찬혁의 말뜻을 캐물었다. 그런 식으로 우석진의 입에서 자세한 말이 나오도록 유도했다. 하지만 우석진은 세영 씨가 그 말뜻을 이해 못할 여자가 아니라며 자세한 부연 설명을 거부했다. 그러자 세영이 발끈했다.

"내 궁금증을 뻔히 알면서 그런 식으로 대답해요? 찬혁 씨가 술자리마다에서 내 얘기를 꺼내니까 지겨웠던 모양이죠?"

"지겨운 게 아니라 질투심 때문이었죠. 나도 세영이 같은 여자를 사랑해보고 싶다는……."

우석진은 말을 하다말고 경희의 표정을 살폈다. 경희 역시 우석진의 표정을 살피며 걸쭉한 농담을 뱉았다.

"얼래, 미치겠구먼. 상대할 숙녀를 앞에 두고 이 사내가 지금 뭔 소릴 지껄이는 거여?"

경희가 우석진 앞에 젓가락을 휘저으며 역정을 냈다. 그 역정을 우석진이 멋지게 되받아쳤다.

"어이구, 내 작전이 성공했어! 저 역정을 유도하려고 질투심 어쩌고 했는데……."

"우리 경희가 이처럼 위대한 여성이라구. 그래서 내가 가장 존경하는 롤모델로 삼았고, 그래서 경희와 함께 지내고 싶어 읍내에 자리를 잡은 거라구."

세영은 한껏 경희를 추켜세웠다. 그리고 우석진에게 좋은 친구 있으면 우리 경희에게 소개해주라고 일렀다. 여기에서 좋은 친구란 바로 우석진을 두고 한 말이었다.

"세영아, 나 시집 안 갈 거야."

"알아. 내가 언제 네 신랑감을 말한 거니? 네 남자친구를 말한 거지. 너 혹시 시집가고 싶어 심통 부리는 것 아냐?"

경희가 입을 가린 채 웃었다. 우석진은 경희의 웃는 모습이 마음에 드는지 고개를 끄덕이며 미소를 지었다. 세영은 우석진의 됨됨이를 살펴보려고 일부러 농을 걸었다.

"지난번 처음 만났을 때는 말투가 거칠었는데 오늘은 왜 이리 점잔 떠세요?"

"나는 감정의 기복이 너무 커요. 금방 울다가 금방 웃다가, 그런 식이죠. 찬혁의 무덤을 보니 찬혁을 만날 수 없다는 절망감이 눈물을 자아냈지만, 원래는 주책 떠는 게 내 체질이죠. 냉소적이랄까. 실패한 인생은 대개 냉소적이니까요."

"이 세상에 진정으로 성공한 인생이 있을까요?"

"있어요. 찬혁이 바로 성공한 인생이죠. 성취가 불가능한 꿈, 그래서 남들은 포기할 수밖에 없는 그 황당한 꿈을 찬혁은 이뤘어요."

"황당한 꿈이라뇨?"

"찬혁의 자살 의도가 뭔지 아시잖아요. 찬혁이 왜 죽었습니까? 괴로워서 죽었습니까? 억울해서 죽었습니까? 희망이 없어서 죽었습니까? 오히려 더 큰 희망을 추구하려고 죽었잖아요?"

세영은 우석진의 말에 충격이 컸다. 찬혁의 자살 의도를 알고 있다니, 우석진의 수준 높은 인식능력이 가슴을 쳤다. 경희도 우석진의 말에서 충격을 받았는지 그를 바라보는 눈빛이 밝아 보였다. 세영은 우석진과 경희를 가까운 사이로 맺어주려고 한 쌍의 원앙처럼 보인다며 너스레를 떨었다. 우석진 역시 걸쭉한 목소리로 "여기는 맞선보는 자리죠?" 하고 능청을 떨었다. 그러자 이번에는 경희가 어이없는 농담을 던졌다.

"내 정신 좀 봐. 맞선보러 나오면서 얼굴화장을 깜빡했네."

세영은 멍한 눈으로 경희를 바라보았다. 수줍음을 많이 타는 경희의 입에서 저런 농담이 튀어나오다니. 세영은 분위기를 더 살리려고 지금 당장 결혼식을 올리자고 제안했다. 경희가 또 구성진 농담으로 받아넘겼다.

"뭐러 헛돈 내버려. 여관방으로 직행하면 될 텐데."

그러자 이번에는 우석진이 맞장구를 쳤다.

"아이고, 나 지금 애 키울 능력 없는데 어쩌지? 그러니 오늘은 상견례로 끝내고 합방은 뒤로 미루죠."

"발뺌하는 거요? 싸가지 없게!"

경희가 쏘붙였다.

"발뺌 맞아요. 이런 후라빠들과 어울렸다간 큰일 나겠어요."

"후라빠? 어찌 쌍스럽게 그런 말을 쓰죠? 그럼 우리가 여자 깡패란 말예요? 서울놈이라고 되게 빼기네."

경희의 농담에 뱃살을 잡고 웃던 세영이 "너 이제 보니 명품이구나" 하고 경희를 추켜세웠다. 우석진도 경희에게 홀딱 반했다며 너스레를 떨었다.

"경희 씨 보러 또 놀러올게요. 여기야말로 무릉도원이네요."

우석진과 헤어진 세영과 경희는 계속 카페에 남아 여유를 부렸다.

"경희 너 언제 그렇게 농담이 늘었냐?"

"정말 어이없는 노릇이야. 내 입에서 왜 그런 농담이 술술 나왔는지 모르겠어. 꼭 귀신한테 홀린 기분이라구."

"석진 씨 분위기에 저절로 말려든 거지 머. 그만큼 네 맘이 끌렸다는 증거구. 안 그래?"

"아무리 농담이라도, 너 다신 그따위 소리 마. 정말 재혼할 맘 없어. 무슨 낙을 누리겠다고 그런 짓을 해."

"누가 결혼을 염두에 두고 한 말이니? 그냥 친구처럼 지내라는 말이지."

"남녀 간에 친구가 어딨어. 친구 사이란 말은 말짱 거짓말이야. 몸을 탐하는 순간 걱정거리를 만드는 셈이지."

"그럼 너 정말 수절하겠다는 거니? 하긴 나도 이제 수절 단계로 접어들 참이지만."

세영과 경희는 손을 맞잡고 웃었다.

절대온도와 절대사랑

"오랜만유."

세영은 매일 경희를 만나면서도 일부러 사투리로 장난쳤다. 에어컨 냉기가 시원한 카페에는 여름철 관광객이 북적거렸다.

"얼래, 어제 봤는디두 오랜만이라뉴? 혹여 치매 걸린 게 아니슈?"

경희의 넉살이 구성졌다. 궁남지에는 연꽃을 카메라에 담는 관광객이 줄을 이었다. 연꽃을 배경으로 부부가 함께 찍는 모습을 보고 세영이 사투리로 너스레를 떨었다.

"저러큼 사진기를 눌러대는디 사진기가 불나믄 워쩐댜?"

"카메라가 불라? 걱정두 팔자여."

"앗다, 웬 시비여? 남자 생겼다구 유세 떠는겨?"

"늬가 유세 떨게 맨들었잖은감?"

"그렁게 내가 석진이를 소개해줘서 고맙다 그거여?"

"개뿔이나 뭐가 고마워."

그때였다. 옆자리에서 떠들던 대여섯 명의 여성들 중에서 같은 또래 하나가 끼어들었다. 오랜만에 들어보는 고향 사투리가 구성진 모양이었다.

"얼래, 말씀을 들어봉게 친구헌티 애인을 소개해준 모양인디, 지한티두 한 놈 장만혀줘유. 은혜 보답 헐팅게유."

"누구시쥬?"

경희가 물었다.

"서울서 왔구먼유."

"서울 어디서유?"

"강남서유."

"강남? 요새 강남사람 보믄 모다 귀족처럼 보이는디, 허면 몇 평 짜리래유?"

"167평 짜린디유."

"얼래, 그러케 큰 평수가 있다구유? 한 채가 아니구 여러 챈가 보쥬?"

"아하, 아파트로 착각허신 모양인디 우리 꺼는 아파트가 아니구 대지구먼유. 그것두 변두리라 값이 별루에유."

"요즘 하두 아파트가 난리라서 착각혔슈."

"그럼 편히들 놀다가셔유. 보나마나 평택이나 수원서부텀 은 차가 밀릴 틴디, 그려두 고향을 다녀간게 맴이 확 풀어지네유. 이 맛에 고향을 찾느만유."

"왜 동반혀서 내려오시잖구?"

"그이는 벌썸 떠났구먼유."

"왜 먼점 떠나셨대유? 다투신 모양인디, 부부가 여행허다 보믄 꼭 싸운당게유."

"우린 안 싸웠는디두 먼점 떠났슈. 저승길은 부부동반이 안 되나 봐유."

"어이구 죄송헤유. 지는 서울루 먼점 떠나신 걸루 착각혔구먼유. 실은 즈이 남편두 일찌감치 저승으루 떠났슈. 지가 훗날 노망들어 죽으믄 남편이 얼굴을 제대루 알아볼지 걱정이 태산이구먼유."

"그렁게 부부는 동반혀서 죽는 게 젤 상책이쥬."

"맞어유. 같이 죽으믄 저승에서두 만날 보던 얼굴일 팅게유."

"그렁게 동반혀서 죽자는 캠패인이라두 벌였으믄 좋겄슈."

서울패가 떠나자 금방 홀이 잠잠해졌다. 세영과 경희는 한참 동안 더 이야기를 나누다가 헤어졌다. 세영은 서둘러 집에 돌아왔다. 동민과 다혜는 거실에 앉아 고란초에 대한 이야기를 나누고 있었다.

"바위틈에 난 고란초는 비장하면서도 고매해. 비극미의 전형이지. 외로우면서도 초연한 자태, 마치 백제 비운의 상징물 같애."

동민의 말이었다. 어느새 그런 생각을 한 아들의 의젓한 모습이 대견스럽다. 세영은 창을 열고 백마강을 바라보았다. 하늘에 갑자기 먹장구름이 몰려왔다. 그제야 충청지역에 소나기가 내린다는 일기예보가 떠올랐다. 점점 세영의 감정이 고조되기 시작했다. 먹장구름이 사라지면 다시 찬란한 햇살이 백마강에 번질 것이었다.

우석진이 다시 부여에 내려온 것은 그 후 보름쯤 지나서였다. 세영은 우석진이 금방 찾아온 것은 경희에게 마음이 쏠렸다는 증거라고 여겼다.

"경희가 반가워할 거예요."

세영은 서슴없이 속내를 내비쳤다. 인성이나 사회성도 손색이 없거니와 생각이 깊은 우석진이 경희와 인연을 맺게 되면 그보다 더한 행운이 없을 것이었다. 세영은 허심탄회한 자리를 마련하고 싶어 한적한 음식점으로 경희를 불러냈다. 식사 겸 반주도 준비했다. 아무래도 술기운이 올라야 마음이 풀어질 것이었다. 지난번에 푸짐한 농담을 나눠서인지 자리는 초판부터 밝았다.

"이 자리에서는 사투리를 쓰도록 합시다."

세영의 제안에 우석진이 먼저 구성진 사투리로 분위기를 살렸다.

"그렇게 사투리로 기름칠을 혀야 혓바닥이 제대로 굴러간다, 그 말 아뉴?"

우석진의 능숙한 사투리에 놀란 세영이 언제 충청도 사투리를 배웠냐고 물었다. 찬혁에게서 배웠다고 대답하자 찬혁 씨는 사투리를 잘 쓰지 않을 거라며 우회적으로 호기심을 드러냈다.

"평소에는 사투리를 안 쓰지만 술판에서는 사투리가 짓궂었어요. 사투리로 농담하면 모두 배꼽을 잡았거든요."

"찬혁 씨가 그런 해학성을 지녔다고요?"

"그럼요. 특히 사투리로 욕하는 게 압권이었죠."

"욕도 해요?"

"세상에 사투리 욕설보다 더 재밌는 농담이 어딨어요. 찬혁은 딱지가 덜 떨어진 인간이라 농담할 때나 욕을 써먹지만."

"그만큼 점잖다는 말이군요."

"그래요. 점잖은 인간이니까 실컷 사랑해줘요."

"죽은 몸을 사랑해봤자 실속이 있겠어요? 하지만 실속을 챙기긴 해야겠는데……. 경희야 네가 먼저 사투리로 유혹해 봐."

"얼래, 워쩌자구 나를 끌어댕긴댜?"

"뭐니뭐니 혀두 우리 경희 사투리가 일품이잖여? 더군다나 약혼식이나 진배읎는 자린디 더 구성질 것 아녀?"

느닷없는 약혼식이란 말에 경희와 우석진이 어리둥절한 표정을 지었다.

"속으론 좋아들허면서 웬 내숭이랴?"

"내숭은 무슨 내숭? 늬 처지가 가련혀서 워쩔까 걱정헌 거지."

"나는 밤마다 유령을 껴안고 지내는디?"

"제대루 미쳤구먼. 유령을 껴안응게 제맛이 나던감?"

"살아 있는 생인보담 유령이 훨씬 알차단 말여. 너는 생인을 좋아헝게 석진이헌티 홀딱 반했지만."

세영의 농담에 웃음이 터졌다. 식사가 끝나고 밖으로 나오니 마당에는 어둠이 깔리고 있었다. 경희가 집으로 돌아가자 세영은 우석진을 고속버스터미널까지 배웅해주었다. 경희와의 관계를 의논하고 싶어 의도적으로 둘만의 시간을 냈던 것이다. 우석진에게 미리 차표를 끊어준 세영은 앞장서 카페로 들어갔다. 고속버스 승객이 뜸한 시간이라 그런지 홀은 한적했다.

"경희가 석진 씨를 마음에 품고 있어요."

세영의 솔직한 말에 우석진은 금방 반응을 나타냈다.

"경희 씨는 귀중한 여잡니다. 내가 상식적으로 판단해온 여성과는 여러 면에서 달라요. 참신하면서도 편안하고, 무엇보다 진실해요."

"역시 석진 씨는 보는 눈이 다르네요."

"찬혁의 입장과 내 입장이 달라서겠죠."

"그게 무슨 말이죠?"

"찬혁에게는 세영 씨 같은 여성을 마음에 품어왔지만 내게는 그런 여성이 없기 때문에 경희 씨의 진가를 발견할 수 있었다는 말이죠."

"맞는 말이에요. 석진 씨는 경희를 구체적으로 살펴봤기에 장점을 발견했지만 찬혁 씨는 나를 구체적으로 살피지 않았기에 단점을 발견하지 못했던 거예요. 내 실체를 보지 않고 나를 환상적으로 봤다는 말이죠. 그처럼 환상적인 세계를 그려온 탓에 호수에 투신한 거구요. 어쩜 내가 찬혁 씨를 죽음으로 이끌었는지도 몰라요."

"찬혁이 세영 씨를 환상적으로 봤다는 것은 세영 씨가 초월적인 가치관을 지녔기 때문이죠. 세영 씨가 그런 여자이기 때문에 찬혁과 동화될 수 있었던 겁니다. 찬혁으로서는 찾고 싶은 여성을 찾은 셈이죠. 그런데, 그 찾고 싶은 여성을 찾았는데 왜 죽음을 택했을까요?"

"찬혁 씨는 그게 두려웠던 거예요. 나를 너무 미화시킨 나머지 그 환상적인 삶을 일상생활로는 감당할 수 없었던 거죠. 찬혁 씨가 시도한 삶은 우리가 살고 있는 현실세계에서는 불가능한 생이었죠. 그가 노린 절대사랑은 환상세계에서나 가능했으니까요."

"그래서 나는 찬혁을 성공인이라고 말한 겁니다. 절대사랑에 도전한 모험가랄까. 절대온도는 영하 273도인데 절대사랑은 영상 몇 도일지 모르지만."

"예상해보세요. 영상 몇 도일지."

세영은 그 온도가 궁금했다.

"이승세계를 녹이고 저승세계를 울릴 만큼 뜨겁겠죠."

우석진의 말에 감동한 세영은 잠시 창밖을 내다보았다. 어느새 서울행 버스가 들어서고 승객들이 하나둘 올라타고 있었다. 우석진은 시계를 들여다보았다. 출발시간은 아직도 20여 분의 여유가 있었다. 세영이 시선을 사리며 조심스럽게 말했다.

"찬혁 씨와 잠시 동거했다는 분도 경희 같은 여성일지 몰라요."

느닷없는 말에 우석진은 들고 있던 커피잔을 내려놓았다. 세영이 말을 이었다.

"찬혁 씨는 그 여성의 참된 진가도 나에 대한 환상 때문에 발견하지 못했을 거예요."

"세영 씨가 그런 말을 하니 그랬을지 모른다는 생각이 드네요. 참으로 건실하고 착한 여자였어요. 찬혁의 마음을 잡아줄 여성으로 여겨져 소개했던 거죠. 세영 씨를 생각하며 평생 홀로 지낼 테니 그게 딱해서 소개했던 거예요."

"찬혁 씨도 석진 씨의 그 배려에 고마움을 느꼈어요."

"나도 세영 씨의 배려에 고마움을 느끼고 있습니다."

"네? 그럼 경희와 깊은 인연을 맺겠다는 말인가요?"

"다만 연애기간이 너무 짧아서 그러니 재밌는 추억거리를 더 만들어주세요."

세영은 환한 미소를 지으며 알뜰한 중매쟁이가 되겠노라고 화답했다. 우석진은 버스에 오르면서도 경희 씨에게 사랑한다는 말을 전해달라고 외쳤다. 주변 사람들의 시선이 우석진에게 쏠렸다. 나이 든 남자가 그런 말을 하니 보기가 쑥스러운 모양이었다. 세영은 그들의 쑥스러운 표정을 가차 없이 뭉개버렸다.

"경희와 살면 120세는 너끈히 살 거예요. 경희는 나처럼 서방 잡아먹는 귀신이 아니거든요."

*

겨울방학이 되자 동민과 다혜가 부여에 내려왔다. 세영은 동민과 다혜를 데리고 며칠 동안 부여 여기저기에 산재한 유적지를 답사했다. 특히 피부로 느껴보는 농촌 체험은 세상을 보는 시야의 폭을 넓혀주었다. 도시에서 자란 두 자식이 무논 빙판에서 썰매도 타보고, 산에서 삭정이도 주어보고, 마당에서 가랑잎도 쓸어본 시골 체험이 대견스러웠다. 엄마의 고향에 머물며 엄마가 성장해온 시대를 다양하게 섭렵하면서 왜 엄마가 방황하고 괴로워하는지를 캐봤다는 것이 무엇보다 기특했다. 그만큼 두 자식은 성숙해졌고, 엄마의 세계에 관심을 쏟을 만큼 이해의 폭이 넓어졌다.

어느새 겨울방학이 끝나가고 있었다. 세영은 두 자식만 보내는 것이 마음에 걸렸지만 엄마처럼 돌봐줄 가사도우미가 있으니 한결 마음이 놓였다.

"엄마 혼자 쓸쓸하지 않을까?"

늦잠에서 깨어난 다혜가 오히려 엄마를 위로했다. 억양으로 보아 그냥 인사치레로 하는 말이 아니었다. 우리 남매는 엄마 없이도 재밌게 지낼 테니 아무 걱정 말라는 뜻이겠지만, 그 말 속에는 찬혁에 대한 엄마의 간절한 사랑을 인정한다는 뜻도 묻어 있었다. 세영은 다혜의 말에 미소를 지어 보이며 동민의 표정을 훔쳐보았다. 아들의 심정이 궁금했던 것이다. 그런 엄마의 마음속을 거니챈 동민 역시 다정한 미소를 지어 보였다. 이제는 엄마의 마음을 이해하고 동조하겠다는 효심 어린 미소였다.

"고맙다!"

두 남매를 껴안아준 세영은 솟구치는 감정을 삼키며 얼른 밖으로 나가 백마강을 바라보았다. 강둑에 희미한 형체가 어른거렸다. 동민과 다혜가 찬혁의 손을 잡고 거니는 환영이었다. 세영은 그 환영 말고는 이 세상 어떤 사물도 보고 싶지 않아 눈을 감았다. 저절로 두 손이 모아졌다. 그래, 너희들은 찬혁아저씨의 손을 잡고 백마강 둑을 거니는 그런 자식이 되어야 한다!

동민과 다혜를 고속버스에 태워 보낸 세영은 다시 찬혁의 일기 정리에 매달렸다. 일기에는 세월이 흐를수록 세영에 대한 찬혁의 관심과 그리움이 고스란히 담겨 있었다. 세영이란 이름이 기관차처럼 글머리로 쓰여진 부분이 많았다.

내 사랑 세영…….

그리운 세영…….

세영을 생각하면…….

세영을 사랑한다면…….

세영에 대해…….

세영은 지금…….

세영은 어떤…….

세영이란 존재…….

그런 다양한 글머리는 슬픔, 연민, 분노, 환희, 용서, 좌절 등 각양각색의 시추에이션을 이끌고 있었다. 세영은 그 문맥에 흐르고 있는 찬혁의 심리를 분석하고 유추하고 실증하려면 한 가지 대목을 가지고도 여러 날을 고심할 때가 허다했다.

세영을 증오하는 순간 엉뚱하게도 그리움이 치솟는데 그 사실이 치를 떨게 한다. 내가 세영을 사랑하고 있다니. 나는 이처럼 쓸모없는 존재일까?

찬혁이 졸도한 세영을 병원까지 업어다 치료시켰던 무렵에 쓴 글인데 애정과 증오가 뒤엉킨 복잡한 심정을 그런 식으로 적어놓았다. 또 찬혁의 글에는 세영의 상식과 판단력으로는 도저히 해석할 수 없는 부분이 많았다. 찬혁의 세계는 그만큼 독자적인데 그 새로운 관점이 감동을 유발시킬 정도로 체계적이면서도 시적이었다.

이토록 그윽한 밤에 나는 지금 사하라사막 한복판에 앉아 있다. 왜 창조주는 이런 거칠고 쓸쓸한 곳에 환희의 씨앗을 뿌려놓았을까? 이상한 신이다.

날짜까지 명시한 걸로 보아 사하라사막을 실제로 여행한 모양이었다. 세계 유명 관광지가 허다한데 하필 황량한 사하라사막을 택했는지 그것도 캐봐야 할 과제였다.

세영은 '새뜸복지관' 건립에도 관심을 기울였다. 대전에 있는 건물이 팔리는 즉시 부지를 구입할 계획이지만 액수가 커서인지 매매가 좀처럼 이루어지지 않았다. 하지만 부지는 미리 선정해놓아야 했는데 송정호수 주변이 가장 적임지였다. 마침 연속극 촬영지인 서동요테마파크와 청소년수련원이 가까운 곳에 들어서 있어 더욱 마땅한 장소였다.

비극미는 배우는 게 아니라 깨닫는 것

다혜가 여름방학을 맞아 오빠와 함께 내려오자 세영은 읍내 외곽 지대를 답사하기로 마음먹었다. 세 식구는 먼저 가까운 수북정에 올랐다. 스스로 온기를 발산한다는 자온대(自溫臺) 절벽 위에 세워진 수북정은 부여의 대표적인 유적의 하나로 세영에게는 누구보다 추억 어린 곳이었다.

자온대의 속칭은 '엿바위'였다. 세영의 귀에는 아직도 자온대보다 엿바위란 말이 익숙했다. 토속 명칭은 그만큼 몸속에 절어 있는 언어였다. 세영은 유유히 흐르는 백마강을 바라보다가 자온대 암벽에 휘감기는 여울목으로 동민과 다혜의 시선을 유도했다.

"엄마가 여고시절에 처음 봤던 여울목이야. 수북정을 떠받치고 있는 엿바위와 어울리는 몸부림, 그렇지? 마치 백마강의 장엄한 유속을 지탱해주는 힘의 원천 같지?"

"에게게, 저 작은 여울목이 무슨 힘의 원천이야."

"너는 과학적인 안목으로만 사물을 판단하는구나. 저 여울목을 확대해석할 수도 있잖니? 그럼 내가 말한 힘의 원천을 뭐에 비유하면 좋을까?"

"활화산? 부여의 맥박?"

"와아! 우리 딸 천재구나! 이제 우리 딸에게도 강력한 충격이 필요해."

세영은 여울목이 찬혁의 열정처럼 보였다. 그 열정이 활화산 같은 충격이 되어 하찮은 여울목을 백마강의 장엄한 유속을 지탱해주는 거대한 에너지로 확대시켰다. 그만큼 찬혁의 순결성과 저돌성은 언제나 세영에게 강렬한 충격을 주었다. 다혜에게도 훗날 찬혁과 같은 연인이 생겨야 할 텐데…….

"엄마, 왜 갑자기 얼굴 표정이 그래?"

다혜가 호들갑을 떨었다.

"엄마 얼굴이 어때서?"

"꼭 미친 사람 얼굴 같애."

"내가 미쳐?"

"응."

"미치신 게 아니고……."

동민이 끼어들었다. 하지만 말을 끝맺지 못하자 다혜가 어서 끝내라고 다그쳤다.

"그다음은 차마 말씀드릴 수 없구나."

"차마? 꼭 장 콕토의 「산비둘기」 시구 같은데?"

"그래 맞아. 그 산비둘기의 짝이 누구겠니."

"그야 뻔하지. 위대하신 찬혁 님이지."

세영은 미소를 지으며 길게 뻗은 백제교를 바라보았다. 사랑에 취한 엄마를 놀리는 자식들의 격의 없는 놀림이 고맙고도 민망했다. 세영은 분위기를 바꾸려고 남매와 함께 수북정에서 내려와 나루터 언덕으로 걸어갔다.

"옛날에는 나룻배를 타고 강을 건너다녔어. 여기 규암나루터에서 노를 저어가다가 강 건너 모래톱에서 내렸거든. 모래톱에는 아름드리 버드나무가 우거졌는데 여름철에는 소년들이 얼음통을 메고 다니며 "아이스케끼, 어름과자!"를 외치곤 했지. 노 젓는 바지선이 버스나 트럭을 실어 나르던 당시에는 사람들이 늘 북적거렸어. 그러다가 몇 년 후에는 수십 척의 배를 쭉 엮어서 만든 배다리로 강을 건너다녔지. 홍산을 출발한 서울행 직행버스도 배다리로 건너다녔어."

"백제교는 언제 개통되고?"

다혜가 물었다.

"글쎄, 잘 모르겠다. 엄마가 몇 살 땐지."

사실 세영은 몇 살 때부터 백마강을 건너다녔는지 기억할 수가 없었다. 서울로 진학한 고교시절부터 직행버스를 타고 다닌 기억은 확실하지만 그 전에 건너다닌 시기는 잘 기억할 수 없었다. 초등학교나 중학시절에도 무수히 건너다녔겠지만 유독 찬혁과 마주쳤을 때의 기억만 확연히 남아 있었다. 그만큼 세영에게는 찬혁과 연관된 고향이 아니면 추억 어린 고향이 아니었다. 때문에 그 추억은 공포스러운 추억일 수밖에 없었다.

"엄마가 세상에 태어나서 가장 무서웠던 기억은 천등재에서 캄캄한 밤에 찬혁 씨를 만났을 때였어. 여고시절 서울에서 귀향할 때였지."

"왜요?"

동민이 먼저 관심을 보였다.

"시퍼런 칼날을 내게 내밀었거든."

"진짜로요?"

"그러면서 뭐랬는지 아니? 네가 계집애가 아니고 머스매라면, 그랬어."

"머스매라면 관두지 않을 거다, 그건가요?"

"숨통을 끊어버리겠다는 거지."

"잔인한 인간! 고향 여고생에게……."

"욕할 건 아냐. 아마 그때부터 찬혁 씨는 나를 사랑했을지 몰라."

"사랑? 무슨 사랑 표시가 그래?"

다혜가 끼어들었다.

"찬혁 씨는 원래 그런 사람이야. 엄마도 그런 사람의 사랑을 진짜 사랑으로 여기고 있거든."

"미쳤어! 이상한 엄마야!"

말은 그렇게 하면서도 다혜의 입가에는 미소가 묻어 있었다.

"우리 딸도 그런 사랑이 진짜 사랑인 걸 알 때가 올 거야. 네가 고통이 뭔지를 이해할 수준이 되면."

"가치전복현상을 말씀하시나요?"

동민이 다혜의 대답을 대신해주었다.

"그래그래. 진정한 행복을 고통이라고 여기는 까다로운 가치……."

세영은 흐뭇한 얼굴로 동민을 바라보았다. 아직 그런 깊은 고통의 뜻을 모를 텐데 어느새 체험했단 말인가! 세영은 진지한 표정으로 자식들에게 말했다.

"너희들은 평범한 젊은이가 되어서는 안 된다. 너희들은 고통을 진정한 행복으로 여기는 그런 자식이 되어야 한다. 그래야 너희들은 찬혁 씨가 어떤 인간인지를 깨달을 수 있어."

"엄마!"

동민이 진지한 표정으로 엄마를 주목시켰다.

"말해보렴."

"엄마가 지금의 엄마가 되신 건 아빠 탓이에요? 아니면 찬혁아저씨 탓이에요?"

"네가 탓이라고 했는데, 아빠는 탓이 맞는 표현이지만 찬혁아저씨는 탓이 아니고 감동이다. 찬혁아저씨한테서 감동을 받지 않았다면 나는 고통의 의미를 깨닫지 못했을 거야. 찬혁아저씨가 특히 고마운 것은 비극미를 깨닫게 해준 점이다. 비극미는 수업을 통해서 배우는 게 아니라 사유를 통해서 깨닫기 때문이야. 찬혁아저씨가 그 사유의 폭을 넓혀주려고 내게 충격을 주신 거지."

"자살 말인가요?"

"그래."

"오빠, 엄마 말 이해하겠어?"

"너도 이해하려고 노력해봐."

동민이 웃었다. 다혜는 오빠의 웃는 모습을 오래간만에 보는 셈이었다.

"나도 오빠처럼 유식해질 거야. 그래야 엄마를 이해할 수 있지. 그래야 효녀가 될 수 있고."

세영은 동민과 다혜를 양 겨드랑이에 품고 멀리 백제교를 바라보았다. 차량들이 쉼 없이 질주하는 다리 위로 뜨거운 한여름 볕이 내리쬐고 있었다. 세영은 핸드백에서 찬혁이 쓴 '부여정신과 비극미'의 복사지를 꺼내 동민에게 내밀었다.

행복을 추구한다는 것은 자신의 비극적인 삶에서 아름다움을 창출하는 과정이다. 부여는 백제 패망이라고 하는 슬픈 역사에서 아름다움을 캐야 하는 고장인데 부여의 위대성과 영원성은 그 비극미(悲劇美)를 지닌 데에 있다. 비극미는 행복의 원형(原形)이다.

이처럼 행복은 이루어진 것이 아니고 슬픔에서 아름다움을 캐는 과정이며, 그 힘든 과정을 심리적 거리로 환산하면 90000리의 여정이 된다.

"느낌이 어때?"

"그분이 이런 글을 쓰다뇨!"

"그분이 어때서?"

"엄마가 더 잘 아시잖아요."

"평생을 일용직으로 산 것? 학력이 고졸이란 것?"

"……."

"대답해봐."

"그런 분이 이처럼 수준 높은 글을 쓸 수 있을까 해서요."

"수준이 높다고? 그래 맞아. 찬혁아저씨의 글은 단순한 메모가 아니라 통곡 소리야. 승리나 패배에서 나온 통곡이 아니라 용서와 화해에서 나오는 감동의 울림이지. 감동의 소리는 언제나 슬프거든."

"엄마는 정말 너무 달라졌어요. 엄마의 본성이 원래 이러셨어요?"

"엄마가 지금처럼 행복한 때는 없었다. 아마 네 아빠와 분해되고 보니 순수한 나로 환원된 모양이다. 엄마는 지금 죽어도 여한이 없어. 너희들 수준이 이 정도이니 더 바랄 게 뭐겠니. 너희들이 가장 아름다운 것이 뭔지를 깨달았는데, 그리고 찬혁아저씨 같은 훌륭한 인간에게서 깊은 사랑을 받았는데……."

세영은 목이 메어 말을 잇지 못했다.

"우리 엄마를 울보로 만든 사람이 도대체 누구야!"

"이제 알겠지? 엄마가 왜 너희들에게 찬혁아저씨를 이해하는 단독자(單獨者)가 되라고 했는지?"

세영은 남매를 데리고 나루터 언덕에서 내려와 차를 타고 충화 쪽으로 달렸다.

유령의 집을 찾아서

높다란 산이 울타리처럼 에둘러진 초라한 외딴집이었다. 집이라기보다 차라리 움막이란 표현이 옳았다. 울창한 숲속에 묻혀 있지만 움막과 개울 사이에 아담한 분지가 깔려 있어 시야는 훤했다. 오십대 후반의 사내가 땀을 흘리며 나무를 가꾸고 있었다. 추레한 주제꼴과는 달리 그의 얼굴에는 늘 봄볕처럼 따스한 미소가 번져 있었다. 일부러 지은 미소가 아니라 자연스레 녹아 있는 일종의 화안시(和顔施)였다. 내가 베풀 거라고는 화평한 웃음밖에 없다는 그런 보시와도 같았다. 그는 소유한 게 아무것도 없었다. 아예 생활 자체를 의식할 필요가 없었다.

"당신이 찾아오기를 기다렸소."

찬혁이 세영을 데리고 움막 안으로 들어갔다. 촛불이 켜진

단칸방에는 이승에서 맡아보지 못한 향기가 자욱했다. 세영은 무슨 말을 꺼낼지 몰라 계속 침묵을 지켰다. 저승 사람은 모두 유령일 테고 찬혁 역시 유령일 테니, 유령의 마음을 헤아릴 수 없어 조심스러웠다. 찬혁이 덤덤한 목소리로 말했다.

"나는 지금 저승이 어떤 세계인지를 살펴보는 중이오. 이승에서 상상하던 불안하고 두려웠던 저승세계가 아니라 직접 보고 느낄 수 있는 구체적인 저승세계를 살아가고 있소. 하지만 아직은 잘 알 수 없소. 저승이 꽃밭 속의 생인지, 바람에 날리는 생인지, 구원이 가능한 생인지 잘 알 수 없소. 다만 한 가지는 분명하오. 내가 죽은 자이면서도 살아 있는 자로 존재할 수 있는 것은 당신이 우리의 사랑을 신앙 차원으로 승화시킬 수 있기 때문이오. 당신이 우리의 사랑에서 영원한 비극미를 창출할 수 있다는 말이오."

"내게 그럴 능력이 없잖아요."

"여보, 내가 왜 자살했는지 알잖소. 당신에게 그럴 능력을 부여하려는 도모(圖謀)가 아뇨?"

세영은 찬혁의 꾸짖는 언성이 낯설기만 했다. 더구나 방 안의 향기가 사위스런 분위기를 풍기는 바람에 긴장은 좀처럼 풀리지 않았다. 제사상 앞에 피워놓은 향내랄까, 세영은 그 사위스런 무섬기를 지우고 싶어 통명스런 목소리로 물었다.

"유령들은 이런 냄새를 좋아하는 모양이죠?"

그제야 찬혁은 애정 어린 표정을 지으며 말했다.

"여보! 여기는 이상한 집이 아니오. 바로 내 집이오. 당신을 목숨보다 더 사랑하는 당신 남편의 집이란 말요. 이 움막 속에는 당신에 대한 그리움만이 가득하오. 그 간절한 그리움만이 내가 살아가는 희망이고 낙이고 가치요. 저승 사람이 그런 욕망을 지녔다는 게 이상하지만 당신에 대한 사랑만은 저승에서도 어쩔 수 없소."

그제야 마음이 풀어진 세영은 찬혁의 품에 파고들었다. 찬혁은 세영을 가슴에 품안은 채 우석진의 말을 꺼냈다.

"내 친구가 당신에게 초월적인 가치관을 지닌 여성이라고 말했을 거요. 그 말은 내가 생전에 술자리에서 자주 꺼냈던 말이오. 그처럼 당신은 현실에 만족할 여성이 아녀서 나는 당신 속에 갇혀 살아온 거요. 때문에 당신 말고는 어떤 여자와도 어울릴 수 없었던 거요."

"어쩌면 나와 똑같은 생각을 했죠? 나도 처녀시절 엄마에게 고백한 적이 있어요. 당신 같은 남자를 사랑한 이상 다른 어떤 남자도 사랑할 수 없다고요. 때문에 배태욱과의 결혼생활은 요식행위에 불과했죠."

"당신은 농담으로 서방 잡아먹는 귀신이라고 했는데, 그건 맞는 말요. 나는 당신한테 잡아먹히는 게 가장 값진 행복이었소. 여보! 이제 자주 내 모습을 드러낼 테니 그리 알아요. 그리고 송정호숫가에 거처를 마련하면 좋겠소. 송정호수는 내 집터인 셈이오. 우리 아버지도 호수 제방공사장에서 돌을 지어 나른 적이 있고, 내가 어릴 적에 동네 또래들과 멱 감고 놀던 곳이며, 내 정서의 샘이기도 하오. 그래서 나도 그곳으로 거처를 옮길 참이오. 물론 내 영혼의 거처지만."

"어쩐지 요즘 송정호숫가에 살고 싶은 생각이 간절했는데, 당신의 마음에 감응한 모양예요. 당장 송정호숫가로 거처를 옮기겠어요."

꿈에서 깨어난 세영은 꿈속 장면이 현실처럼 선명한 데에 놀랐다. 서둘러 송정호숫가로 거처를 옮기기로 마음먹었다. 찬혁이 투신한 물가에 집을 지으면 꿈속일망정 찬혁과 자주 만날 것만 같았다.

형은 너무 큰 걸 노렸어

세영은 오덕리 송정호숫가에 집을 지어놓고 읍내에서 이사했다. 경희도 적극적으로 세영의 이주에 동조했다. 날이 갈수록 찬혁에 대한 애정이 깊어지는 모습을 보며 아예 호숫가에 살면 찬혁을 더 가까이 느낄 수 있지 싶었다.

"내가 자주 찾아가면 돼. 오히려 읍내에서만 움직이느니 내 동선이 길어진 게 좋아. 충화까지 새로 도로가 뚫려 이웃이나 마찬가지야."

"고맙다. 제발 그래줘. 아주 나와 함께 살다시피 해."

세영은 항상 경희를 곁에 두고 싶어 아예 경희 방을 따로 만들어놓았다. 함께 밤늦게까지 지내는 날에는 재워 보낼 방이었다. 동민과 다혜도 엄마가 읍내보다 호숫가에 사는 걸 더 좋아했다. 여름방학을 맞아 서울에서 내려온 두 남매는 마당가에서 출렁대는 물속으로 뛰어들어 헤엄을 치는 등 수다를 떨었다. 특히 아이들처럼 물놀이하는 동민의 까불대는 모습이 세영의 눈길을 끌었다. 평소 신중한 아들의 풀어진 행동이 이색적이었다. 세영은 물 밖으로 나온 자식들에게 수건을 건네주고 나서 동민에게 농담 한마디를 던졌다.

"우리 아들도 이제 세상사에 도통한 모양이군."

그러자 동민이 느닷없는 말을 꺼냈다.

"찬혁아저씨 곁에 왔으니 세상을 달리 봐야죠."

순간, 세영의 몸이 움찔했다. 찬혁이 송정호수에 투신한 사실을 어떻게 알았을까?

"엄마는 우리가 항상 어린 줄 아세요? 송정호수가 엄마에게 통곡의 벽이란 걸 모를 줄 아세요?"

"어떻게 알았지?"

"뭔가 이상해서 경희이모를 족쳤거든."

다혜가 나섰다. 세영은 "언제?" 하고 다그쳤다.

"아까 읍내에서 내리자마자 경희이모를 찾아갔지. 금방 이실직고하더군. 엄마한테는 얘기하지 말라고 엄히 단속했어."

그랬구나! 세영의 눈에서 왈칵 눈물이 쏟아졌다. 쌓이고 쌓인 서러운 눈물이었다. 엄마의 한을 이해해주는 자식들의 효심이 눈물을 자아내게 했다. 세영은 이제 호수에 비친 달빛을 바라보며 실컷 울 수 있게 되었다.

"너희들이 나를 해방시켜주었구나!"

"해방시켜준 게 아니라 실컷 울도록 도와준 거지. 우리 엄마는 우는 재미로 사는 바보니까."

다혜의 말에 더욱 울컥해진 세영은 두 남매를 껴안고 몸부림쳤다. 다혜가 엄마의 머리칼을 쓰다듬어주고 동민이 엄마의 손을 어루만져주었다. 두 남매는 그렇게 찬혁의 역할을 분담해주었다. 찬혁이 쓰다듬어줘야 할 위로와 정표를 두 남매가 대신해준 셈이었다.

"엄마, 이제 슬픔을 맘껏 즐겨봐."

"그러세요. 엄마의 눈물은 찬혁아저씨의 실체니까요."

세영의 눈물은 이제 폭포수가 되어 쏟아져 내렸다. 세영은 그 울음욕망에 푹 빠져버리고 싶었다. 찬혁이 노린 건 바로 이런 행복감이라는 생각이 들자 세영은 마치 산매 들린 사람처럼 중얼거렸다.

"나는 지금 이상한 세계의 중심에 서 있는 기분이야."

민재 부부는 누구보다 세영의 오덕리 이주를 환영했다. 한 동네에 살게 되었으니 마음이 든든했다.

"형수님의 용단이 놀라워요. 정말 존경스러워요. 다만 시골이어서 자녀들의 호응이 걱정되네요."

"동민과 다혜도 이주를 좋아해. 오덕리 이주를 찬혁아저씨 곁에 머무는 걸로 이해하고 있어. 그만큼 찬혁아저씨를 존경하는 거지."

"벌써 그 정도예요?"

"동민이 찬혁아저씨의 글을 읽어보고 감동했어. 다혜도 덩달아 읽어봤고. 다혜는 아직 이해력이 부족하지만 오빠 실력에 샘을 낼 정도로 공부욕심이 대단한 애야."

"동민과 다혜가 호숫가를 좋아한다니 다행이네요."

"이제 '새뜸복지관' 건립도 서둘러야겠어."

"위치 설정이 복잡할 것 같아요. 불탄 위락시설 말고 다른 데를 물색하면 쉬울 텐데……."

"아냐. 좀 시간이 걸려도 그곳을 물색해봐. 나와 형님한테는 의미 있는 장소니까."

이야기를 마친 세영은 드라이브하고 돌아올 테니 장사에 열중하라고 일렀다. 민재는 누님 혼자 지내기가 적적할 텐데 자기가 모시겠다고 고집을 부렸다. 세영은 슈퍼에 소홀하면 안 된다고 설득했다.

"영업 끝날 무렵에 돌아올 테니 그동안 이거나 읽어봐."

세영은 핸드백에서 찬혁이 쓴 '부여정신과 비극미' 복사본과 유서를 꺼내주었다.

"이게 뭐예요?"

"자세히 읽고 독후감을 말해줘."

세영은 슈퍼를 나와 곧장 송정호수 쪽으로 차를 몰았다. 양화와 세도 쪽으로 돌아서 무량사까지 한 바퀴 돌고 올 예정이었다. 민재는 오늘 밤 이야기가 매우 진지해질 성싶어 복사본과 유서를 다시 읽어보았다. 찬혁의 자살이 중심 화제가 될 텐데, 왜 행복한 순간에 생을 마감했는지 그 이유를 자세히 밝히고 싶었다. 어둠이 짙어서야 슈퍼에 돌아온 세영에게 민재가 달뜬 목소리로 말했다.

"형님의 지적 수준이 이 정도인 줄 몰랐어요. 가슴이 뛰었어요. 백제 패망이라고 하는 비극적인 역사에서 아름다운 비극미를 캐야 하는 고장이라고 썼는데, 그 깊은 사유에 놀랐어요."

"나는 이 글을 처음 읽었을 때 분통이 터졌어. 이런 수준의 글을 쓴 사람이 왜 큰 뜻을 펴보지 못하고 평생 막노동으로 살아왔는지 그게 화났어. 그처럼 돌올한 창의력을 지녔다면 지도적인 인물로 성장했어야 옳은데, 왜 자살을 두 번이나 시도할 만큼 죽음의식에 빠졌는지 모르겠어. 너무 어이없잖아?"

"그럴 수 있다고 봐요. 형님의 순수한 사유는 그것대로 소중하고, 일용직 노동은 그것대로 소중한 거예요. 일용직은 희망 없이 살아가는 형님에게 가장 적절한 생활 방식이었죠. 생활비가 궁할 때마다 용접기만 들고 나가면 해결되잖아요. 형님에겐 재물이나 권력 따위는 관심 밖이니까요."

"맞아. 형님의 깊은 생각을 내가 건방지게 세속적으로만 해석했나 봐."

"사실 형님은 누님을 만남으로써 자살을 결심하게 된 거예요."

"나를 만나서라니?"

민재는 잠시 침묵을 지키다가 진지한 목소리로 말을 이었다.

"누님은 형님이 살아가는 생존 에너지였어요. 누님이 없으면 형님은 살 가치가 없었던 거죠. 하지만 누님과의 재혼이나 동거에 대해서만은 깊이 고민할 수밖에 없었죠. 형님은 보름 동안 누님과 함께 지내면서 새로운 사랑을 체험한 거예요. 어떤 감당 못할 환희랄까, 그러니 일상적인 사랑은 별 의미가 없었던 거죠. 비록 며칠간일망정 누님과의 생은 평생 살아온 생보다 더 가치 있는 생이었어요. 형님의 유서에도 그 보름 동안을 무량대수의 세월이라고 썼더군요."

"그런데 왜 행복한 순간에 생을 마감했는지 모르겠어."

"형님은 자신을 죽임으로써 누님께 큰 슬픔을 안겨주고 싶었던 거예요. 유서에서도 밝혔듯 그 비극을 누님께 안겨줌으로써 누님을 영원한 사랑의 경지에 머물게 하고 싶었던 거죠. 소설가 잔아가 쓴 에밀리 브론테의 『폭풍의 언덕』 해설에 보면 이런 대목이 나와요.

폭풍의 언덕은 일종의 통곡의 벽이랄 수 있다. 슬픔과 한이 맺힌 사람들은 히스클리프처럼 몸부림치고 싶어 이곳에 온다. 그처럼 실컷 울다 미치는 것이 구원이다. 히스클리프적인 구원이랄까. 캐서린이 히스클리프와의 간절한 사랑을 '자기를 죽이는 타살'로 여기듯, 히스클리프도 어떤 초월적인 사랑을 갈구하고 있었던 것이다. 그들은 현실적 사랑으로는 사랑의 극치를 맛볼 수 없는 존재들이다.

그처럼 형님은 누님께 가장 큰 슬픔을 안겨줘야 누님과 진정한 합일체가 될 수 있다고 생각한 거죠. 그 합일체야말로 신앙 차원의 영원한 사랑이죠. 그런 절대사랑은 진정한 용서랄 수도 있죠. 그 용서가 복수인 셈이고요."

"용서가 복수? 아아! 형은 너무 큰 걸 노렸어!"

"그렇죠. 형님은 너무 큰 걸 노렸어요."

"형이 한 발짝만 내려서서 세상을 봐줬던들! 나와 함께 사는 것이 죽는 것보다는 낫잖아?"

"아니죠. 구원세계의 생보다 더 기쁘고 아름다운 생이 어딨겠어요."

세영은 맥주잔을 연거푸 비워냈다. 그 취기가 좋았다. 찬혁이 욕망하는 세계에 살고 싶었다. 그런 세영의 심정을 알아차린 민재가 걸쭉한 농담을 던졌다.

"이 자리에 형님이 계셨으면 매상이 오를 텐데. 그나마 누님이 살아계셔서 이 정도라도 맥주를 팔 수 있지만."

"짜아식! 내가 매상을 두 사람 몫으로 올려주면 되잖아!"

"왜 저를 탓하세요? 기분 나쁘게. 저는 아주 모범적인 시민이라구요. 누님도 이제부터는 저 같은 평범한 모범시민이 돼보세요. 살맛나는 세상이잖아요?."

"이제 재밌는 생각을 해볼까? 술 매상 더 올리게?"

"뭔데요?"

"형이 죽지 않고 살아 있다면 내가 지금 어떤 삶을 누리고 있을까?"

"그거야 제가 알 수 없죠. 누님만이 아시는 삶이죠."

"재혼한다? 그것도 그렇고, 그냥 만나는 사이도 그렇고, 온 세계를 여행하는 것도 끝내는 지루하게 마련이고……."

"정말 그렇네요."

"무슨 수가 없을까?"

"수라뇨? 그 수의 종류를 먼저 말씀해주셔야죠. 즐길 수라든가, 행복할 수라든가, 가치 있는 수라든가, 그냥저냥 살아가는 수라든가, 그걸 알아야 구체적으로 사는 방법을 모색하죠."

"그러고 보니 별수 없군. 찬혁이란 놈이 그래서 일찌감치 뒈졌나 봐. 약은 놈! 여우 같은 놈! 요리조리 계산해보니 죽는 게 젤 좋은 수다 그거지? 싸가지 없는 놈! 그 이치를 알았으면 나와 함께 죽었어야지. 그래야 죽어서도 복받을 텐데, 안 그래?"

"누님 말씀이 맞아요. 재혼해봤자 무슨 대단한 수가 있겠어요. 살다보면 티격태격 싸울 때도 생길 거구, 체면이니 뭐니 해서 신경 쓸 일도 생길 거구, 결국에는 늙어 콜록거리다가 사라지는 거죠."

민재가 혀 꼬부라진 소리를 지껄이며 휴지를 꺼내 왔다. 세영은 그 휴지로 코를 팽 풀었다.

"이제부터는 누님 대신 형수님으로 불러. 알지? 만약 누님이라고 부르면 따귀를 때릴 거야. 형수님을 누님이라고 부르는 놈이 어딨어. 알지?"

"넷! 명심하겠습니다!"

*

방학이 끝나자 세영은 다혜와 동민을 떠나보내면서 이번에는 동행하기로 마음먹었다. '수다회' 친구들의 성화에 못 이겨 이삼일 정도 서울 집에 머물러야 했다. 횡령사건과 이혼 문제로 연락을 끊고 살아온 탓에 까마득히 잊어온 동아리 모임인데 오랜만에 친구들과 어울림으로써 세상물정도 알아보고 싶었다. 장소는 한식 뷔페식당이었다.

"아무리 세상을 등졌다 해도 너 그럴 수 있어?"

"네 심정은 이해하지만 동아리마저 몰라라 해?"

"너 요즘 이상한 짓을 한다는 소문이 파다한데, 바른대로 대봐."

여기저기서 불평이 터져나왔다. 친구들의 불평을 미소로 풀어주던 세영은 세 번째 친구의 말에는 그냥 넘길 수 없어 다그치듯 물었다.

"이상한 짓이라니? 그 소문 누구한테 들었어?"

"드디어 이실직고하는군. 착한 네가 끝내 버티진 못하겠지."

"누구한테 들었냐니까?"

"까불지 마. 참새 한 마리가 엽서 한 장을 물어다줬거든."

기막힐 노릇이었다. 배태욱이나 자식이 아니면 새나갈 수 없는 비밀이었다. 그동안 친구들에게 한 번도 찬혁이란 이름을 내비친 적이 없었다.

"늬네들 혹시 다혜 아빠 만난 적 있니?"

세영은 꺼내고 싶지 않은 말을 느닷없이 디밀었다. 친구들의 반응을 살피기 위해서였다. 배태욱이 찬혁에 대한 비밀을 흘렸다면 찬혁과의 어떤 관계를 흘렸는지를 파악함으로써 배태욱의 심리상태를 엿볼 참이었다.

"얘 무슨 말을 하는 거야? 우리가 네 남편한테서 비밀을 캐낼 것 같니?"

"그럼 참새가 누군지 어서 말해."

"요게 걸려들었군. 어서 이실직고하지 못해?"

"누구한테서 들었으니까 늬네들이 알고 있는 것 아냐?"

"이 바보야, 너는 함정수사도 모르니?"

"함정수사?"

"그래."

"미친 것들! 하지만 내가 끝내 함구하면 그 멋진 스토리를 영영 듣지 못할걸? 너희들은 꿈도 못 꿀 사건이거든. 남편을 발로 차버린 범죄보다 몇 배 악독한 사건이거든."

"요게 악은수를 쓰고 있네. 네 이혼 사실보다 더 악독한 사건이 뭔데?"

"결론부터 말할게. 내가 고향에서 영혼결혼한 것 모를걸? 이 지구상에서 가장 멋진 사내였는데 얼마 전에 죽었어."

"세영이도 농담할 줄 아네. 이제야 철들었어."

"농담 아냐. 믿지 못하겠지만, 요즘 나는 새서방님 유품을 정리하는 일로 무척 바빠."

친구들은 의심스런 눈으로 세영을 바라보았다. 세영의 진지한 태도로 보아 농담이 아닐 성싶었다. 하지만 죽은 사람과 결혼하다니, 도통 믿기지 않았다.

"원래 넌 엉뚱한 데가 있긴 하지만……."

"못 믿겠으면 부여에 와봐. 우리 집 안방에 모셔놓은 새서방님 영정을 보라구. 밤마다 영정 껴안고 몸부림치는 내 모습을 확인해보란 말야."

"부여에 집도 구했어?"

"너희들 전화도 부여에서 받은 거야. 솔직히 고백할게. 나 요즘 너무 행복해. 죽은 사람과의 사랑이 이처럼 황홀할 줄 몰랐어. 내가 그만큼 이상한 여잔가 봐."

친구들은 말을 잊은 채 세영을 바라보았다. 도무지 믿기지 않는 말이지만 믿지 않을 수도 없는 말이었다. 꼭 뭐에 홀리는 기분이었다.

"그래, 네 말대로 새서방이라면, 뭐 하던 남잔데?"

말수가 적은 친구의 말이었다.

"평생 일용직으로 살아왔지만 어느 학자도 범접 못할 정도로 사유세계가 깊어. 또 착하고 잘생겼고, 자살도 나를 위한 자살이고. 겨우 보름 동안 호텔에서 동거했는데 그이는 보름 동안을 영원한 무량대수라고 유서에 썼어. 멋지잖니? 그래서 그의 영혼과 결혼한 거야."

"그 사실을 애들도 알고 있니?"

"동민이와 다혜는 얼굴도 못 본 그이를 존경하고 있어. 동민은 그이의 글을 읽고 홀딱 반했거든."

"수준 높은 동민이가 존경할 정도라면…… 그런 사람이 왜 평생 막노동으로 지냈을까?"

"그 사람은 우리의 상식적인 판단을 무시하는 모험가야."

"아무래도 우리가 서둘러 부여에 내려가야겠다. 그건 그렇고, 네 새서방 이름이나 알자."

"김찬혁. 원래는 깡패였어."

"점입가경이네. 깡패질한 막노동자가 수준 높은 지성인이라니, 정말 파격적인 생을 살아왔구나. 네 말대로 멋진 남자 같애."

예닐곱 명이 모인 좌석에는 금방 고요가 깃들었다. 계절마다 모이는 동아리였지만 세영의 심정을 참작해서 1년 반 만에 모인 셈이었다.

실컷 즐겨본 고향 사투리

찬혁이 죽은 지도 어느새 8년이 지났다. 박사학위를 취득한 동민은 인문학 분야의 대학교수가 되었고 다혜도 대학원을 나와 산업디자인 계통에 파고드는 중이었다. 세영의 나이도 어느새 육십대 중반에 접어들었다. '새뜸복지관' 신축공사도 이제야 겨우 마무리단계에 접어들었다. 대전 건물을 팔고도 부지를 매입하는 데에 오랜 시간이 걸렸다. 호텔이 들어선 옛날 위락시설 부지는 포기할 수밖에 없었고, 호숫가에 붙은 너른 땅을 물색하려니 서너 차례나 주변 땅을 매입해야 했다. 계획한 평수를 겨우 채워서 공사에 들어갔지만 그 또한 쉬운 일이 아니었다. 건설을 맡은 회사가 경영난을 핑계 대며 제대로 진행시키지 않았다. 다행히 민재를 비롯하여 경희와 우석진이 자기 일처럼 나서서 처리해주는 바람에 겨우 완공단계에 이르렀다.

세영은 공사기간 내내 애써준 민재, 경희, 우석진을 위로해 주려고 회식 자리를 마련했다. 그동안 쌓인 피로와 스트레스를 확 풀어주고 싶었다. 음식상이 차려지자 본격적으로 회식이 시작되었다.

"호텔방 네 개를 예약했으니 맘 놓고 마셔봐요."

세영이 술잔을 돌리며 분위기를 살리자 경희가 세영에 대한 덕담을 늘어놓았다. 기막힌 운명을 평생 흔들림 없이 경작해온 그 절개가 가슴을 치게 한다고 말했다. 특히 저승 사람인 찬혁에 대한 변함없는 애정과 존경을 높이 평가하며 혼탁한 이 시대에 진실한 인간성의 귀감이 된 여성이라고 추켜세웠다. 우석진 역시 세영이야말로 위대한 삶이 무엇인지를 실천적으로 보여준 선구자라고 극찬했다. 민재는 세영을 행복의 원형이 무엇인지를 극명하게 실증한 여성이라고 극찬하며 눈시울을 적시기도 했다.

"고마워요. 그런데 나에 대한 여러분의 극찬이 칭찬 같지가 않네요. 왜죠?"

세영은 정색으로 "왜죠?"를 반복했다. 서로 멍하니 눈치만 살피던 세 사람 중에서 민재가 먼저 조심스럽게 입을 열었다.

"표준말을 사용하니까 우리의 말이 형수님에게 제대로 전달되지 않았나 봐요."

"히야! 기막힌 대답이여. 우리 도련님 대가리가 젤루 쓸만허구먼. 안 그런감?"

갑작스런 세영의 사투리에 신이 난 우석진이 재밌는 놀이를 제안했다. 세영과 민재가 한 팀이 되고, 경희와 자기가 한 팀이 되어 사투리로 대결하자는 내용이었다. 민재가 좋은 제안이라고 맞장구를 쳤고, 세영 역시 경희와 우석진이 한 팀이 되는 게 좋아 보인다며 적극 찬동했다. 우석진이 구체적인 공격 지침을 설명했다.

"그럼 누가 쌈을 젤 잘 거는지 점수를 멕일 팅게 머리를 짜보란 말여. 아무리 심헌 쌍욕을 혀두 상관없응게. 쬐끔두 체면 채리지 말구 원색적으루 대들란 말여. 알것남?"

"그렇게 말은 사투리로 튕겨야 제 맛이 난다, 그거여?"

세영의 말에 우석진이 눈에 쌍불을 켜고 대들었다.

"이런 무식헌 여자를 봤나. 여태까지두 그 사실을 몰렀다는 거여?"

"뭐여? 무식헌 여자? 요것 봐라! 그럼 너는 유식혀서 홀애비루 늙었냐?"

"배꼽이 웃을 노릇이네. 지두 과부신세면서 뭔 헛소릴 나불대는 거여?"

"내가 워째서 과부여? 버젓이 서방님이 계신디."

"서방님 좋아허네. 저승으루 떠났는디두 서방이냐? 그러구,

늬가 을매나 독살스러야 서방이 호수에 몸을 던졌겄어. 으이구 불쌍헌 우리 찬혁이, 해필 저런 귀신 같은 년을 만나서 신세를 조지다니!"

"아가리 달렸다구 니 멋대루 씨부렁댈래? 싸가지 읎는 놈! 워쩐지 쌍판데기가 늑대처럼 생겨먹었더니만."

"뭐여? 늑대? 요게 썅!"

"썅? 올커니, 인제사 본전이 나오누먼?"

"내가 늑대면 너는 선녀여서 서방 잡아먹는 살인귀 됐냐?"

"웬, 귀신 씻나락 까먹는 소리여. 내가 왜 찬혁이를 잡아먹어, 지놈이 심심허다구 도망친 건디."

"얼래, 형수님은 억탁을 부려두 유분수지 워째서 맴에 읎는 말을 허신대유?"

민재가 끼어들었다. 세영과 한패인 것도 잊은 채 형을 원망하는 데에 화가 치밀어 순간적으로 경우를 잊은 모양이었다.

"그럼 안 그렇냐? 늬 형놈이 죽고 싶어 죽었냐? 날 괴롭힐려구 일부러 죽은 거지."

"괴롭힌 뜻도 몰라유? 그 뜻을 몰라서 그러케 억탁을 부리냐구유."

"그 뜻이랑게 뭐지? 자살혀서 날 복수하는 것? 그렁게 날 울리는 걸루 복수허겄다? 참 기막힌 복수구나!"

"즈이들끼리 치고 패니까 우린 구경만 헙시다유."

경희가 신나게 웃음을 날리며 민재에게 역성을 들었다.

“인자 봉게 세영이 너 아주 싸가지 읎는 년이구나. 워째 시동생을 함부루 닦달허능겨? 내가 봉게 형수라구 뼈 빠지게 모시더만, 그 은공을 웬수로 갚는겨?”

“흥! 우리 사이를 이간질시키겠다, 그거여? 싸가지 읎는 년!”

세영이 경희를 몰아붙이자 그제야 민재는 자신의 실수를 깨달았다.

“형수님 죄송혀유. 제가 속이 좁아터져서 저 징그렝이들헌티 흠을 잽혔네유.”

“뭐여? 징그렝이들? 그렇게 네놈이 나까지 싸잡아 뭉개는 거여?”

경희의 말에 우석진이 합세했다.

“그놈에 그년잉게 내삐러둬유. 찬혁의 깊은 맴을 모르구 억탁 부리는 세영이년 꼬락서니를 봉게 복장이 터지네유. 으이구 불상헌 우리 찬혁이! 워쩌자구 저런 싸가지 읎는 년과 영생허것다구 목숨 귀한 줄 모르구…….”

“니까짓 게 감히 영생을 운운혀? 그게 을매나 거룩헌 말인디 함부루 아가리를 나불대는 거여?”

“얼래, 석진 씨가 말은 바루혔구먼 너는 워째서 으르렁댄다니?”

“요것 봐라! 그렇게 늬년두 나허구 막보자 그거여? 너 은제부텀 석진이놈헌티 푸욱 빠졌냐?”

“첨 만나구부터다. 워쩔래.”

“허허, 요것들 봐라! 기가 막혀서 숨이 안 나오네!”

“숨이 안 나오믄 죽는 수밖에 읎잖여? 잘됐구먼. 찬혁헌티 가고 싶어 환장혔응게.”

우석진이 비아냥거리자 민재가 팔을 걷어붙였다.

“요것들이 둘이서 짜구 우리 형수님을 요절내네.”

그러자 경희도 팔을 걷어붙이며 대들었다.

“그렇다! 요것들 맞다! 그러믄 워쩔래? 주먹으루 팰래? 가재는 게 편이라더니 그래두 한패라구 지랄떠네.”

“그려, 우린 한패다! 그렁게 함부루 까불지 마! 은어터지고 나서 깨갱거리지 말구.”

세영의 말에 경희가 민재까지 싸잡아 매도했다.

“어쭈, 잘났다. 요 소갈머리 읎는 족속들아! 은제는 웬수라구 서루 물어뜯더니 인제는 형수님 도련님 허며 얄망떨어? 으이구 낯간지러워라!”

“그만들 허시쥬. 이러다간 증말루 큰쌈 나겄네유.”

“봐라. 우리 도련님 을매나 점잖냐. 그렁게 육갑떨지 말구 어여 뱃구레나 채워. 음식이 산데미처럼 쌓였응게.”

“음식이구 지랄이구 뭐가 워쪄? 점잖혀? 점잖은 놈이 즈이 형수더러 개지랄떠냐?"

"거듭 당부허것는디 장난 그만 치구 본심으루 돌아가시쥬."

민재가 거듭 분위기를 가라앉히자 우석진이 경희 앞접시에 소갈비 한 토막을 골라 담아주며 "당신이 젤 존 걸 들어유" 하고 위해주었다. 그 꼴을 보다 못한 세영이 언제 이런 사이가 되었냐며 헛웃음을 쳤다. 경희가 넉살을 부렸다.

"원래 그렁 것 아녀? 남녀가 자주 만나다봉게 맴이 쏠리능 건 당연지사 아닝감? 너야 멍청한 인간이라 수절허겄다구 까불지만."

"맞는 말여. 요즘 같은 시상에 수절을 누가 알아주겄어. 지나가는 개도 눈을 흘긴 틴디."

우석진의 역성에 세영이 발끈했다.

"년놈 둘이서 아구가 척척 맞는구먼?"

"아구가 척척 맞어야 행복허게 살 것 아녀?"

즐거운 사투리로 준공을 자축하던 그들은 누구의 농담이 가장 걸쭉한지를 평가하며 또 한 번 웃음바다를 이루었다. 경희는 세영과 우석진의 농담이 제일 심했다고 말했는데, 늑대 같은 사내니 서방 잡아먹은 살인귀니 하고 악을 쓸 때는 정말 쌈 나는 줄 알았다며 머리를 절레절레 흔들었다.

"그래서, 쌈 날까 봐 석진 씨 편을 들었던 거야."

"거짓말 마. 너 석진 씨 편들 때 얼굴이 벌게지는 걸 보고 눈치챘거든."

"그럼 내가 저런 늑대 같은 놈과 좋아지낸다, 그 말야?"

"아따, 능청 떠는 꼴 좀 봐, 그럼 석진 씨를 무시해서 한 말이냐? 왜 양심을 속여? 너 지금 석진 씨가 챙겨준 소갈비를 맛있게 뜯어먹고 있잖아!"

"형수님, 까짓것 눈감아줘요."

"그래그래. 이제 축하해주자구. 둘 다 처량한 외톨인데 잘 살도록 축복해줘야지."

"세영아, 내가 네 수작에 넘어갈 것 같으냐? 너 석진 씨한테 별 소릴 다 했다며? 내가 착하고 처량하니 함께 잘 지내라구. 그래, 내가 왜 처량하니? 너와 함께 지내는데 내가 왜 처량한 신세냐구."

"고맙다. 하지만 네 입장과 내 입장은 다르잖니."

"병사(病死)와 자진(自盡)을 따지는 거냐?"

"그래. 앓다죽는 건 순리에 따른 거구, 스스로 목숨을 버린 건 순리를 거역한 거야. 그러니 남편을 자진케 한 아내는 대역 죄인이지. 내 수절은 형벌인 셈이구."

세영의 말에 경희의 눈자위에 물기가 젖어들었다. 세영이 가여웠다. 그 모습을 지켜보고 있던 우석진이 경희의 어깨를 다독이며 말했다.

"이제 세영 씨의 마음을 우리가 잘 받들도록 해요."

우석진의 말에 경희는 참던 눈물을 쏟아내고 말았다. 세영은 경희와 우석진의 손을 잡아 포개주며 두 분의 행복은 바로 내 행복이라며 축하해주었다. 그리고 손수건을 꺼내 경희의 눈물을 닦아주었다.

회식이 끝나자 모두 노래방에 들러 신나게 어울리다가 자정 무렵에야 각자 세영이 마련한 호텔방에 들었다.

너희들도 원죄를 지고 있다

드디어 오덕리에 세워진 새뜸복지관 개관 날짜가 다가오고 있었다. 세영은 잠시 시간 여유를 틈타 찬혁의 묘를 찾아갔다. 묘역에는 초여름 볕이 깔려 있었다.

"여보! 당신이 보고 싶어요!"

찬혁의 봉분에 기대앉은 세영이 잔디를 쓰다듬으며 마음을 쏟아냈다. 그렇게 간절히 소망하다 보면 정말 찬혁이 살아날 것만 같았다. 그깟 육체로 나타나지 않으면 어때. 영혼으로만 나타나도 좋아. 모습을 나타내기 싫으면 목소리만 들려줘도 좋아. 그런데 요즘은 꿈속일망정 찬혁이 자주 나타나 마음이 달뜨곤 했다. 간절히 욕망하다 보면 그 욕망이 현실로 둔갑하는 걸까? 세영은 그 현실 같은 몽환세계에 더 깊이 빠져들고 싶었다.

"당신은 나와 영원한 세계에 살고 싶어 목숨을 버렸어요. 나는 당신의 그 거룩한 성의에 보답해야 돼요."

월명산 기슭의 오후는 고요했다. 그 맑고 깨끗한 적막에 녹아들고 싶었다. 그럴수록 세영은 지난 세월의 위선적인 삶이 좀벌레처럼 스멀거렸다. 배태욱과의 생활이 그러했고 할아버지의 생이 그러했다. 이제 그 좀벌레 같은 생을 깨끗이 털어내고 싶었다. 세영은 부여에 내려온 두 자식에게도 마음을 그대로 열어보였다. 동민과 다혜도 호숫가 생활에 익숙한 엄마에게서 색다른 감정이 느껴졌다.

"엄마는 이런 생활이 좋으세요?"

동민이 세영의 마음을 흔들어보았다.

"지금 생활이 어떤데?"

"엄마의 모습이 자꾸 이상해져요."

"나도 유령이 되어가는 모양이구나."

"그게 아니고……."

이번에는 다혜가 끼어들었다.

"엄마가 왜 평생 어둡게 살아왔는지 모르겠어. 마치 죄인처럼."

"그동안 엄마의 죄를 드러낸 적이 두세 번 있었을 텐데?"

"그 죄를 자세히 몰라서 그래."

"지금도 자세히 말해줄 수 없어. 네가 고통이 뭔지를 알게 되면 스스로 깨닫게 될 거야."

"도대체 엄마의 고통이 뭔데? 혹시 옛날에 실연당한 것 아냐? 멋진 남자한테서?"

"엄마가 실연 따위로 상처 입을 여자니?"

"그럼 도대체 엄마의 고통이 뭐냐구?"

"설명하기가 어려워. 피하고 싶은 고통이 아니라 내가 욕망하는 고통이니까."

"그걸 쉽게 풀어서 설명해주면 안 돼?"

"아무리 쉽게 설명해도 아직은 네가 이해하기 어려워. 네가 엄마처럼 간절한 그리움을 체험할 때 얘기해줄게."

"그럼 나도 엄마처럼 이혼하고, 옛 애인과 사랑에 빠졌다가, 그 애인이 자살해야겠네?"

"내가 그렇게 살아왔던가?"

"농담으로 얼버무리지 마. 엄마는 왜 그리 복잡해? 편리한 세상에서?"

"편리한 세상이 어떤 세상인데?"

"요즘 편의주의란 말이 유행이잖아. 엄마도 남들처럼 춤과 노래와 먹방을 즐겨봐. 그러면 몸과 마음이 달라질 거야."

"어떻게 달라진다는 거지?"

"밝아진다는 말야."

"엄마의 고통은 네가 말한 밝음보다 훨씬 더 밝고 아름다워. 왠 줄 아니? 고통은 내 순결과 진실을 옹호하고, 나를 야비한 위선에 빠지지 않게 하고, 내 미적 감각을 살리고, 내 허무를 인정함으로써 무엇이 진리인지를 항상 캐묻게 하기 때문이야."

"좀 어려운 말이지만 이해하려고 노력할게."

"드디어 내 딸이 철들었구나. 하지만 너희들이 꼭 명심할 게 하나 있어. 내 자식인 이상 너희들도 원죄(原罪)를 지고 있다는 사실을 잊지 말아야 해."

"도대체 그 원죄가 뭐냐니까?"

"자세히 말해줄 수는 없다. 너희 할아버지의 아버지 때 일인 것만 알아둬라."

"그럼 증조할아버지 때?"

세영은 다혜와 동민의 어깨를 다독여주고 나서 단호한 자세로 말했다.

"너희들은 엄마가 머리를 깎지 않은 것만도 다행으로 여겨라. 너희들이 내 아들딸로 불리는 것만도, 내가 아무 때나 너희들을 껴안을 수 있다는 것만도 홍복인 줄 알아라."

두 남매는 묵묵히 엄마의 말을 새겨들었다.

"너희 아빠도 나처럼 자유를 누리고 있을 거야. 너희 아빠는 나와 화합할 수 없는 인간이었어. 그러니 얼마나 내가 부담스러웠겠니. 아빠도 나와 헤어진 걸 다행으로 여길 거다. 그래서 나는 네 아빠의 불륜을 책망하지 않았어. 인격만 책망했지."

"지난주에 아빠를 만났어요."

동민이 느닷없는 말을 꺼냈다.

"네가 찾아갔니?"

"아뇨. 아빠가 저와 다혜를 레스토랑으로 불러냈어요."

"그런 일을 왜 지금까지 숨겼어?"

"엄마가 스트레스를 받을까 봐."

다혜가 말했다.

"자식이 아빠를 만나는데 왜 스트레스를 받아?"

세영은 자식들에게 넉넉한 마음을 열어보였다.

"그동안 자주 만났니?"

"두 번."

"아빠를 만나고 싶으면 언제든 만나도록 해라. 나한테는 만난 사실을 얘기해도 좋고 안 해도 좋아."

"엄마는 그동안 아빠를 몇 번 만났어?"

다혜가 물었다.

"딱 한 번."

"10년이 넘는 동안 딱 한 번?"

"아빠한테서 전화는 여러 번 왔지만……."

"왜 거절했지?"

"만나봤자 뻔하잖니?"

"그럼 오랜만에 만나서 뭔 얘기를 나눴어?"

"할 말이 있어야지. 내가 침묵을 지키니까, 쓸 데 없는 소리만 지껄이더구나. 너희들 돌보느라 고생이 많았다는 둥."

"자식 얘긴데 쓸 데 없는 소리라니?"

"요식행위에 불과한 말인데 눈물이라도 흘리란 말이냐?"

"아빠가 찬혁아저씨 말을 꺼냈어?"

"네 아빠가 무슨 낯으로 그런 말을 꺼내겠니. 너희들 찬혁아저씨 돌아가신 것 아빠한테 말한 적 있니?"

"우리가 뭐러 그런 말을 꺼내. 건방지게."

"잘했다."

"에그, 돌아가신 얘길 꺼낼 걸 그랬나 봐. 엄마가 대성통곡하다가 기절했다고."

"또 까분다."

"엄마도 이제 아빠를 용서할 때가 됐잖아?"

"용서? 그건 용서가 아니고 이해야. 이미 헤어질 당시 나는 아빠를 이해했거든. 내가 이해했다는 말은 배태욱 씨가 너희들 아빠란 사실을 인정했다는 말이지. 천륜인데 인정할 수밖에 없잖니? 부부간이야 합의사항이지만."

"합의가 아니고 사랑이지."

"사랑이 아니고 감동이야. 결혼이란 서로 감동시켜주겠다는 합의사항이거든. 감동을 유발시킬 수 없는 인품이면 헤어질 수밖에 없는 거구."

"감동이 곧 사랑이지 뭐."

"아냐. 사랑은 어떤 경우에도 변질되지 않는 절대가치야. 그런데 사람들은 사랑이란 말을 함부로 들먹이는 거라구. 감동을 사랑이라고 착각한 거지."

"히야! 우리 엄마는 역시 연구 대상이다!"

"그래, 연구해봐. 손해 볼 짓은 아닐 테니."

"그럼 엄마는 아빠를 사랑하지 않으면서도 결혼했다는 말씀예요?"

동민이 파고들었다. 세영은 단단한 목소리로 말했다.

"아빠가 감동을 유발시킬 수 있는 능력자로 알고 결혼했던 거야. 하지만 네 아빠는 감동이 뭔지조차 모르는 위인이었어."

"그냥 아버지다운 점을 이해하시면 되잖아요? 엄마가 결혼 당시 이해했던 아빠 수준의 인품 말예요."

"그 인품을 이해하며 살아온 결과가 뭐지?"

"몰래 딴살림 차린 것?"

다혜가 비아냥거리는 투로 말했다. 세영이 아빠를 비웃는 다혜의 말에 쐐기를 박았다.

"배태욱 씨는 너희들 아버지시다. 애써 살펴보면 아버지다운 점이 있을 테니 그걸 찾도록 해라. 엄마는 찾지 못했어도 너희들은 꼭 찾아야 한다. 아빠니까."

어머니의 말에 감동한 동민이 목메인 소리로 말했다.

"아빠가 엄마처럼 감동을 유발시킬 수 있는 분이라면……."

세영이 동민을 포근히 감싸 안았다. 엄마의 가슴에 안긴 동민의 몸이 부르르 떨렸다.

"우리 오빠도 울 때가 있네!"

다혜가 오빠의 등을 다독여주었다. 세영의 가슴에 거센 파도가 쳤다. 동민과 다혜가 자기 자식처럼 여겨지지 않았다. 그보다 더 사랑스러운 자식, 더 위대한 자식, 찬혁의 핏줄을 받은 그런 자식처럼 여겨졌다.

"너희들도 어른이 됐으니 하는 말인데, 만약 말이다, 만약 찬혁아저씨가 너희들 아빠라면 어땠을까?"

"……."

"말해봐. 혈연이나 도덕규범을 털어버리고 솔직히 말해봐. 다혜 너부터."

"글쎄…… 신비스런 자식이 됐을까?"

"신비스럽다니?"

"신비스럽다는 말도 몰라?"

"그래그래, 그 정도로만 알고……. 그럼 동민이 너는?"

"제 사유의 폭이 넓어졌겠죠. 깊어졌고요."

"더 자세히 말해보렴."

"찬혁아저씨처럼 고통이 뭔지를 깊이 파고들었을 거란 말이죠. 고통이야말로 행복, 사랑, 진리 같은 중심가치의 핵심요소니까요."

"고통은 학습된 게 아니고 타고난 체질인데?"

"그 체질에 불을 지필 수 있었다는 말이죠."

"지금부터라도 늦지 않아. 불을 지펴보렴."

"그래서 찬혁아저씨를 롤모델로 삼고 싶어요."

세영은 지그시 눈을 감았다. 어느새 눈자위에 눈물이 맺혀 있었다.

유령과의 행복한 부부싸움

“세월이 많이 흘렀구려. 당신은 지금도 내 생각에 빠져 지내는 모양인데 그리도 내가 좋소?”

“당신이 좋다기보다 빠질 재미가 없어서죠.”

세영은 마음의 여유가 생기자 일부러 객기를 부렸다. 그리움에 지친 탓인지 반가움보다 투정이 앞섰다. 찬혁은 세영의 그런 심정을 이해하고 장난기 어린 목소리로 말했다.

“당신이 늘 내 생각에 젖어 있으려면 당신에게 재밌는 일이 생기지 말아야겠소.”

“그게 젤 걱정되죠?”

“사실 그렇소.”

“그럼 어서 나를 거기로 데려가야죠. 우물쭈물하다 내게 재밌는 일이 생기면 어쩌려고요.”

“당신 생전에는 그런 재밌는 일이 안 생길 거요.”

“안 생기다뇨? 머잖아 지구온난화도 정상으로 회복될 테고, 인공(人工)지능도 인간(人間)지능 수준에 오를 테고, 바이오산업도 불로장생할 만큼 꽃을 피울 테고, 자식은 효자만 생산할 테고, 야비한 인성은 삭제모드로 소거될 테고, 뜨거운 부부애는 고정모드로만 작동되어 이혼 문제도 생기지 않을 텐데요.”

“당신 참 한가하구려.”

“한가하다뇨? 이승세계의 가장 큰 고민거린데 한가하다뇨?”

“그게 아니라 당신이 지금 부여에서 하는 일을 따지는 거요.”

“내가 뭘 하는지 몰라서 그래요?”

“새뜸복지관 공사에 열중하면 다요? 그런 건 모두 쓰잘데 없는 짓이오.”

“그럼 뭘 하며 살죠?”

“부여정신을 체득하고 실천하는 걸 몰라서 묻소?”

“복지관 설립도 부여정신의 실천 항목인데요?”

“내 말은 그것보다 부여정신의 선양에 더 애쓰란 말요.”

“나 오늘 피곤해요. 그만 자빠져 자요.”

“자빠져 자라니. 당신 입에서 그런 험한 말이 나오다니! 내가 그렇게 못마땅하오? 또 내 자살을 탓하는 모양인데 언제까지 원망할 거요?"

"그건 원망이 아니고 투정이죠. 나도 그 정도 투정은 부릴 수 있어야죠. 안 그래요?"

"미안하오. 하기야 나 아니면 당신이 누구에게 투정을 부리겠소. 여보! 마음이 답답할 때는 내게 욕을 퍼대도록 해요."

"이제야 인간다운 남편이 되어가는군요."

"그럼 나를 유령다운 남편으로 여겼단 말요?"

"그게 아니라 저승이 이승과 너무 달라서 하는 말이에요."

"뭐가 다르다는 거요?"

"너무 원시적이랄까? 그게 아니면 너무 궁핍하다랄까? 당신의 거처만 해도 움막이잖아요."

"궁핍한 게 아뇨. 저승에는 고급주택이 텅텅 비어 있소. 모두 동굴 같은 데서 살고 싶어 해요. 다른 집에 비하면 내 움막은 꽤 괜찮은 편이오."

"저승에서는 왜 고급주택을 기피하죠?"

"이승에서의 호화로운 생활이 지겨웠겠지. 여기서는 춥고 더운 계절도 없고, 자랑할 상대도 없으니 외모에 신경 쓸 필요가 없소."

"저승 사람은 미개한가 봐요."

"미개인이 아니고 현자뿐이라 그래요. 모두 무하유(無何有) 세계에 취해 살고 있소."

"그럼, 당신이 소망한 절대사랑도 고급주택처럼 허황된 과욕이겠네요?"

"아뇨. 절대사랑은 슬픔의 산물이오. 진정한 슬픔을 체험하지 못하고는 무하유세계에 진입할 수 없소."

"도대체 슬픔이 뭐길래……."

"아직도 슬픔이 뭔지를 모르오? 슬픔은 우주만물의 근원이오. 태초에 말씀이 있었듯 태초에 슬픔이 있었소."

찬혁의 말에 세영은 예리한 칼날이 가슴에 스미는 통증이 느껴졌다. 형용할 수 없는 환희였다. 세영은 감동 어린 목소리로 말했다.

"여보! 이제야 당신의 자살을 이해할 것 같아요. 그처럼 큰 슬픔을 노린 당신이 너무 아름다워요!"

"엄마! 뭔 꿈을 꿨어? 뭔 꿈이기에 그처럼 요란해?"

잠을 깬 다혜가 물었다.

"왜?"

"잠꼬대가 심했거든."

"너랑 함께 자니까 마음이 너무 편한 모양이구나."

"편해서가 아니라 불편해서겠지. 그분 유령과 함께 잘 때는 편안했을 테니."

"예끼! 못된 년! 엄마를 그렇게 놀리는 딸년이 어딨니."

"좋으면 좋다고 해. 민망해할 것 없어."

"요년이 에미를 가지고 노는구나. 하기야 그분이 꿈에 자주 나타나시는 것 싫진 않지. 그런데 요즘은 참 이상하구나. 그분과 꼭 생시처럼 대화할 수 있거든. 정말 유령이 존재하는가 봐. 아까도 그분을 만났거든."

"엄마의 유일한 욕망이라 그래. 그런데 자빠져 자라가 뭐야?"

"잠꼬대에 그런 욕설이 나오던?"

"그 말은 선명하게 들렸어. 그 바람에 잠도 깨구."

"뭔가 그분을 원망하는 게 있나 봐."

"뭐는 뭐야, 그분의 자살 탓이겠지."

"자살 탓? 물론 그런 심리도 꿈으로 작용하겠지. 하지만 요즘은 만날 때마다 싸워서 탈이야."

"사랑쌈은 윤활유잖아. 그런데 저승 사람과도 사랑쌈이 필요할까?"

"그분은 유령이지만 인간다운 유령이거든. 우린 그런 사이야."

"우리? 자식한테도 잘 쓰지 않던 우리란 말을 서슴지 않고 쓰다니……."

"내가 그랬던가?"

"정말 눈꼴사나워 못 보겠네. 하지만 과부신세니까 봐줄

게."

"고맙다, 우리 효녀!"

다혜와 이야기를 나누다 보니 세영은 마음이 한결 가벼워졌다. 건넌방에서는 인기척이 들리지 않았다. 동민은 새벽잠에 빠진 모양이었다. 두 모녀는 나란히 잠자리에 누워 대화를 이어나갔다.

"다혜야, 오빠가 찬혁아저씨에 대해 뭔 맘을 먹고 있는지 알아?"

세영은 넌지시 동민의 마음을 떠보았다. 다혜는 찬혁에 대한 동민의 존경심이 대단하다고 말하면서 비밀스런 말도 꺼냈다.

"오빠는 이런 말도 했어. 그분의 세계는 오빠가 추구해야 할 이상세계라고."

"오빠가 그런 말도 했어?"

"분명 그랬어. 그러면서 엄마도 존경스럽대."

"그건 또 뭔 소리야?"

"엄마한테서 순결성이 느껴진대. 위대성도 느껴지고."

"갑자기 왜 엄마 값이 올라간 거지?"

"그분 덕이지 머. 이번에 엄마가 출간한 찬혁아저씨 일기에서 큰 충격을 받았나 봐."

"너도 그분 일기책 읽어봤니?"

"읽어봤지만 오빠만큼은 느낌이 적었어. 깊이 읽지 못한 탓이겠지. 오빠에 비해 나는 껍데기 같다는 생각이 들어."

"아냐. 우리 딸도 알맹이야. 오빠와 다를 뿐이라구. 당연히 달라야 되고. 오빠는 생각이 깊고 우리 딸은 느낌이 예민한데 느낌은 그것대로 소중한 거지."

"일부러 위로해주지 마!"

"위로가 아냐. 사실이 그래. 오빠보다 못한 것 하나도 없어. 네 좌절감은 좌절이 아니고 개성이거든. 엄마는 네 그 엉뚱한 감각이 더 예쁜 거구."

"엄마, 나 오빠 질투하는 것 나쁜 점이지?"

"선의의 질투는 좋아. 그런데 오빠 질투하는 걸 나쁘다고 생각한 것부터가 선의야. 역시 우리 딸은 멋져!"

세영은 다혜를 보듬어 안았다. 가슴에 꽉 차는 딸의 부피감에서 의젓한 믿음성이 느껴졌다. 세영은 다혜가 친구들과 어울릴 때의 수다스런 모습이 눈에 선했다. 한참 기분이 치오를 때는 실밥이 터져도 모를 만큼 치맛자락을 휘날리던 딸의 수다스런 모습. 차분한 오빠 체질과는 차이점이 많지만 부딪치고 깨지면서 스스로 다듬어질 딸이다 싶어 마음이 놓였다.

"다음 휴가 때도 부여에 내려올 거지?"

"새끼가 에미 둥지밖에 더 있어?"

"오빠도?"

"오빠가 부여에 오는 걸 더 좋아하는 것 같애."

"왜 그럴까?"

"엄마가 더 보고 싶은 모양이야. 엄마와 함께 지내면서 찬혁아저씨의 깊은 세계를 체험해보고 싶은 거겠지."

"간접체험?"

"그분이 안 계시니까 엄마를 통해 그분의 세계를 체득하고 싶은 거야."

다혜의 말에 마음이 달뜬 세영은 이런 농담을 털어놓았다.

"오빠는 왜 그리 늙었냐? 행복보다 고통을 사랑하려면 꽤 늙어야 하는데, 그래서 일찍 늙었나?"

"철학자가 될라나 봐."

"소크라테스도 장가는 들었거든. 오빠한테 숨겨둔 애인 없니? 벌써 삼십대 중반이잖아."

"여자와 어울리는 꼴을 본 적이 없어. 암튼 별종이야. 지성적이고, 똑똑하고, 믿음직스럽고, 얼굴도 만점인데 왜 여자를 멀리하는지 모르겠어."

"연애보다 추구할 세계가 더 매력 있나 보지. 혹 오빠를 탐내는 아가씨 없던?"

"많아. 내가 다리 놔주길 바라는 애들도 있어."

"그나저나 넌 어쩔 셈이야? 너도 이제 삼십대에 접어들었어."

“오빠 나이 되면 일낼 테니 아무 걱정 마. 에에에, 얘기가 시시해지니까 졸리네.”

“그럼 어서 자.”

“그래. 나는 잘 테니 엄마는 찬혁아저씨와 통화해봐. 요즘은 저승에도 와이파이가 깔려 있대.”

저승에서 내려온 유령

세영은 새뜸복지관 개관식을 성대히 치르기로 작정하고 충화 면민은 물론 부여군 모든 기관장과 유지들에게도 초청장을 보냈다. 찬혁을 기념할 일이라면 모든 걸 바치고 싶었다.

행사시간이 다가오자 오덕리를 비롯하여 인근 면민들과 군내 먼 지역에서도 축하객이 몰려왔다. 세영은 동민과 다혜를 데리고 방문객들을 친절히 맞이했다. 민재 부부, 경희, 우석진은 서빙팀과 함께 방문객들을 강당으로 안내하고 일일이 사은품도 증정했다. 복지관 1층은 강당을 비롯하여 작업실, 연구실 등이 꾸며져 있고 2층은 영상실, 창작실, 특별전시실 등이 있는데 전시실에는 찬혁의 부여정신과 일기 내용을 시각적으로 형상화한 조형물이 전시되었다.

행사가 시작되자 세영은 인사말을 통해 찬혁의 열정과 희생정신이 복지관 건립의 토대가 되었다고 역설했다. 이어서 내빈 축사가 이어지고, 공식적인 절차가 끝나자 회식에 들어갔다. 정원에 차려진 원탁마다에는 음식이 푸짐했다. 새뜸부락 육십대 중노인층이 둘러앉은 자리에서 불쑥 한마디가 튀어나왔다.

"세영은 요즘 사람과 틀거지부터가 달라."

그러자 여기저기서 찬사가 자자했다.

"정말 존경받을 여자여. 원수를 이런 식으로 사랑하다니."

"찬혁은 어떻구? 자신을 죽여서까지 순영네를 용서했잖은감."

"그게 뭔 소리여? 자신을 죽여서 용서하다니?"

"나도 깊은 뜻은 모르지만 그런 말이 돌더라구."

"그런데 찬혁은 세영 같은 여자를 놔두고 왜 죽었는지 몰라."

"팔자소관치고는 정말 기막힌 팔잔겨."

"일부러 기막힌 팔자를 만든 거여. 우리와는 차원이 다른 사람이지."

마지막 목소리는 오덕리에서 가장 유식한 인물로 통하는 유 박사의 말이었다. 학위를 받은 박사가 아니라 동네에서 그냥 재미 삼아 부르는 박사였다. 서울에서 서점을 경영하던 그는 노후를 고향에서 보내려고 10여 년 전에 귀향하여 농사를 짓고 있다.

"암튼 오덕리에 경사 났어. 건축비만 100억이 훨씬 넘었다는데 땅값까지 치면 어마어마할 거여."

초등학교 교감을 지낸 조 영감이 유 박사의 말을 받았다.

"그깟 돈이 문제여? 두메산골에 이런 시설을 꾸민 것 자체가 무서운 일이지."

"무서운 게 아니고 무모한 거겠지."

"이 사람아, 무섭다는 말은 성한 사람의 짓이 아니다 그 말여. 한마디로 미친 짓이다 그거여. 미친 짓이 아니면 달리 표현할 말이 없잖은가. 그 엄청난 돈을 이런 외진 산골에 쏟아붓다니, 상식으로 통할 일인감?"

그때였다. 손님석을 돌며 인사를 차리던 세영이 유 박사의 목소리를 듣고 끼어들었다.

"찬혁 씨가 자진한 것도 미친 짓이겠죠?"

"으이구, 흉보다가 들켰네."

"흉 많이 보세요. 유 박사님 흉은 덕담이잖아요."

"허허 고맙기도 하지. 이처럼 후덕한 인정을 받고 보니 진짜 박사가 된 기분이구먼."

"저는 진심으로 호칭해드린 거예요. 오덕리 주민들에게 지적인 충격을 주셨으니 박사 대접을 받으실 분이죠."

세영은 유 박사의 손을 잡아주고 김평도가 앉아 있는 고령

층 자리로 옮겨앉았다. 옛일을 회상하고 있던 노인들은 위아래뜸 간의 험한 추억담도 서슴지 않았다.

"서로 으르렁대면서도 칼부림 안 난 게 다행이구먼."

태봉마을에 사는 송 노인의 말에 김평도가 토를 달았다.

"나도 그렇네만, 전덕술이 칼 들 사람인감? 원한이 맺혔다지만 그 원한을 풀 수 있는 사람들이라 이렇게 끝마무리가 잘된 거여."

"아따 이 사람, 언제 이렇게 유식해졌어? 노망들 나이에 언변가가 됐네 그려."

송 노인이 김평도를 추켜주었다. 그러자 수침마을에 사는 박 노인이 불쑥 나섰다.

"그나저나 찬혁이와 세영이는 어떤 사인겨?"

박 노인의 말에 갑자기 분위기가 가라앉았다. 세영이 분위기를 살리려고 "부부 사이예요" 하고 환한 미소를 지었다.

"그럼 재혼했다구?"

"네."

"찬혁은 죽었는디?"

"이 사람아, 뭘 그리 꼬치꼬치 파고드는 거여?"

김평도의 불평에 세영이 당당한 목소리로 말했다.

"찬혁씨 영혼과 혼례를 치렀어요."

영혼과 결혼했다는 말에 눈이 휘둥그레진 박 노인은 금방 표정을 바꿔 호들갑을 떨었다.

"그럼 덕술이와 평도 사이는 사둔 간인디?"

"사둔도 보통 사둔 간이 아닐세. 세영이는 보석 같은 우리 조카며느리여. 덕술이 살아 있다면 나도 외롭지 않을 텐데. 사둔끼리 어울려 여행도 다니구."

말을 마친 김평도는 송정호수를 바라보았다. 세영은 솟구치는 눈물을 참으며 이해하기 어려운 말을 꺼냈다.

"제 남편은 죽은 자가 아닙니다. 지금 저승에서 잘 지내고 있습니다."

세영의 진지한 말에 금방 좌석이 조용해졌다. 무슨 말인지는 몰라도 엄숙한 말로 들려왔던 것이다. 세영은 일어나 공손히 인사를 마치고 먼저 떠나는 축하객들을 배웅해주었다. 회식은 해가 저물 때까지 이어졌다. 젊은이들은 노래판을 벌이기도 했다. 밤이 되어서야 뒷일을 마무리하고 집에 돌아온 세영은 어쩐지 마음이 허전했다. 주인 없는 잔치랄까, 하지만 그 공허한 마음은 그날 밤 꿈속에 나타난 찬혁의 모습으로 가득 채워졌다.

세영은 공동운영에 참여할 오덕리 부락민들과 함께 일이층 구석구석을 돌며 활용 방안을 설명하고 있었다. 작업실, 연구실, 영상실, 창작실을 거쳐 마지막으로 전시실에 들르자 찬혁에 대한 조형물이 부락민들의 시선을 끌었다. 감정이 고조된 세영은 가슴에 맺힌 회한을 격정적인 목소리로 쏟아냈다.

"찬혁 씨는 저를 용서하려고 자신의 목숨을 버렸습니다. 그 분에게는 용서가 복수인 셈이죠."

그때였다. 세영의 몸이 자지러졌다. 강당 끝자락 구석에 육십대 후반의 노인이 얼비쳤던 것이다. 몇 초 동안이지만 분명 낯익은 얼굴이었다. 눈빛도 선명했다. 세영은 급히 그에게로 달려갔다. 어느새 계단을 내려간 노인은 안내실을 지나 출입문을 빠져나갔다. 뒤쫓던 세영이 다급한 김에 "저 노인을 잡아라!" 하고 소리치자 노인의 모습은 금방 자취를 감추었다. 안내실 입구에 서 있던 동민과 다혜가 밖으로 뛰쳐나가 골목을 뒤지기 시작했다. 어느새 골목을 빠져나간 노인은 태봉산 소나무숲 속으로 도망치고 있었다. 동민과 다혜가 쫓아가 앞을 가로막자 노인은 다급한 목소리로 사정했다.

"나를 놓아다오! 너희들이 나를 막는 것은 네 어머니에 대한 불효 짓이다!"

"죄송하지만 어머니를 뵈신 후에 뜻대로 하시지요."

동민이 공손한 자세로 진언하자 이번에는 다혜가 정중한 자세로 예를 갖추었다.

"어머니는 눈물로 세월을 보내셨습니다."

노인은 동민과 다혜의 손을 잡아주며 자상한 목소리로 말했다.

"너희들 효심이 지극하구나. 고맙다. 나는 네 어머니에게 가장 큰 슬픔을 안겨주려고 저승 사람이 되었다. 그러니 너희들은……."

노인은 말을 잇지 못한 채 골목 쪽을 바라보았다. 골목을 빠져나온 세영이 이쪽으로 달려오고 있었다. 노인이 달려가 세영의 몸을 껴안았다. 노인의 품에 안긴 세영이 두 남매를 향해 외쳤다.

"얘들아, 이분이 너희 아버지시다!"

순간, 찬혁의 몸은 커다란 안개 뭉어리가 되어 세영을 품은 채 송정호수 쪽으로 흘러갔다. 안개 속에는 장미향이 자욱했다. 세영은 찬혁과의 합일에서 황홀경이 느껴졌다. 미처 느껴보지 못한 낯선 환희였다.

꿈에서 깨어난 세영의 몸에는 땀이 흥건하게 젖어 있었다. 너무 현실 같은 꿈이었다. 아직도 잠결이 묻어 있는 세영의 입에서 간절한 목소리가 흘러나왔다.

"저승에서 복지관을 보러 내려오셨겠지!"

해설

비극적 욕망의 로망스

: 잔아 김용만 작가의 『부여 찾아 90000리』에 관하여

—방민호(문학평론가, 서울대학교 국어국문학과 교수)

1. 부여 사람의 부여 소설

부여인(扶餘人) 잔아(본명 김용만) 선생의 문제작 『부여 찾아 90000리』, 이 작품 제목에 함축된 정감의 깊이, 그 한없는 그리움의 질량은 작품을 읽는 사람을 부여라는 땅 이름에 얽힌 백제 천년 역사의 한 속으로 이끌어간다.

그리고 이 작품을 통하여 작가가 말하고자 한 것이 무엇인가를 헤아리려면 반드시 부여 땅에 웅비했던 백제 왕조의 흥망사로 시선을 돌리지 않을 수 없다. 『부여 찾아 90000리』는 바로 이 백제 망국의 한과 그 미학적 승화라는, 독특한 이념에 뿌리박은 작품인 까닭이다.

2. 비운의 왕조 백제와 사비 부여

부여는 누구나 알고 있듯이 백제의 서울 이름이다. 이 백제가 어떻게 부여로 옮겨 왔는가는 역사를 통해 어느 정도 잘 알려져 있다.

처음에 백제 시조 온조대왕은 지금 대한민국의 수도 서울 남쪽 하남 위례성에 자리를 잡았다. 그는 형 비류와 함께 북부여 왕족의 아들이었다. 남편이 세상을 떠난 후 고구려 시조 주몽 동명성왕의 후처가 된 여인 소서노는 북쪽에서 주몽의 본처 예씨와 아들 유리가 찾아오자 미래를 기약할 수 없게 된다.

이에 소서노의 두 아들 비류와 온조는 주몽에게 고구려를 떠나고자 하는 뜻을 아뢰고 어머니를 모시고 배를 타고 남하, 지금 서울 인근에 각기 새 영토를 구축하기에 이른다.

지금의 인천 바닷가에 자리 잡은 형 비류의 나라는 융성치 못한 반면, 하남 위례성 쪽 온조의 나라 '십제'는 흥기를 탔고 이에 몰락한 형의 백성들까지 받아들여 나라 이름을 백제로 고쳐 고대왕국으로 발돋움하기에 이른다.

지금도 하남 땅 남한산성에는 온조대왕을 모시는 숭렬전이 있어 병자호란 때 이곳으로 몽진한 인조의 꿈에 나타나 위기를 넘기도록 해주었다는 설화가 전해져 내려오고 있다.

백제는 개국 이후 크게 융성했지만 고구려 광개토왕과 장

수왕의 남진 정책으로 위기에 봉착한다. 지금의 경기도 광주를 거쳐 양주 쪽으로 옮겨 갔던 도성이 함락되고 나라의 터전인 한강 유역을 잃어버리는 큰 시련에 직면한 것이다.

개로왕이 전사하는 와중에 문주왕은 서울을 급히 지금의 공주 땅 웅진으로 옮기니 이것이 '웅진 백제' 63년 시대의 개막이다. 기록에 따르면 이 웅진 백제 시대는 셋이나 되는 왕이 귀족 세력에 의해 피살되는 등 극심한 정치적 혼란에 휩싸였으나 동성왕, 무령왕 대에 이르러 새로운 안정을 되찾는다.

그리고 무령왕의 아들 성왕의 시대가 도래한다. 그는 백제 중흥의 꿈을 안고 웅진에서 몸을 풀고 사비로 나아가 나라 이름을 먼 선조들의 기억을 되살려 '남부여'라 한다.

이 '남'이라는 이름에서 필자는 홀연히 증산교에서 말하는 '남조선'이라는 말을 떠올린다. 남쪽은 밝고 따뜻하고 아름다우니, 남부여라는 나라 이름은 얼마나 깊고 그윽한가. 이 말을 생각하면 지금 충남 부여 땅 백마강 흐르는 너른 들판의 넉넉함과 벼랑 위에서 천년 물굽이를 내려다보고 있는 낙화암, 고란사의 아스라한 '풍정'이 당장이라도 손에 잡힐 듯하다.

백제는 과연 비운의 나라였던가? 풍운의 성왕조차 신라와의 전투 중에 목숨을 잃게 되지만 그가 열어젖힌 사비 서울 122년은 백제의 중흥기이자 오늘에 이어지는 찬연한 백제 문화를 일군 시대였다고 할 수 있다.

우리는 이 백제의 멸망이 사비 시대에 일찍이 해동증자로까지 추앙받은 '성군' 의자왕 대에 맞이한 비극임을 알고 있다.

나당 연합군의 공략을 당한 의자왕은 너른 들판의 사비를 짐짓 내어주고 웅진으로 들어가 농성하며 지원군들이 사비에 당도하기를 기다려 반격을 꾀하고자 한다. 그러나 웅진에서는 뜻하지 않은 사태가 벌어졌으니, 웅진 성주 예식진이 반란을 일으켜 왕을 포로로 삼아 당나라 소정방에게 투항해버린 것이다.

돌이켜보면 백제는 동남아시아에서 일본에 이르는 스물두 개 '담로'를 거느린 해상왕국이었고, 일본의 고대 왕조 성립 과정에 막강한 힘을 행사하기까지 했다. 여기에 빼놓을 수 없는 것은 백제가 지금 일본의 호류지 백제관음상으로 상징되는 세련된 예술미를 구축한 왕조였다는 사실이다.

이 백제의 모든 것이 하나로 응축되어 있는 것 같은 곳이 바로 지금의 부여 땅이다. 부여 땅은 나라를 잃고 중국 뤄양의 북망산에 묻혀야 했던 의자왕의 망국의 한을, 그리고 같은 곳에 묻힌 백제 부흥운동의 주역 흑치상지 같은 영웅적 인물들의 삶을 말없이 거느린 채, 아무런 원한도, 슬픔도 없다는 듯 봄과 여름의 평화로운 풍정을 연출한다.

이 백제 부여는 한을 간직한 땅이로되 그것을 표출하는 땅이 아니요, 이를 은연중에 품어 안고 역사를, 비극을 넘어서는 미의 꿈을 꾼다.

3. '부여 백제'는 어떻게 소설이 될 수 있나?

백제의 멸망이라는 참혹한 비극, 이 비극의 현장 부여는 어떻게 소설이 될 수 있을까?

역사가 소설이 되는 가장 쉬운 방식은 역사소설의 형식을 띠는 경우일 것이다. 이와 같은 맥락에서 작가 현진건은 서라벌로 간 백제 장인 아사달의 『무영탑』을 쓰고 백제 부흥운동의 주역 흑치상지의 이야기를 시도하기도 했다. 여기에서도 특히 무영탑은 단순한 역사 이야기가 아니라 역사의 혼란과 갈등을 사랑과 예술로써 초극하고자 한 장인의 투쟁을 상징하는 탑으로 나타난다.

이렇듯 역사의 우여곡절을 소설 형식으로 에워싸는 방식은 아주 오래된 전통 가운데 하나였다. 멀리 이광수는 자신의 삼종제가 주석해 있던 세조 어찰 봉선사를 인연으로 하여 단종과 수양대군의 이야기를 『단종애사』, 『세조대왕』 두 편으로 썼다.

그렇다면 역사소설은 왜 쓰게 되나? 하면 몇 가지 용도가 있다.

하나는 현재를 성찰하기 위함이니 과거로부터 교훈이나 지혜를 얻어 현재를 헤쳐 나갈 수 있고자 함일 것이다. 또 역사는 자주 소설적 유희를 위한, 즉 소설을 통하여 상상적 여행의 신기함과 자유로움을 누리기 위한 소재가 되기도 한다. 또 역사소설은 마지막으로 인간 탐구의 형식으로 도입된다. 조선 왕조 비운의 연산군을 다룬 소설들은 억울한 죽음을 맞이한 어머니를 가진 젊은 왕의 고뇌에 초점을 맞춘다.

그 밖에 역사소설의 다른 용도가 있을 수 있는가? 이와 같은 물음 앞에서 이제 이야기하려는 잔아 작가의 『부여 찾아 90000리』는 하나의 응답으로서 존재한다. 이러한 맥락에서 이 소설의 메시지는 작가가 권두에 내세운 작중 문장을 통하여 명확해진다.

> 행복을 추구한다는 것은 자신의 비극적인 삶에서 아름다움을 창출하는 과정이다. 부여는 백제 패망이라고 하는 슬픈 역사에서 아름다움을 캐야 하는 고장인데 부여의 위대성과 영원성은 그 비극미(悲劇美)를 지닌 데에 있다. 비극미는 행복의 원형이다.
>
> 이처럼 행복은 이루어진 것이 아니고 슬픔에서 아름다움을 캐는 과정이며, 그 힘든 과정을 심리적 거리로 환산하면

90000리의 여정이 된다. (7쪽)

이 문장은 기실 작품의 요체를 이루는 사상이라고 할 수 있다. 극언한다면, 작중 남성 주인공 찬혁의 형상은 바로 이 부여의 비극미가 원형적으로 현현된 것이다. 그러니까 이 소설은 부여로 대변되는 백제 패망의 슬픈 역사에서 추출한 미학적 이념으로서의 비극미를 먼저 '성형', 주조시키고, 이 비극미의 영원성과 위대성을 현대에 투사하여 김찬혁이라는 극적 체현자를 탄생시킨 문제작인 것이다.

이러한 미학적 형상의 창조는 역사를 리얼리즘적 재현 또는 성찰 효과를 위해 도입하는 것과는 다른 차원의 효능을 지닌다는 점에서 주목된다. 이것은 역사의 어느 특정한 시공간에서 벌어진 사건의 고유성으로부터 발원하되 이 고유성을 인간학적 차원으로 '수직 상승'시켜 그 보편적인 의미와 가치를 탐문하게 한다.

『부여 찾아 90000리』를 통하여 말한다면, 6·25전쟁이라는 역사 속의 부여를 끌어안고 그 이후의 삶을 살아가는 찬혁이라는 존재는, 그가 맞닥뜨린 시대적 현실과 이런저런 방식으로 싸워나가는 대신에 그러한 현실적 차원의 좁은 규정성에서 훌쩍 벗어나 새로운 삶, 인간의 원형적 형상을 체현하는 존재로 작중에 나타난다.

더욱이 잔아 작가의 『부여 찾아 90000리』가 문제적인 것은 백제의 미학적 차원 탐구라는 독특한 과제를 멀리 백제 시대로까지 소급해 올라가는 대신에 6·25전쟁과 그 이후의 이야기라는 '동시대적' 소재를 통하여 실현, 체현하고 있다는 점에 있다. 요컨대 과거의 역사에 소설적 이야기의 옷을 입히는 전형적 역사소설의 형식을 빌리지 않으면서도 백제의 비극미라는 미학적 이념의 구축 과정을 부여를 이루는 한 작은 고장의 이야기를 통하여 아주 선연하게 그려내고 있다는 말이다.

4. 부여 하고도 오덕리 '새뜸 마을'의 이야기

이제 이야기의 막이 오르면 빌딩 건축현장에서 일하던 인부 한 사람의 자살미수사건이 언론에 기사화된다. 그의 이름은 찬혁이요, 실패로 끝난 자살미수의 동기는 어릴 적 한동네에서 자란 여인 세영을 향한 깊은 그리움에 있다. 그러면 현재 오십대 중반에 이른 두 인물 찬혁과 세영 사이에는 어떤 사연이 깃들어 있는가?

이야기의 앞부분에서는 현 남편 배태욱과의 이혼을 단행하는 세영의 이야기가 펼쳐진다. 그런데 그런 세영의 뇌리를 차지하고 있는 것은 남편의 외도와 딴살림, 혼외 자식 문제 같은 것이 아니라 "할아버지와 아버지의 죄", "한시도 벗어난 적이 없었"던 "그 죄의식"(20쪽)이다.

독자들은 세영의 죄의식의 역사 속으로 진입할 수밖에 없다. 그리고 이는 부여 중에서도 더 구체적인 작은 땅 이름으로 향해 가는 과정이기도 하다.

> 경희와 점심을 먹고 헤어진 세영은 택시를 잡아타고 곧장 충화 쪽으로 달렸다. 규암을 지나 홍산에 도착하자 세영은 옛길을 달려보고 싶어 진둥재 쪽으로 방향을 틀었다. 진둥재는 야트막하지만 도깨비가 많기로 소문난 고개였다. 세영은 어렸을 때 들은 엄세왈 씨 부부의 도깨비 논쟁이 아직도 귀에 쟁쟁했다. 밤에 진둥재를 넘다가 도깨비와 씨름했다는 엄세왈의 체험담 때문에 벌어진 부부싸움은 오금이 저릴 만큼 재밌었다. (24쪽)

옛부터 면소재지나 읍내에서 더 깊은 고향으로 가려면 여우가 나오고 도깨비가 시험을 하는 고개를 넘어가야 했다. 그처럼 이제 독자들은 불과 얼마 떨어지지 않은 6·25 직후의 이야기로되 도깨비 이야기처럼 고색창연한 새뜸 마을의 이야기 속으로 빨려들어가게 된다. 그리고도 고향으로 향하는 여정은 조금 더 이어진다.

택시는 폐교된 지산초등학교를 지나 무수점 부락에 도착했다. 세영은 옛 황톳길을 걷고 싶어 택시를 돌려보냈지만 그 추억 어린 길에도 2차선 아스팔트 도로가 깔려 있었다. 이런 오지에 도로가 뚫리다니, 정말 쥐구멍에 볕 든 격이었다. 우물터를 둘러본 세영은 낯익은 고샅길을 걸어 언덕으로 올라갔다. 부여군에 속하는 새뜸과 서천군에 속하는 무수점을 한동네처럼 엮어준 언덕에는 500년 묵은 정자나무가 서 있었다. 옛날에는 그 느티나무 가지에 그네가 매달리고 풍물패가 주위를 맴돌았는데 10년 전에 고사했다고 한다. (25쪽)

그러니까 이 이야기가 펼쳐지는 과거의 주무대는 부여 군소재지에서 홍산을 지나 진둥재라는 고개를 넘어가면 나오는 새뜸이라는 곳이다. 그런데 이 새뜸은 궁벽한 산골인 것만은 아니다. 이 고장은 선조 때의 역사적 유물이 전해져 내려오기도 할 뿐 아니라 윗마을과 아랫마을 사이의 해묵은 대립이 작용하고 있기도 하다. 다음의 대목에 그런 사정이 나타난다.

세영은 풀이 우거진 마당에 서서 먼 태봉산을 바라보았다. 선조왕의 태실비가 서 있던 산봉우리가 젖무덤처럼 봉긋했다. 이번에는 부락 전경을 훑어보았다.

참으로 묘한 지형이었다. 월명산 기슭에서 아랫녘 송정호수까지 펼쳐진 들판을 끼고 70여 채의 집이 옹기종기한데, 30여 채의 위뜸과 40여 채의 아래뜸을 합쳐 행정구역상 오덕리에 속하지만 원래 토속 명칭은 새뜸이었다. 서로 다정해야 될 두 마을이 원수 사이가 된 것은 위뜸 김씨와 아래뜸 전씨가 씨족 부락을 이루어 서로 앙숙으로 지내왔기 때문이다. 그들은 자기네가 잘되기보다는 상대방이 못되기를 더 바랐다. 그처럼 적대관계로 살아온 두 뜸 사이에 주막이 있는데 짓궂은 사람들은 그 주막을 판문점이라고 부르고, 위뜸과 아래뜸이 합친 새뜸을 통일조국이라고 불렀다. (25~26쪽)

이렇게 해서 독자들은 이제 본격적인 이야기가 펼쳐질 마당에 이르렀다. 작가가 처음에 말한 백제의 비극미는 부여에서도 서천 쪽으로 나아간 새뜸이라는 전혀 예기치 못한 곳에서 어떤 증오를 나누어 가진 사람들과, 이 반목을 운명처럼 짊어지고 성장해야 하는 찬혁과 세영의 성장사로 응축된다.

5. 무엇으로 현실을 뛰어넘을 것인가?

주인공 김찬혁과 전세영은 대를 이어 대립하는 집안의 자식들이다. 두 집안 사이에는 일제시대부터 6·25전쟁 때를 지나 그 이후의 독재체제시절로 이어지는 반목이 작용하고 있다.

그것은 마치 박완서 작가의 장편소설 『오만과 몽상』(세계사, 2012)에 나오는 '남상'과 '현' 집안의 내력사에 비견될 만한 것이다. 친일파의 후손은 유지가 되고 여당 정치가가 되고, 독립운동가의 집안은 몰락해서 자녀들 교육도 시킬 수 없게 된다는 식이다.

그리하여 세영은 일제 때 산림감시원 노릇을 한 할아버지를 두었고, 대학을 졸업하고 서울에서 패션디자이너로 일할 수 있었으나, 그사이에 고등학교를 우등생으로 졸업한 찬혁은 상급학교 진학을 포기한 채 깡패짓에 철공소 노동일을 벗어나지 못한다.

찬혁을 이렇게 절망적인 상황에 몰아넣은 것이 바로 연좌제다. 그러니까, 세영의 집안은 6·25전쟁의 막바지에 찬혁의 집안 어른들을 빨갱이로 몰아 멸문지화를 당하게 한 "원죄"를 가지고 있었다. 찬혁은 이때 목숨을 잃은 김씨 집안의 장형의 유복자였다. 패잔병이 되어 구걸하러 온 인민군들을 먹여 보낸 찬혁의 할아버지가 세영의 할아버지에게 밀고를 당하는 대목은 이 작품의 전개를 끌어가는 원초적인 동력이므로 인용해볼 필요가 있다.

"뭣 때문에 고발했죠?"

세영은 그게 궁금했다. 거기쯤에 깊은 내막이 숨겨 있을 것만 같았다.

"참 기막힌 일이지. 그러니까 휴전이 되고 보름쯤 지나서였어. 새벽에 인민군 대여섯 명이 우리 집으로 숨어들었니라. 모두 십대 애숭이들인데, 배고파서 그러니 요기할 음식을 부탁드린다며 애원조로 말했어. 찬혁 할아버지는 지서에 연락하지 않아도 밥만 먹여보내면 탈이 없을 거라는 생각이 들었지. 이미 전쟁은 끝난 상태이고 여기저기서 패잔병이 나타났다는 소문이 파다한 터라 괜찮을 줄 알았니라. 그런데 네 할아버지가 찬혁 할아버지와 아버지의 착한 마음을 빨갱이란 오명을 씌워 고발했던 거야. 인공시절에 좌익분자 노릇한 과오를 그런 고자질로 탕감 받고 싶었던 거지."

"그럴 수가!"

세영의 입에서 한숨이 터져나왔다. 할아버지의 모함에 울분이 솟구쳤다.

"지금 생각하면……."

여인은 말을 하다가 얼른 입을 다물었다. 찬혁이 방문을 거칠게 열고 들어왔던 것이다.

"또 그 얘기를 하시는 거요? 지겹지도 않으세요? 그게 무슨 자랑예요? 언제나 약자는 당하며 살게 마련인데."

찬혁이 언성을 높였다.

"우리가 약해서 당한 게 아니라 착해서 당했니라."

"착한 것도 약한 거라구요. 못난 거죠."

찬혁은 세영을 노려보았다.

"어서 방을 나가요! 여긴 역사 강의실이 아뇨! 당신이 어머니의 신세타령을 듣겠다는 것도 오만한 짓이오. 당신이 해결사 노릇을 하겠다는 거요?"

세영은 찬혁의 감정을 눅치려다 말고 조용히 일어나 밖으로 나갔다. 마당에는 해거름녘의 잔영이 뿌옇게 깔려 있었다.

"당신 하는 짓이 가소롭소."

뒤따라 나온 찬혁이 배시시 웃으며 말했다. 역정을 낸 것이 미안한 모양이었다. 비록 어색한 미소일망정 세영은 찬혁의 웃는 모습을 처음 보는 셈이었다. 그 웃음에 대고 세영이 소리쳤다.

"착한 건 약한 게 아녜요!" (67~68쪽)

이 대목은 두 집안의 증오의 연원을 드러내 보여줄 뿐 아니라 그 해결의 방향까지도 아울러 암시해준다. 찬혁은 여기서 자기 집안의 몰락을 '약한 자'의 패배로 받아들이는 모습을 보인다. 약한 자는 강한 자에게 당할 수밖에 없는 숙명에서 벗어날 수 없으리라는 것이다.

흥미로운 것은 바로 여기서 이 작품이 근대문학 초창기의 작가들, 이광수나 김동인이 제기했던 문제들을 다시 한번 화제에 올리고 있다는 점이다.

김동인의 등단작 「약한 자의 슬픔」은 자기 주체적으로 살아가지 못하는 한 여성 인물의 수난사를 그리고 있거니와, 이는 일제강점기라는 역사적 시련을 주체성 약한 개인(여성)의 수난이라는 문제로 치환하여 강한 자로서 새로 서는 길을 강조한 것이라고 할 수 있다. 그것은 역사의 패배자로 전락한 '약한 자'의 문제다.

이광수의 경우는 지금 그를 진화론적 경쟁 논리를 따른 사람으로 간주하는 경향이 워낙 강하지만, 사실은 1917년에서 1919년으로 이어지는 격동기를 헤쳐 나가기 위해 강한 자와 약한 자의 이항 대립적 논리를 넘어설 수 있는 '정'의 사상을 구축하고 있었다. 그의 대표작 『무정』과 『유정』 그리고 『사랑』이 모두 그 계열의 작품들이다.

『부여 찾아 90000리』는 이와 같은 근대 초기 작가들의 고민을 새뜸 부락의 서로 반목하는 두 집안의 문제로 옮겨 와 다시 한번 그 해결의 방향을 모색하고자 한다.

작중에서 찬혁과 세영은, 선대의 원한에 이어 설상가상으로 유원지가 된 '아래뜸' 쪽 사정의 혜택을 세영의 집안이 독차지하면서 찬혁의 집안과 원한은 더욱 깊어진 상태에 놓여 있음을 볼 수 있다.

어떻게 이 문제를 해결할 것인가? 가장 현실적인 해법으로 부상하는 것은 아래뜸이 누리는 이득을 위뜸과 함께 일부 공유하는 타협을 꾀하는 것이다. 정치적 야심을 품고 있는 세영의 부친 전덕술은 딸의 제안을 받아들여 찬혁의 작은아버지 김평도와 담판을 벌인다.

아래뜸 마을에 장차 지을 위락시설을 공동으로 운영하기로 함으로써 두 마을의 대립은 청산의 기회를 맞게 된다. 새로운 약속의 표상은 바야흐로 완성되어가고 그럼으로써 일련의 사태는 타협이라는 기술로써 일단락될 것이다.

6. 비극적 욕망의 논리

그러나 이 플롯의 기로 앞에서 작품은 돌연 예정된 방향과는 다른 길을 걷기 시작한다. 하나는 순전히 의도된 책략에 따른 것으로서, 전덕술의 선거 전략이 소기의 성과를 거둘 것을 염려한 상대 진영에서 다음 날이면 마침내 문을 열 휴게시설에 불을 지른 것이다. 작중에서는 찬혁이 방화의 오해를 뒤집어쓰고 때마침 그가 마을에서 자취를 감추어버림으로써 이 '세기의 화해'는 실현을 보지 못하고 시대의 다음 장을 기다리지 않을 수 없게 된다.

그러나 이 작품의 전개 방향을 현실적인 해결에서 벗어나게 하는 것은 그와 같은 인간사의 작위가 아니라 찬혁과 세영 두 사람의 공동의 지반을 이루는 비극미의 지향, 또는 '비극적 욕망'이다. 이 '비극적 욕망'은 작중 세영의 말을 통해서 다음과 같이 표현된다.

"이제 네가 말할 차례구나."

어머니의 말뜻을 이해한 세영은 서슴없이 대답했다.

"나도 찬혁을 사랑하고 있어요."

"뭐야? 너를 병원에 업어 가고, 병원비를 대납했대서?"

"엄마! 딸의 수준을 그 정도로밖에 못 보세요?"

"일부러 꺼낸 소리다. 너를 화나게 하려고."

"왜죠?"

"그건 엄마의 방식이라 설명할 수 없다."

"찬혁은 신선해요. 속이 깊고요. 찬혁의 인품을 이해할 수 있는 여자는 이 세상 어느 남자에게도 정을 줄 수 없을 거예요."

"……."

"하지만 지금은 사랑을 나눌 수 없어요. 찬혁도 내 애정을 받아들이지 못할 거구요."

"왜?"

"경우를 아시잖아요?"

"사랑에 경우라니?"

"사랑이 깊을수록 결혼을 망설이는 경우도 있어요."

"현실적인 조건을 말하는 거냐?"

"그건 아니죠. 일종의 파괴심리랄까. 결혼 따위로는 도저히 충족시킬 수 없는 비극적인 욕망이랄까요."

아아! 어머니는 속으로 비명을 질렀다. 앞산이 무너질 듯한 감당 못할 울림이 가슴을 쳤던 것이다. 어머니는 세영이 두려웠다. 내게 저런 딸이 있다니! (92~93쪽)

여기서 세영은 자신이 찬혁을 향해 품고 있는 사랑은 결혼 따위로는 충족될 수 없는 것이라고 한다. 그렇다면 이런 유형의 사랑은 처음부터 현실적 해결을 필요로 하지 않거나 그런 해결이 오히려 진정한 사랑을 위해서는 장애가 되고 마는 그런 유형의 사랑일 것이다. 찬혁을 향해 이러한 세월의 무게만큼 쌓아 올린 세영의 독특한 사랑은 다음과 같은 두 사람의 처절한 '대결'과도 같은 포옹을 가능케 한다.

"그래서 불을 질렀나요? 무서운 복수군요. 그보다는 용서하고 사랑하는 길이 더 보람이 클 텐데?"

"용서? 사랑? 나보고 온순해져라 그거군."

찬혁은 피식 웃었다. 세영은 후욱 한숨을 내쉬었다. 그때였다. 섬뜩한 목소리가 머리칼을 세웠다.

"너를 죽이고 싶어!"

세영은 오싹 소름이 돋았다. 죽음이 두려워서가 아니었다. 통곡을 씹어 삼키는 듯한, 찬혁의 애절한 목소리가 시퍼런 칼날이 되어 가슴을 찔렀던 것이다. 순간, 그녀는 사타구니에 짜릿한 흥분을 느끼고 찬혁 곁으로 다가가 그의 한 손을 감싸 쥐었다. 찬혁의 몸이 떨렸다. 그 진동이 세영의 가슴으로 번져왔다. 세영은 찬혁의 어깨에 머리를 기대며 속으로 중얼거렸다. 네 피와 정액으로 내 몸을 채우고 싶어! 그리고 몸을 돌려 찬혁을 껴안았다. 하지만 찬혁은 포옹을 받아주려다 말고 두 팔을 사렸다. 도저히 받아들일 수 없는 포옹이었다. (108쪽)

만약 서로 뜨겁게 사랑하는 두 사람이 이와 같이 완벽한 포옹에 이르렀다면 보통의 이야기에서라면 소설은 결말을 향해 치달렸어야 할 것이다. 그러나 "고통을 탐하는 체질"을 타고난 두 사람에게 사랑의 현실적 충족은 오히려 사랑의 밀도, 열도를 낮추어버릴 뿐이다. 찬혁은 방화에 관한 세영의 오해를 끝내 풀어주지 않은 채 고향을 떠남으로써 고통스러운 사랑의 대결을 연장하게 된다.

7. 찬혁의 사랑의 실체

먼 옛날의 사연을 뒤로하고 현실의 남편 배태욱과의 이혼을 마친 세영은 마침내 고향으로의 귀환을 단행한다.

멀리 에돌아 온 고향은 산천도, 사람도 몰라보게 변했다. 위락시설을 지으려던 송정호숫가에는 새 호텔이 지어져 있다. 그러나 옛 사람살이의 흐름 또한 이어지고 있어 그곳에서 세영은 찬혁의 사촌 동생 민재를 만나고 옛날의 방화사건의 범인 또한 찬혁이 아니었음을 알게 된다. 그리고 이 과정에서 찬혁이라는 인물에 내장된 미학적 지향이 실체를 나타내게 된다.

"누님, 형님은 그런 식으로 누님을 괴롭히신 거예요."

"괴롭히다니?"

"그럼 방화범 누명을 벗겠다고 사랑하는 누님께 변명을 늘어놓을까요? 나는 방화범이 아니다. 불을 지른 건 다른 놈 소행이다. 그렇게 변명해얄까요? 만약 형님이 그런 수준의 남자라면 누님이 지금처럼 괴로워하시겠어요? 누님께 그런 아픈 마음을 안겨준 형님의 의도가 뭐겠어요."

"의도?"

"감동이죠. 누님께 극적으로 안겨주고 싶었던 감동."

"불을 질렀다는 오해가 풀렸을 때의 충격 말인가?"

"그렇죠. 오랜 세월 방화범으로 여겨왔는데 그게 오해로 밝혀졌을 때 누님의 마음이 어떻겠어요."

"왜 그랬지? 불을 지르지 않았다고 납득시키거나 증거를 대면 그만일 텐데?"

"자신의 진실을 극대화시키려는 욕망 때문이죠."

"그게 무슨 말야?"

"방화범이 아니라고 납득시키기보다 침묵을 지킴으로써 유발되는 더 큰 감동을 노렸다는 거죠."

"그러니까 방화범이라고 오해한 내 잘못을 깊이 뉘우칠수록 형님의 진실에 더 깊이 빠져들 수 있다는 말인가?"

"그래요."

"놀라운 해석이군."

"그리고 형님이 위락시설 건설에 적극 동참하지 않은 것도 마찬가지고요. 만약 형님이 누님을 사랑하지 않았다면 적극적으로 동참했을지 모르죠."

"그럼 나를 사랑하기 때문에 동참하지 않았다는 말인데, 그건 억지 부림이 아닐까?"

"억지가 아니죠. 사랑하기 때문에 동참한다는 그 뻔한 상식에 부합되기 싫었던 거죠."

"그 부합도 진실을 극대화시키려는 욕망 때문인가?"

"그렇죠."

"진실을 극대화시켜서 뭘 노리겠다는 거지?"

"형님에 대한 사랑을 심화시키는 거죠. 그 심화가 고통이고, 그 고통이 형님에겐 행복인 셈이죠."

세영은 민재의 말에 가슴이 떨렸다. 민재가 언제 사나운 인생을 체험했다고 그런 고통을 이해하고 있단 말인가! (122~124쪽)

그러니까 찬혁은 자신이 품고 있는 사랑의 '강렬도'를 충족시킬 수 있는 역설의 행동학으로서 서로 화해할 수 없는 두 집안의 남녀로서 내밀하고도 뜨거운 사랑을 키워온, 절대적인 진실을 극대화하고자 한 것이다.

8. 찬혁의 죽음 선택의 논리적 거점

이로써 두 사람의 사랑을 가로막고 있는 현실적인 장애는 모두 제거된 셈이다. 실제로 찬혁에 비해서는 현질적 지향성이 강한 편인 세영은 서울로 찬혁을 찾아가 두 사람은 마침내 '행복한' 결합을 이루는 쪽으로 나아간다. 두 사람은 함께 "부여의 품속"에 들어 신혼과도 같은 새로운 생활을 시작한다.

그러나 그것으로 전부다. 타나토스적인 충동 속에서만 살아오는 데 익숙한 찬혁은 모든 현실의 한이 풀리고 그 속에서

따사로움을 얻는 데 만족하지 못한다. 세영과 함께 고도 부여를 거닐며 찬혁은 자신을 강렬하게 끌어당기는 "낙화"의 초월적인 아름다움, '자신의 체험에서 흘러나온 그 비극적인 한의 미'를 강렬하게 의식한다. 고란사의 고란초는 그에게 "단독체(單獨體)로 번식이 가능한 그 외롭고도 돌올한 품격"(156쪽)에 사로잡혀 있는 자신을 발견케 한다.

이 과정에서 찬혁으로 하여금 세영과의 행복한 결합을 끝내 파기하고 자신을 죽음의 결단으로 밀고 나갈 수 있게 해주는 논리적인, 그러나 논리 미학적인 거점이 비로소 확인된다.

부소산 정상에 도착한 두 사람은 사자루에 올라 사비평원을 바라보았다. 그때 찬혁의 눈빛에 비장감이 스쳤다. 세영은 이때다 하고 아까 찬혁이 낙화암에서 한 말을 재차 거론했다.

"가장 큰 슬픔을 당신의 몸으로 유발시킨다는 게 무슨 뜻이죠?"

하지만 찬혁은 나중에 알게 될 거라며 여전히 즉답을 피한 채 세영의 손을 잡고 부소산을 내려갔다. 두 사람이 정림사지에 도착했을 때는 여름해가 서녘으로 기우는 중이었다. 먼저 오층석탑을 찾아갔다. 유심히 탑을 살펴보던 찬혁은 묘한 감정이 교차했다. 문화적인 가치를 느끼면서도 소정방의 백제 침공을 기념하는 석탑이란 데에 마음이 개운치 않았다. 하지만 오층석탑을 국보로 지정할 만큼 기념비적인 역사유물로 받아들이는 부여인의 순수한 포용력에 자부심이 느껴졌다.

"오층석탑을 보는 순간 갑자기 아사달과 아사녀의 사랑이 떠올랐소. 신라에서 가장 빛나는 역사유물인 불국사 석가탑을 축조한 사람은 바로 백제의 석공인 아사달이오."

찬혁은 아사달의 아내 아사녀의 간절한 부부애를 다룬 소설 『무영탑』에 대한 이야기도 꺼냈다.

"이제 『무영탑』 이야기는 설화가 되다시피 했소. 석가탑은 무영탑으로 불릴 정도요."

"예술의 초월성을 웅변한 셈이네요."

"그렇소. 문화적 가치를 지닌다면 적장의 기념물도 포용할 수 있다는 말이오. 그 순수한 예술혼을 중요시하는 게 부여인의 문화정신이오. 그 저력이 부여를 세계적인 문화고장으로 우뚝 세울 거요."

(……)

마지막 날에는 논산시 연산을 찾아가 황산벌을 답사했다. 5천 군사로 그 열 배가 넘는 신라군과 대적한 계백장군의 장렬한 최후가 눈물겨웠다. 더구나 출정에 앞서 처자식의 목을 벤 그 결연함에서 무엇이 느껴졌을까? 무엇이 계백의 용맹과 충절의 기폭제로 작용했을까? 어느새 찬혁의 눈에 눈물이 맺혔다. 세영은 찬혁의 눈물이 궁금했다. 계백장군에 대해 무슨 생각을 했기에 눈물까지 흘리는 걸까? 그렇다고 함부로 물어볼 수도 없었다. 찬혁의 깊은 감정을 흔들고 싶지 않았다.

"생각할수록 놀라운 일이오."

드디어 찬혁이 입을 열었다. 세영은 숨을 죽인 채 다음 말을 기다렸다.

"처자식의 목을 벨 때 장군의 심정을 생각해봐요."

또 침묵이 흘렀다. 세영 역시 계속 침묵을 지켜주었다. 도대체 놀라운 일이 뭘까? 세영은 장렬이 떠올랐지만 정답이 아닐성싶어 입을 다물었다. 그때였다. 찬혁의 단호한 목소리가 침묵을 깼다.

"인간적인 외로움이 엄습했을 거요. 외로움보다 더 강인한 전의(戰意)가 어디에 있으며 슬픔보다 더 예리한 전쟁무기가 어디에 있겠소!"

세영은 찬혁의 손을 잡아 자기 뺨에 대고 어루만졌다. 그렇다! 외로움보다 더 강인한 전의와 슬픔보다 더 예리한 전쟁무기는 없을 터였다. (156~173쪽)

이 부여 순례는 작중의 플롯의 맥락에서 보면 찬혁으로 하여금 세영과의 현실적 사랑을 물리치고 끝내 죽음을 택할 수밖에 없도록 한 내면적 인과관계에 놓여 있다고 할 수 있다. 찬혁은 작중에서 1500년 전 백제 왕조의 멸망에서 비롯된 비극미의 순수한 체현자로 오늘에 나타나며 바로 그러한 한에서 모든 이승의 환희를 뛰어넘은 죽음의 초극 미학에 그 스스로를 바치지 않을 수 없다.

9. 부여와 폭풍의 언덕을 마주 세우기

찬혁이 호수에 몸을 던져버린 후 세영의 남은 삶의 과제는 오로지 찬혁이 남겨놓은 일기와 글들 속에서 부여적인 비극미에 몰두했던 그의 생애의 정신을 찾아내고 정리하여 자신의 자녀와 같은 세대들에게 전해주는 일이다.

그녀는 찬혁의 오래된 글들 속에서 복사지에 쓴 것 하나를 발견한다. 이 글에는 부여의 비극미에 관한 찬혁의 정연한 생각이 담겨 있다.

> 행복을 추구한다는 것은 자신의 비극적인 삶에서 아름다움을 창출하는 과정이다. 부여는 백제 패망이라고 하는 슬픈 역사에서 아름다움을 캐야 하는 고장인데 부여의 위대성과 영원성은 그 비극미(悲劇美)를 지닌 데에 있다. 비극미는 행복의 원형이다.
>
> 이처럼 행복은 이루어진 것이 아니고 슬픔에서 아름다움을

캐는 과정이며, 그 힘든 과정을 심리적 거리로 환산하면 90000리의 여정이 된다. (221쪽)

그리고 이 부여의 비극미에 관한 찬혁의 언설의 그림자가 채 가시기도 전에 이 소설은 작가 자신의 소설 텍스트 바깥의 실제 글을 인유법적으로 이끌어 들이는 기법을 보여준다. 이것은 부여의 비극미라는, 지극히 한국적인 미의 차원을 세계적 차원의 보편적인 미의 원리로 격상시키려는 잔아 작가의 고도의 '전략'이 낳은 산물이라 할 것이다.

폭풍의 언덕은 일종의 통곡의 벽이랄 수 있다. 슬픔과 한이 맺힌 사람들은 히스클리프처럼 몸부림치고 싶어 이곳에 온다. 그처럼 실컷 울다 미치는 것이 구원이다. 히스클리프적인 구원이랄까. 캐서린이 히스클리프와의 간절한 사랑을 '자기를 죽이는 타살'로 여기듯, 히스클리프도 어떤 초월적인 사랑을 갈구하고 있었던 것이다. 그들은 현실적 사랑으로는 사랑의 극치를 맛볼 수 없는 존재들이다. (233쪽)

이렇게 해서 찬혁의 낙화암과 히스클리프의 폭풍의 언덕이 서로 '대등하게' 마주 보는 국면에서 작가의 부여에의 해석은 일단락을 짓는다. 찬혁은 세영에게 자신의 죽음과 같은 큰 슬픔을 안김으로써 비로소 그녀와 완전한 합일의 경지에 다다를 수 있었고, 바로 이 '용서'를 통하여 현실의 복수를 대신할 수 있었던 것이다.

한편으로, 세월이 흐르면서 찬혁의 유업을 이어가는 세영에게도 자신의 자녀들에게 자신의 삶의 의미를 전수해줄 수 있는 단계가 도래한다. 그녀는 다혜와 동민을 향해 다음과 같은 필생의 경구를 나누어준다.

> "고통은 내 순결과 진실을 옹호하고, 나를 야비한 위선에 빠지지 않게 하고, 내 미적 감각을 살리고, 내 허무를 인정함으로써 무엇이 진리인지를 항상 캐묻게 하기 때문이야." (252쪽)

10. 산 자와 죽은 자가 대화를 나누는 풍경

이 작품 『부여 찾아 90000리』는 그 독특한 구성과 그에 뒤얽힌 사상으로 하여 문학사를 포함한 논의를 필요로 하는 것으로 보인다.

일찍이 경주 태생 작가 김동리는 자신의 어느 하나의 소설에서 일제강점기를 살아가는 경주 작가의 심정을 드러내는 독특한 표현을 남겨놓은 바 있다.

그의 짧은 소설 「폐도의 시인」은 김동리의 문단 진출 즈음 작품으로 작가의 내밀한 의식을 엿볼 수 있게 해주는데, 여기서는 한 여성 인물이 경주의 한 시인을 방문하는 이야기가 등장한다. 그녀가 엿본 이 시인의 일기에는 다음과 같은 대목이 나타난다.

> 나는 폐도(廢都)에서 태어났다. 나는 어름짱같이 차듸찬 폐허를 밟고 무덤속같은 공기를 호흡하고 잘아났다. 나는 폐허 재단에 초ㅅ불을 밝히고 화려한 옛꿈을 찾는 자다. 묵은 전통과 희구의 로맨티시즘은 내 오관에 흘으고 있다. 전통의 아들 폐허의 아들 이것이 나의 숙명이다. 나는 아모리 발버둥 치고 애를 써도 이 묵은 전통의 옛 꿈에서 영원히 버서나지 못하리라. 내 머리 우에는 무거운 폐도의 총기(塚氣)가 눌루고 있다.

이 '폐도' 경주의 시인은 그 자신을 "폐허의 아들"로 인식하고, 또 "폐도의 총기"에 짓눌려 살아가는 사람으로 인식하고 있으며, 필자는 어느 하나의 논문에서 "이러한 자기 정체성 각인이야말로 김동리 문학의 향후 방향을 결정지은 중요한 요소 가운데 하나일 것"이라고 논의한 바 있다.

바로 그와 꼭 같은 이유에서 필자는 이제 부여 사람 잔아 김용만 작가를 또 한 사람의 '폐도의 시인'으로 명명하고자 한다. 경주와 부여 같은 오랜 폐허의 도시들의 특성은, 바로 그 곳에서는 죽음이 삶을 이기고, 삶이 죽음과 더불어 공존하며, 바로 그러한 이유로 사람들은 영원과 유계를 의식하지 않고는 현실의 삶을 살아갈 수 없게 된다는 것이다.

또 그와 같은 이유에서 이 폐도, 폐허의 소설은 가시적 현실을 그리는 리얼리즘에 만족하지 않고 반드시 삶과 죽음을 넘나드는 로망스에의 충동을 내장하게 된다.

『부여 찾아 90000리』의 후반부의 진정한 매력이 바로 여기에 있다. 이미 세상을 떠나버린 찬혁은 비록 세영의 꿈속에서이지만 죽음을 넘어선 영원한 사랑의 관계를 향유한다.

"나는 지금 저승이 어떤 세계인지를 살펴보는 중이오. 이승에서 상상하던 불안하고 두려웠던 저승세계가 아니라 직접 보고 느낄 수 있는 구체적인 저승세계를 살아가고 있소. 하지만 아직은 잘 알 수 없소. 저승이 꽃밭 속의 생인지, 바람에 날리는 생인지, 구원이 가능한 생인지 잘 알 수 없소. 다만 한 가지는 분명하오. 내가 죽은 자이면서도 살아 있는 자로 존재할 수 있는 것은 당신이 우리의 사랑을 신앙 차원으로 승화시킬 수 있기 때문이오. 당신이 우리의 사랑에서 영원한 비극미를 창출할 수 있다는 말이오." (224쪽)

삶과 죽음의 이러한 기이한 동거의 감각을 가리켜 필자는 로망스적인 세계관의 산물이라 말하거니와, 그렇다면 살아서의 삶은 기실 영원한 죽음과도 다를 바 없을 것이 아닌가? 이 작품의 후반부에서 살아 있는 자들은 떠나간 자를 추억하며 산 자들의 언어인 사투리의 향연을 벌이는데, 이것은 필자에게는 마치 이번에는 삶이 죽음을 이겨내는 풍경처럼 보인다.

부여인 잔아 김용만 선생은 이렇게 해서 자신의 부여 사람됨을, 부여에 비극적 초극의 미학이 존재함을, 그것이 부여라는 글로벌한 세계의 소중한 가치일 수 있음을 마침내 입증해 보인 것이다.

작가의 말

태어나서 미안한 존재

소설이나 영화보다 더 드라마틱한 생을 사셨다죠?

등단 전에는 열댓 가지 직업을 전전하셨다죠?

인터뷰할 때마다 기자나 아나운서의 첫마디는 대개 그러했다. 맞는 말이다. 하지만 아무리 기구한 생이라 해도 오이디푸스의 신탁(神託)만큼 끔찍한 팔자는 아니었다. 아버지를 죽이고 어머니를 아내로 삼아야 하는 오이디푸스의 운명에 비하면 내 운명은 수월한 편이었다. 그런데 지난겨울이었다. 60년 넘게 써온 일기를 정리하던 중에 고교시절에 쓴 일기 한토막이 소름을 끼치게 했다.

"사랑하는 여자를 만나 아들딸 낳고 행복하게 살게 된다면 지금 당장 한강에 투신하겠다."

참으로 어이없는 일기였다. 겨우 고등학교 2학년생이 그따위 생각을 하다니! 그럼 나에게도 이미 가혹한 신탁이 내려진 게 아닐까? 행복을 멀리한 그 허무의식이 내 신탁이란 말인가?

멀고 먼 고향이었다. 은하수를 바라보며 눈물을 흘릴 때에야 겨우 떠오르던 고향. 심지어 고향이 어딘지 헷갈릴 때도 있었다. 경상도에는 모교 부산중학교가 끼어 있고, 서울에는 모교 용산고등학교와 경희대 대학원이 끼어 있고, 전라도에는 모교 광주대학교가 끼어 있고, 강원도에는 내 문학의 샘인 강릉 사천진포구와 양구 처가댁이 끼어 있고, 경기도에는 현재 살고 있는 집과 잔아박물관이 끼어 있는데, 그처럼 헤매는 바람에 고향은 늘 아득했다.

하지만 부여 지역신문으로부터 소설 연재 청탁을 받고 고향과 다시 만나게 되었다. 먼저 고향의 구성진 사투리부터 쓰기 시작했다. 연재를 거듭하면서 부여의 위대한 가치와 부여인이 지켜야 할 의무항(義務項)을 깨달았다.

충화면 오덕리 새뜸 부락에서 태어났다고 한다. 일찍 객지로 도망치는 바람에 성장기의 추억은 잘 떠오르지 않는다. 아직도 새뜸 부락에는 초등학교를 1등으로 졸업하고도 진학을 포기한 채 산에서 나뭇짐을 져야 했던 가난의 흔적이 남아 있다. 그 흔적이 내 생의 드라마틱한 행로를 이끌어온 셈이다. 서울구경이 어려운 시대에 어떻게 생소한 부산까지 흘러가게 되었는지, 어떻게 대전역에서 열차에 무임승차할 수 있었는지, 어떻게 차장한테 들키지 않고 무사히 초량역(옛 철도역)에 내릴 수 있었는지, 어떻게 구내매점에서 김밥과 어묵을 얻어먹을 수 있었는지, 어떻게 의인을 만나 일류 중고등학교를 다닐 수 있었는지, 어떻게 공군 일등병이 참모총장(김구 선생 아들)을 찾아가 의가사제대를 애소할 수 있었는지, 왜 부산 태종대에 올라 바다에 투신하려 했는지, 왜 자살을 포기하고 공무원이 되었는지, 왜 살인범을 압송하다 수갑을 풀어주었는지, 왜 체포된 무장공비를 자수로 옹호해주었는지, 왜 일찍 사표내고 밑바닥생활을 택했는지, 어떻게 일용직 노동자가 4년 만에 벼락부자가 되었는지, 어떻게 첫 소설집으로 '1993년은 김용만의 해'라는 평을 받았는지. 어떤 특이한 문체로 한국문단을 뒤흔들었는지, 왜 석사와 박사과정을 마친 탓에 그 문체가 뒤틀렸는지, 왜 뒤늦게야 내 이름을 잔아(殘兒)로 바꾸었는지, 왜 양평 문호리에 잔아박물관을 세웠는지, 왜 중학시절부터 지금까지 일기를 써오고 있는지, 왜 우주 생각에 매달려 살아왔는지…….

"은하수까지 명주실로 재면 몇 타래나 된다니?"

그런 아버지의 핏줄을 타고난 바람에 나는 황량한 우주에 빠져들었고, 그 무하유(無何有)세계에서 허무의 가치를 캘 수 있었다. 그렇다. 내 생의 90퍼센트는 허무다. 하지만 그 허무가 생의 에너지로 작용했기에 나는 진정한 행복이 무엇인지를 깨달았고 슬픔을 욕망하게 되었다. 이 소설은 슬픔이 무엇인지를 규명하는 작품이다.

2022년 봄 고향에서

잔아

부여 찾아 90000리

초판 1쇄 인쇄일 2022년 8월 4일
초판 1쇄 발행일 2022년 8월 18일

지은이 잔아
펴낸이 강병철
마케팅 최금순 오세미 공태희
제작 홍동근

펴낸곳 이지북
출판등록 1997년 11월 15일 제105-09-06199호
주소 (04047) 서울시 마포구 양화로6길 49
전화 편집부 (02)324-2347, 경영지원부 (02)325-6047
팩스 편집부 (02)324-2348, 경영지원부 (02)2648-1311
이메일 ezbook@jamobook.com

ISBN 978-89-5707-255-4 (03810)

잘못된 책은 교환해 드립니다.

"콘텐츠로 만나는 새로운 세상, 콘텐츠를 만나는 새로운 방법, 책에 대한 새로운 생각"
이지북 출판사는 세상 모든 것에 대한 여러분의 소중한 콘텐츠를 기다립니다.